打开文学的视野

贺桂梅/作品

孟繁华　张清华/主编

文学评论卷

学术策划与支持

北京师范大学国际写作中心
沈阳师范大学中国文化与文学研究所

山东文艺出版社

尚待完成的批评变革

——关于"70后"批评家的批评实践

孟繁华　张清华

"70后"这个命名，在1990年代末至21世纪初这个阶段，大约还是一个不明之物。因此，当宗仁发、施战军、李敬泽三位批评家提出之初，并未引起轩然大波。对这个命名的质疑或不满，是晚近的事情。在我们看来，当没有能力提出重大问题的时候，纠缠一些根本不重要的细枝末节，实无必要。我们的意思是，无论作家还是批评家，一代新人就这样矗立在我们面前了，他们每个人都有很大的差异性，但也有依稀可见的共性。当要讨论这代人的文学批评的时候，使用一个有"通约"可能的概念也未尝不可。从某种意义上说，起码三十多年来的文学概念，大多是临时性的："伤痕文学""反思文学""改革文学""朦胧诗""寻根文学""先锋文学""实验小说""小女子散文""闲适文学""文化散文""女性文学""海外文学""离散文学""打工文学""底层写作""城市文学"等等，不一而足，哪个概念是准确无误的？但是，作为切近的文学现象，谈到一个概念我们大抵知道要讨论的是什么问题，这便足矣。眼前的文学现象谁有能力一览无余一目了然呢？因此，与其纠缠于差强人意的概念问题，不如着力探讨一下其内部的问题。

这里要讨论的是"70后"批评家的文学批评实践的问题。我们选择了谢有顺、梁鸿、贺桂梅、张莉、李云雷、张定浩、张晓琴、李丹梦、郭冰茹、饶翔、霍俊明、王士强等十二位批评家，尽管他们的个人风格和研究路向各不相同，但大体可以展示出"70后"一代批评家的风貌与特点，以及与其他代际批评家的差异性。

"70后"批评家，基本都有高学历，在学院受过系统的学术训练和文学批评训练，对中西方文学作品和批评理论都很熟悉。这是他们从事文学批评的起点，也是他们与前几代批评家的不同。这一背景使他们一起步就具有了较为宽广的学术视野，掌握了十分专业的批评方法。他们看上去似乎很少有共同的历史记忆，并未形成一个严格意义上的"历史共同体"，但是，相对宽松的学术环境，却使他们较多地保有了个人的批评风格和个性，这是他们的幸运。另一方面，文学批评并不意味着是书斋里的事业，它确实需要批评家对社会历史有更广阔和深入的理解，特别是对历史和现实的感性认知。"50后""60后"一代批评家，或许早年所受教育有欠缺，读书的年龄经历了"文革"的动荡和"上山下乡"，但他们因此也有了更多对社会历史和国情的切近认知。这使得他们在面对文学时，能够带着强烈的问题意识展开批评活动。20世纪80年代的文学批评之所以能够引发整个社会的关注，除了那时的历史语境使然，与这代人如上所说的背景也不无关系。80年代的社会批判和90年代的人文精神大讨论，充分体现了这代人的价值观和关注问题的方式方法。相形之下，从书斋走出来的"70后"批评家，则不大可能是怀着这样的情结来进入批评工作的。

然而，作为代际，我们或许也真的无力来概括他们更多的共同性，如果说"70后"作家的创作还有着某些可探查的共性——比如经验的碎片化、历史记忆中公共性的消失、叙事美学上的琐屑化，等等，在"70后"批评家这里，则除了年代的相同，而并无太多的共同性。所以，与其勉为其难地去归纳，不如分别来谈谈他们的一些个性。事实上，"70后"批评家由于他们的出身背景和个人价值目标的不同，确乎表现出了比较鲜明的个人特点。

就批评立场看,李云雷或许是一个有代表性的个例。他出身于农村,因此对乡村和底层生活的关注带着强烈的情感色彩。"底层写作"这一仍存争议的文学现象,在李云雷那里获得了不懈的支持和肯定。他说:"我是'底层文学'的倡导者与推动者之一,正是这些批评让我意识到了我与'他们'的不同,这一不同包括两个方面,一是在身份与自我意识上,我来自于社会底层,并与之保持着血肉般的联系,与其他评论家强烈的'精英意识'有着鲜明的不同;二是在知识上,我汲取了'新左派'的重要思想资源,对1980年代以来的新启蒙主义、新自由主义有所超越,形成了自己观察世界与文学的独特视角。正是在这些基础上,我撰写了一系列文章,从理论与历史等方面为'底层文学'辩护,并探讨其健康发展的道路。在'底层文学'的讨论中,一个值得关注的问题是,当曹征路、陈应松、刘继明、王祥夫、刘庆邦、胡学文、罗伟章等作家已经创作出了不少优秀作品之时,却并未在文学界得到足够的认可,而其中的一个重要原因则在于他们的作品不符合主流的'美学',但在我看来,在他们的作品(也包括一些'打工文学')中,恰恰蕴含着另一种美学或美学的萌芽,需要引起我们的重视。"[1]他在注重文学审美标准的基础上,更注重文学实践与社会生活的关系;在支持先锋前卫探索的同时,更注重对传统文学理论遗产的继承;在密切关注文学自身发展变化的时候,也注意从其他艺术形式中看到文学艺术发展变化的相关性和同一性。因此,李云雷的文学批评不仅与当下文学生产实践密切相关,同时,他的文化"左翼"的情感色彩,使他的文学批评具有鲜明的介入意识,也使他成为维护这个时代底层写作最具活力的声音之一。他迅速地站在了文学批评的前沿,与他一直坚持的底层情怀大有关系。

在批评实绩方面建树比较突出,且与上个年代的批评家之间有更多

---

[1] 李云雷博客:《略谈我的文学批评》,2013年3月6日。

传承的，应该是谢有顺。某种意义上，他可算是"70后"批评家的一个例外。他成名的时候，他们这一代大多数的批评家还在校学习。少年成名的他也有过乡村生活经历，因此，在谈到影响他的人与事时，他说："……更多的是一些渺小的人物，他们不可能在历史上留下名字，但他们的内心却有着不可动摇的信念，比如我父亲的耿直和公正，我在福州时一些朋友的谦卑和纯粹，我在报社时一些同事的勇敢和敬业，等等。他们的存在，会构成一个不易觉察的精神气场，影响着你。这种来自日常生活的细微影响，有时比你的阅读和思考更加重要。"[①] 但是，谢有顺的出身背景似乎并没有与他的文学批评构成直接关系，他更关注的还是精英圈子，经典化程度高的一批作家，关注文学与人的精神世界的关系。但出身背景对他潜移默化的影响还是存在的，面对当下的文坛，他曾引用韩少功的话说："民众关心的，他们不关心。民众高兴，他们不高兴。民众都看明白了的，他们还看不明白，总是别扭着。"这多少有些民粹主义色彩的思想，不能说与他的乡村生活经验无关。当然，有顺作为批评家留给人最多的印象，还是他活跃的身姿、过人的见识和才气，还有这代批评家文风中少见的诗意和老练。

如果要找一个"70后"学院派批评家的代表，或许还要数到贺桂梅。她在北京大学读书十年，留校任教后主要从事现当代文学史、思想史研究与当代文化批评。从某种意义上说，她是一个学者而不是批评家，但她的研究又一直与文学现场有比较密切的关系。因为这种身份，她可能更具历史纵深感，视野也更加宽阔。比如在谈到如何认识 80 年代的时候，她说："90 年代关于 80 年代的论辩，主要是在知识界内部展开的，而当前的 80 年代热，却是一个扩散到不同社会层面的话题。比如在社会心理层面上，现在对于 80 年代的想象和关注的热情，带有很强的'怀旧'色彩。当 80 年代可以成为'怀旧'对象时，就说明人

---

① 姜广平：《"持志如心痛"——与谢有顺对话》，《西湖》2007 年 10 期。

们意识到'80年代已经过去了',因此可以站在一种新的关于现实的感知和对历史的重新确认的位置上'回过头'来看80年代。这种社会心态的形成,当然与当下中国经济'崛起',以及90年代以来中国社会的巨大变化密切联系在一起。可以说,今天的'80年代热',是带有距离感的、对80年代的重新认知。如何认知80年代,也与如何判断、叙述中国社会的现实紧密相关。比如,如何看待中国的经济崛起,有人认为这是'告别革命'的结果,有人则认为正因为有了毛泽东时代的'革命',80年代的改革才能有今天的成果。又比如,怎么看待今天中国社会中存在的阶层、阶级分化,有人认为这是因为80年代的'民主'诉求没有被实践,而有人则认为需要在批判80年代西方式民主实践的基础上重新思考'民主'的真正涵义等等。"[1] 这只是贺桂梅大量论述中的一个例子,但从中可以看出,她思考问题的方式方法,已远远超出了文学批评的范畴。它是综合了社会、历史、经济、文化等各方面的问题一起提出来的。但是,它又没有离开当下中国的问题场,并且仍然是文学批评的题中应有之义。作为"70后"一代,有如此宽广的视野,实属不易。

另一个学院派出身,但却被称为"反教条主义"批评家的例子是张莉,清晰、准确和敏锐是她的特点。良好的学术训练并未使她变得迟钝,相反,她介入现场的反应却是更加机警和迅速。她自己说,在读研究生的七年时间里,"大都在图书馆里度过。从研一开始,我每天都去清华旧图书馆翻《新青年》《妇女杂志》《小说月报》……在北师大也一样,我用一年多的时间去翻看民国女校教材,各种民国教育杂志,从早晨到晚上。这些阅读是写论文的必备功课;但有些阅读,比如研一用半年时间做萧红研究,读萧红萧军端木蕻良传记;还比如研二去北大图书馆翻

---

[1] 贺桂梅:《重返80年代,打开中国视野——贺桂梅访谈录》,见《思想中国:批判的当代视野》代序,广东人民出版社,2014年版。

创刊以来的《文艺报》等是兴趣使然。我很庆幸自己当年兴趣芜杂，这使我日后谈论很多问题时有了基础，对百年现代文学的发展也有了更真切的认识。"①这样枯燥的学院训练，为日后一个批评家的成长奠定了坚实的基础。张莉的女性文学研究、孙犁研究、新锐作家的批评等，都有与众不同的特点。

如果谈到对80年代以来海派的"才子派批评"的传承，张定浩又是另一个例子。既写诗又研究孟子，确乎使他的文字有了更大的张力，但令人惊讶的是，在行使批评职能之时，他既没有诗人的缱绻犹豫，也不像从故纸堆里走出的老学究，而他的雄辩又确实没有辜负对孟子的研究。他的批评锋芒在当今批评家里罕有匹敌，他的直言不讳肯定会让一些作家心有顾忌。他在评论余华的《第七天》时指出："闹剧式的叙述是余华的擅长，但在这样的闹剧中，能干是用'有房有车有钱'来体现的，情绪是用哭闹和跳楼来表现的，夫妻和好是用下跪和打自己嘴巴来实现的，小说家得是看了多少狗血电视剧和网络小说，才能有勇气忍受这样老掉牙的架空设计？无论《第七天》的叙述者是生者还是死者，这都不再是小说，这是丧失了一切想象力和对生活细节的记忆能力之后的，属于活人的平庸。"不仅如此，张定浩还对《第七天》的某些评论也提出了批评："因为《第七天》中描述了飘舞的雪花，有人就诗意地联想到乔伊斯的《死者》；因为《第七天》有对权力腐败的表达，有人就敏感地攀附起奥威尔的《动物农庄》。这些人应该好好再去读读乔伊斯和奥威尔，去看看对现实生活的爱和恨是如何在那些杰出小说家笔下诚实地纠缠在一起，去听听那些自由灵魂的生动对话，去感受那真正的悲悯，还有满怀敬畏的同情。"②这样的评论，观点或许还可讨论，但足以见

---

① 周明全：《理想的批评环境应众声喧哗——访谈"70后"著名批评家张莉》，《西湖》2013年6期。
② 张定浩：《〈第七天〉：匆匆忙忙地代表着中国》，见《批评的准备》，北岳文艺出版社，2015年版。

出批评家的人与个性，不是那种中学老师批作文式的批评。它在切入文本内部的同时，通过更广阔的视角，与批评对象展开了真正的批评与对话关系。

此外，既是作家又是批评家的梁鸿对河南作家的研究，李丹梦对百年中国乡土文学的研究，张晓琴对生态文学和当下热点文学现象的研究，霍俊明、王士强对当代中国诗歌的研究，郭冰茹对当代中国小说叙事的研究，饶翔对当下前沿作家特别是青年作家的批评等，都展现了不同的视角、风格和才情，在当代批评的不同向度上各有建树。

实事求是地说，今天从事文学批评的全部困难要远大于八九十年代。因为那个年代提出振聋发聩的问题是有可能的，无论是文学还是文化，到处积满了问题，而且处理起来也相对简单些。到"70后"这代批评家，他们面对文学或文化的问题时几乎是进了无物之阵。不要说提出问题，即便是对一个事物的命名都显得格外困难。如果我们对"70后"一代批评家期待过高，不仅不切实际，而且是不公平的。试想，"50后""60后"批评家在这个时代又有怎样的作为呢？另一方面，国际关系、南海问题、东海问题、"一带一路"、楼市股市、资源短缺、环境污染、就业困难……这些关乎国家民族的重大问题，以及新闻和非虚构文体等对阅读和眼球的争夺，再加上学院学术制度、评价制度、项目制度等对学院批评家的制约困扰等，使文学批评更加步履维艰。因此，我们除了承认"70后"批评家尚未完成文学批评变革的现实外，还应该对这一代批评家怀有同情和敬意。

2016年9月，北京

目 录

新话语的诞生
　　——重读《班主任》　　　　　…………　1

沈从文《看虹录》研读　　　　…………　7

世纪末的自我救赎之路
　　——对1998年"反右"书籍出版的文化分析
　　　　　　　　　　　　　　　　…………　15

当代女性文学批评的三种资源　…………　38

问题意识和历史视野
　　——《〈转折的时代——40-50年代作家研究〉》笔谈
　　　　　　　　　　　　　　　　…………　53

挪用与重构
　　——80年代文学与五四传统　　…………　57

人文学者的想象力 79

先锋小说的知识谱系与意识形态 82

重讲"中国故事"
　　——电影"大片"的文化分析 98

文学性与当代性
　　——解读洪子诚的文学史研究 118

作为方法与政治的整体观
　　——解读汪晖的"中国问题"论 134

"今日批评家"笔谈·文学批评的"想象力"
　　　　　　　　　　　　　　　　............ 155

重返80年代，打开中国视野
　　——贺桂梅访谈录 161

超越"现代性"视野：赵树理文学评价史反思
　　　　　　　　　　　　　　　　............ 181

1940-1960年代革命通俗小说的叙事分析
　　　　　　　　　　　　　　　　............ 200

丁玲的逻辑 241

新话语的诞生
——重读《班主任》

　　1977年刊载于《人民文学》第11期的《班主任》在当时是一篇具有轰动效应的小说，它不仅成为刘心武的成名作，也成了中国当代文学中新时期文学第一个文学浪潮的滥觞之作。继《班主任》之后，《伤痕》等一大批揭露、控诉"四人帮"罪恶的小说纷纷出现，形成了声势浩大的悲愤而感伤的伤痕文学浪潮。开风气之先的《班主任》，其独特处在于第一次从物质与精神两方面把矛头指向"四人帮"所谓"外伤"和"内伤"。现在我们重读这部从"文革文学"转向"新时期文学"的里程碑式的作品，就会发现，隐于对"四人帮"控诉和指斥背后的是话语的转变。这篇小说的本质就是个人话语对畸形的集体话语的一次成功的反动，是一种新的话语形式在否定和指斥失掉合法性的旧话语的同时，慢慢取得合法地位，并以优越者的姿态力图改造旧话语的一套策略。

　　"话语"（discourse）是法国学者米歇尔·福柯思想的一个重要概念。福柯将"话语"界定为人类的一种重要活动，认为世界是政治力量、经济力量和意识形态以及文化控制整个意指的过程，"话语"和"权力"是构成社会文化的活的因素。某种程度上，一切从集体利益出发，以集体为主体的意指活动可称为集体话语，与之相反的从人道主义出发以个人为主体的则称为个人话语。在中国当代文学中，集体话语与个人话语一直以二元对立的方式存在着。"文革"时期这种二元对立的平衡状态被破坏，集体话语企图完全消除个人话语而成为唯一合法的权力执行者，而新时期文学的主题及主体的回归亦即个人话语的运作，处于两者转换时期，必然存在着集体话语与个人话语的争夺。《班主任》就是个人话语如何一步步取得合法性而集体话语的合法性如何一步步丧失的一篇里程碑式的文本，它以明显的隐喻方式表明了集体话语向个人话语妥协让步，不断走向边缘化的过程。

福柯认为真正的权力是通过话语来执行的，通过话语而实现的权力才是切实而有效的。"老师"是文化的传播者亦即话语的传播者，本质上是权力的运作，因此这个职业所进行的工作是一种非同小可的启蒙者的工作。正如小说所说："人民教师，班主任，他所培养的……那分明就是祖国的未来……屹立于世界民族之林的未来"。小说以"班主任"命名，其寓意是深刻的。启蒙的本质是新话语占领旧话语的领域，并以优越者居高临下的姿态来瓦解、剥夺旧话语的合法性。为了取得班主任启蒙身份的合法性，小说文本做了以下策略性运作——对旧话语的定位与判决："截至目前为止，在人类文明史上，能找出几个像'四人帮'这样用最革命的逻辑与口号，掩盖最反动的愚民政策的例子呢"，而班主任则代表"一切人类文明史上有益的知识和美好的艺术的结晶"。由此班主任义无反顾地担当了启蒙的使命，感到自己责任重大："救救被'四人帮'坑害了的孩子"。也感到自己"比任何时候都更爱我们亲爱的祖国"——这一切都是顺理成章的，班主任成了当之无愧的启蒙者，他的合法身份与正确性毋庸置疑。

分析小说文本中的个人话语与集体话语，可以发现这两者的合法性的前提是相同的，即爱国主义。争夺的焦点就在于爱国的程度，但是衡量的标准却在不知不觉中更换了，不再是集体主体的意识形态的肯定，而变成"知识就是力量"——谁拥有更自由更明智的知识，谁就更有权力建设国家。集体话语中的集体主体，其合法性基础是阶级斗争，"没有阶级斗争就没有社会主义国家"。但在小说中这一点却被轻描淡写地消解了：小流氓宋宝琦已不再是阶级敌人，而是个"犯了错误的需要帮助的人"。因此，谢惠敏所认为的"阶级斗争"一开始就已转换成为石红所坚持的"帮助犯了错误的人"，作为集体话语的代表的谢惠敏其败势在她与个人话语较量之前就已被划分好了。

《班主任》围绕是否收留小流氓宋宝琦来组建小说，其中心情节似乎是如何处理失足青年，然而我们在阅读中发现，真正作为启蒙对象的，并不是小流氓宋宝琦，而是班上的团支书谢惠敏。宋宝琦的被改造地位是人所共知的，而谢惠敏却是个难题。她是"没有丝毫政治投机心理""单纯而真诚"的班干部，她对于集体信念的维护较之班主任是有过之而无不及的。但是问题在于，她维护集体的方式是"错误"的，她是个染了"四人帮"毒素的孩子。小说文本先否决了"四人帮"的合法性："四人帮"歪曲了领袖思想，"是资产阶级、修正主义的白骨精化为美女现形"，而现在"是真格儿按马列主义的思想体系搞教育"，一场意识形态中的权力争夺变成了合法而自然的真与假、对与错、正义与非正义的斗争。由此，谢惠敏也失掉了其合法性，她的病症在于"光有朴素的无产阶级感情就容易陷于轻信与盲从"，"被四人帮害得眼界狭窄，是非模糊"，因此，她成了个"病孩子"，"甚至像谢惠敏这样本质纯正的孩子身上，都有着'四人帮'用残酷的愚民政策所打下的黑色烙印"。谢惠敏是"文革"时期强烈而僵硬的集体话语的代表者，但随着"四人帮"倒台，她的话语丧失了尊严感和权威性，她所有的权力也随之丧失，亦即她在社会中活动的方式被视为不正常的病态行为，必须加以改造。这一点正是权力运作的残酷性。当她向班主任告状说有五个团员过组织生活时打瞌睡，当她惊叫要狠批《牛虻》这本"黄书"，当她理直气壮地没收宣传委员石红的《青春之歌》……她并没有意识到她已不再是权力话语的执行者，而成了新权力话语的改造对象，成为权力转换过程中的牺牲品。小说文本中的谢惠敏是唯一一个完全孤立、屡受打击的人物，她似乎正好代表了以个人话语重新书写"文化大革命"的文本中集体话语代表者的命运与处境。仔细阅读小说，会发现班主任对谢惠敏在不同时期呈现不同心态："四人帮"揪出之前，"张老师同谢惠敏之间开始显露出某种似乎解释不清的矛盾"；"'四人帮'揪出之后，张老师同谢惠敏之间的矛盾自然可以解释清楚了，但并没有完全清除"；而到小说最后，张老师开始反问自己："就不能更直截了当地，更倾注全力地同谢惠敏谈心，引导她擦亮眼睛，认识真假吗？"——这三个阶段似乎正好可以说明个人话语在对集体话语转换过程中，由隐蔽地对抗，到模棱两可地共存，直至挺身而出地反击的三个隐喻性段落。

　　谢惠敏的弱势事实上是由于个人话语对集体话语的拒斥和反击："为什么过组织生活总是念报纸呢？下回搞一次爬山比赛不成吗？""你为什么还穿长袖衬衫呢？你该带头换上短袖才是，而且，你们女孩子该穿裙子才对啊！""这本《牛虻》可不能说是黄书"……个人话语的代码一个一个出现，而且都是几乎毋庸置疑的代码。而与谢惠敏相对的个人话语的代表者则是小说文本中的另一个人物，班上的宣传委员石红，她是新话语认同并加以肯定的对象。"午后的春阳射到她的圆脸庞上，使她的双颊更为红润；她拿笔的手托着腮，张大的眼眶里，晶亮的眸子缓慢地游动着，丰满的下巴微微上翘"——这段对女孩子描写的文笔，完全凸现被描写者的个性以及描写者对这种个性特征的认同与喜爱，是对女性个人主体的溢美之词，比起对谢惠敏的描写来，差别之明显无须言说。而此刻坐在"春阳"里的石红并不是在解数学题，而是在写"号角诗"，在呼吁"让我们的教室响彻抓纲治国的脚步声"。与此相反的是，谢惠敏却正在与班主任争论"黄书"问题，并且遭到否认。这个十分有意味的情景告诉我们：石红已经成为新权力的真正代言人。整篇小说中石红与谢惠敏的每次争吵事实上都以石红取胜，并且得到了班主任的支持。原因就在于她拥有知识："小书迷"的她"常常能够根据马列主义、毛泽东思想的原则去分析一些问题"，"往往比较正确，并体现在她积极的行动中"。文本中出现的个人话语："带小碎花的短袖衬衫""带褶子的短裙"《牛虻》《青春之歌》等都与石红有关，并得到班主任的体认。"带小碎花的短袖衬衫"和"带褶子的短裙"是个人话语的重要代码，她表明了石红的性别色彩，其丰富而自觉的私生活空间正是个人话语认同的主导方面。正因为如此，班主任才指责谢惠敏为什么只穿长袖衬衫而不穿"短袖衬衫"和"裙子"。而《牛虻》和《青春之歌》作为个人话语的范本，也只有石红这种有"思考能力"的女孩子才如此热衷，而无论是失足青年宋宝琦还是变相失足的团支书谢惠敏，都受到"四人帮"执行的集体话语的毒害，一致认定这些书是"黄书"。班主任因为宋宝琦和谢惠敏拒绝阅读《牛虻》并且对它做出"不公正"的判断而感到对"四人帮""愚民政策"有"火山喷烧般的愤怒"，这是个人话语被集体话语拒斥后紧张而焦虑的感情。但是如果班主任考虑一下，谢惠敏对于那些不听读报而打瞌睡的团员的态度，就会发现谢惠敏的愤怒也许并不亚于他此刻的情绪。

小说最后一个关于石红的场面是："迎门的那间屋里，坐满了人。石红坐在屋中饭桌边，正朗读着一本书。另外有五个女孩子……她们都正听得入神"。通过这个场面，我们可以看出石红已完全取代了谢惠敏，坐到了发言者、引导人群的位置，成为新话语权力的合法执行者。路线的执行者，阶级斗争的成功的斗争者，这些优越身份都归到了石红身上。当谢惠敏念批宋江的报纸时五个团员打瞌睡，而当石红念个人话语时五个女孩子听得如此入神，两相交锋，优胜劣汰，结局已十分明显：只有个人话语才能真正吸引群众，引导群众；只有成为个人话语者才能真正掌握权力。

　　小说写到此处，新话语改造旧话语已经理顺气畅。面对五个点头称是、心悦诚服的女学生，张老师当然自信心倍增，有勇气理直气壮地去启蒙谢惠敏。这时他已不再感到退缩、犹豫，"用不着思索，蹬上自行车以后，他自然而然地向谢惠敏家里驰去"，他要杀灭"四人帮"在她身上播下的"病菌"，他要说服她读一读《牛虻》——一位团支书变成了"病孩子"，一本"黄书"变成了启蒙教材，这两者的转变最明白不过地表明了话语的置换。小说全文的演绎任务差不多已全部完成，虽然最后的结局还只是一个虚幻的承诺，但是"春风送来沁鼻的花香，满天的星星都在眨眼欢笑，仿佛对张老师那美好的想法给予着肯定与鼓励……"没有人会不相信这个承诺的实现在事实上已近在眼前。

　　对《班主任》的解读至此也应该结束了。整个新时期文学以《班主任》为起点，伤痕文学、反思小说、寻根小说乃至新写实小说，都是在延续一种话语的转折与发展。在这个过程中，个人话语越来越强大，越来越自然，而集体话语似乎越来越趋于边缘化，仅仅以一种改头换面的方式隐晦地存在于新时期一些小说中。然而无论是争夺或是退却，这两种话语的存在始终互为前提。我们似乎可以说，没有谢惠敏这种集体话语的存在者，张老师慷慨激昂的愤怒也无从说起，而石红的"带小碎花的短袖衬衫"亦不足为奇。正如意大利理论家温别尔托·艾柯的名言："对意义的探索过程亦即发现二项对立的过程。事实上在哪儿发现二项对立就在哪儿掉入了意识形态之中"。所谓个人话语与集体话语的争夺也不过是意识形态国家机器的运作的表现而已，我们以解读神话的方式还原二元对立，从中获取的也许仅仅是一种了然于心后的平静心情。

（原载《文艺争鸣》1994 年第 1 期）

沈从文《看虹录》研读

《看虹录》是沈从文40年代寄居昆明时期的重要小说，也是长期以来引起很大争议的作品。作为沈从文40年代创作新追求的代表作品，它显示了与此前的《边城》《八骏图》等小说非常不同的风格。由于作家颇为艰涩的思想追求，更因其涉及敏感的写作对象，同时也因为当时和稍后战时政治氛围的紧缩和文化环境的渐趋一体化，这篇代表沈从文一个时期思想追求和创作实验的诗化小说，不仅给作家带来极大厄运，作品本身也长期被人遗忘。《看虹录》创作于1941年7月，经过重写后发表于1943年7月桂林《新文学》杂志的创刊号，1945年收入沈从文小说集《看虹摘星录》。沈从文的朋友金隄曾将《看虹录》译成英文，名为《我们是火的精灵》。1951年，沈从文的作品在大陆与台湾均遭销毁，《看虹录》几至散佚。80年代后重版沈从文作品，收入内容较为全面的《沈从文文集》（花城出版社、三联书店香港分店1982年1月初版）和《沈从文别集》（岳麓书社1992年12月初版）均未选入这篇作品。1992年9月《吉首大学学报（社会科学版）》第13卷"旧作新发"栏中重新发表这篇作品，《看虹录》才得以重见天日，为愈来愈多的人注目。

《看虹录》分三部分，第一部写"我"在月下寂静牌楼下嗅到梅花清香，因而走向"空虚""素朴小小"的屋中，开始阅读一部"奇书"；第二部分以第三人称的客观手法描叙男客人与女主人所度过的一个美好而微妙的雪夜，并以同构隐喻的手法引入男客人所写的"我"在雪中猎鹿的故事，极其精微地展示鹿的身体，最后是女主人阅读男客人写来的信，信中以极精致的笔法展示他对女人身体的感受；第三部分写的是现实中的"我"由夜而昼、由昼而夜感受到的焦灼心情。小说发表之初便引起轰动，但读者多持批判态度。很多人以为作品"晦涩难懂"，认为沈从文的创作走上了弯路；更有人从沈从文的生活本事出发，以为这是一篇自传性的夫子自道小说；更严厉的批评则认为小说中"艳佚不庄"的身体描绘有"色情"之嫌，基本上都无法理解沈从文的创作意图。比较有代表性并见诸文字的看法有以下三种：一是《新文学》编辑，他们在刊物编后记中指出"沈从文近来的作风，似乎都想用人生问题的讨论开头，而后装入他那一贯的肉欲追求，'生命的诗与火的赞美'来结束。这作兴就是他的人生态度人生观的基本的流露了吧！"另一是许杰在《现代小说过眼录》中严厉指责《看虹录》是"色情文学"，"虽运用纯熟的心理分析和象征手法，鲜丽到了极点，但其实只是肉欲的赞美"，"姑不论这是抗战的年头，就是在平时、在太平年代，还不怕毒害了青年吗？"最为严厉的是郭沫若发表于《大众文艺丛刊》（1948年3月）的《斥反动文艺》一文，指斥沈从文的《看虹录》一类作品是"作文字的裸体画，甚至写文字上的春宫"，给沈从文冠以"桃红色"作家的称呼，并进而上升到政治身份定性："特别是沈从文，他一直是有意识地作为反动派而活动着"——这篇檄文几乎左右了沈从文整个后半生的命运。到目前为止，对《看虹录》的分析除了在传记书中作简单介绍，如金介甫的《沈从文传》（时事出版社1991年版）、吴立昌的《"人性的治疗者"·沈从文传》（上海文艺出版社1993年版）外，基本上没有什么详尽的分析与评价。今天重读这篇小说，我们将淡化文化环境、政治氛围、作家私人生活经历等方面的外在干扰，直接从文本出发，分析这篇小说从思想内容、文体形式到语言风格所做的努力及呈现的特质。

《看虹录》有一个醒目的题记："一个人二十四点钟内生命的一种形式"，而小说中的"奇书"亦有一反复提到的题词："神在我们生命里"。在整体结构上，第二部分是一个情爱故事的描述，充满抽象意味的比喻和隐喻色彩的叙述以及扑朔迷离的意境的营造，作家以此暗示读者这绝不是一个世俗层面上的两情相悦的情爱故事。第一、三部分则是有时间连续性的第一人称的抒发，一种无法从回忆与书写中把握神圣本质的焦虑充斥其间——以散漫、敞开的抒情包裹一个精致完整的故事，使故事变为充满诗意的情境，使小说上升为诗。作者在文体形式上所做的这些努力，显然是在力图传达一种超越故事本身的东西，深藏（也是作家力图突显）于故事蕴含之中的意义成为这篇作品的重心。

读解《看虹录》必须与沈从文一个时期的创作追求相联系。由于抗日战争爆发，1938—1946年沈从文随北京大学南迁云南，在昆明郊区的呈贡县生活了八年时间。1946年底回北平后，沈从文在一篇回顾性长文《从现实学习》中将这八年称为自己人生经历的"第四段"，"相当长，相当寂寞，相当苦辛"。1951年在检讨性文章《我的学习》中他重复了这种看法。可以说，昆明八年，对于沈从文而言不仅仅是居住地、生活环境上的变更，更是人生阅历、思想追求、相应地在创作上有自觉追求和突破的特殊阶段。事实上，在逃亡南方的前一两年，在写出他前期风格最为成熟的《边城》等之后，沈从文经历了两年短暂的创作停顿。这一点在他的散文《沉默》《水云——我怎么创造故事，故事怎么创造我》等中有明确表露。思想上的危机和自我苛求驱使他寻求新的创作方法与风格。到昆明后他除了写作《长河》《湘西》等延续前期写实性风格的作品外，极大部分精力都花在思考、创作《看虹录》一类作品上。而后者便是他创作新追求的实践。这类作品的写作集中于1940至1946

年间。1940—1943年他创作了散文集《烛虚》、自传性长篇散文《水云——我怎么创造故事，故事怎么创造我》以及小说集《看虹摘星录》，这一段侧重的是生命本体的理解感悟和个体体验；1943—1946年主要写了散文集《七色魇》，侧重文化批判和社会思考。1946年他发表小说《虹桥》，似乎得出一个总结性同时也是终结性的命题："真正的美只能产生宗教而不能产生艺术"，此后基本上中断了这类创作。从作品题目上也可看出这类作品的风格："看虹录""摘星录""烛虚"等，皆以一个空灵、虚幻的喻体为题目，与写实性的《边城》《贵生》《如蕤》等比，显然具有一种象征色彩。这些作品基本具有统一的思想主旨和共同的现代色彩。沈从文有意通过这些作品确立一种具有诗人气质的思想体系，在世界本体（生命本体）、审美主体、社会文化批判等方面都力图做出独特的具有感性体验的表述，从而使作品具有浓厚的哲理色彩和象征意味。同时，为了寻求合适的表达方式，他进行了多种文本实验，既有隐喻语言模式的极致表达，转喻式多种故事结构方式的尝试，也有心理现实主义和弗洛伊德思想影响下的心理分析小说的实践。其创作多以个人体验为主，不同于前期创作的具象化色彩而趋于抽象化。但是，总的来说，在思想的系统化、明确化和文字表达的精确化这一点上，他并没有获得满意结果。

系统地阅读沈从文这一时期的作品，可以看出，早已确立北方文坛领袖地位的沈从文，在非常自觉地追求"大师"级的创作。首先，他力图确立一种有个性的类似尼采风格的深厚庞博的思想与世界观。他提出了他的三个基本概念："生命""美""爱"，力图以此统一从个体生存到社会文化建构的宏大体系。悬置一切文化存在、社会现象，从个人体验出发，确立或发现一个抽象而永恒的"生命"本质，是沈从文这一时期全力以赴的总主题。《看虹录》对女性身体与鹿身体极端精微的凝视和呈现，正是出于表现生命本质的企图，他悬置了任何关于身体的"情欲""道德"等的理解，而仅将其看成"生命的形与线"的"形式"，"那本身的形与线即代表了最高德性"即神性，人由此获得与上帝造物相通的处境。《看虹录》第三部分的焦虑不仅来自体验与书写语言之间的矛盾，更因为经验本身的偶发、短暂性因而感受到生命本体的无可捉摸。沈从文竭力从形形色色的生命现象中归纳出一种永远处于"燃烧状态"的至纯至美的生命本质。我们可以想见，个人生活经历与海天山水间的流连，的确有一种巨大的幸福体验打动了沈从文，他感悟到这其中隐含了一种神化的生命本质，从而启发他做形而上的终极追思。这个本质不仅成为个体生存的根本（"爱"就是生的一种方式），同时也是社会文化存在以及民族精神重铸的根本。因此，他以极为执着的庄严感往返于近乎迷狂的体验与失语的焦虑之中。

形形色色的生命存在可以剥离出一种带神性的"形式"，它以"美"的方式存在并体现了"神"的意志——这一纵向思维方式决定了《看虹录》（尤其是第二部分）更像一首诗而不是一个故事。关于诗和小说的区分，形式主义和结构主义理论的研究最为精细与深入，他们认为小说的话语构成基本上是横组合的、水平向度的，而诗的话语构成则基本上是纵组合的、垂直向度的。如果转述罗曼·雅各布森的著名论断则是：小说是转喻的而诗是隐喻的。沈从文这篇小说第二部显得十分扑朔迷离：身份不明的客人与主人，与世隔绝的炉火小屋，单纯素净的雪夜，雪中猎鹿的奇事，典雅诗化的书信以及众多抽象雅致的比喻——人物、环境、语词都抽象化了，氛围、情境、意象都在指向抽象的隐在的本质。一切具象都不再确定，而成为某种更内在东西的化身。与其说这是一个写实的故事，不如说它是充满暗示的隐喻。小说的诗化、哲理化是40年代小说的一种趋势，但表现形式各异。如冯至的《伍子胥》，全篇可凝结为一句或一段深刻的人生哲理或人生境遇；如萧红的《后花园》，主旨集中于一个中心意象；如汪曾祺的小说，则以写实的故事或人物营造一种雅致的氛围……《看虹录》则不同，它在如真似幻的类故事描绘中处处"引人向抽象凝眸"，具体经验与身份被淡化或模糊了，而抽象的本质被突显出来：没有身份地处于与世隔绝小屋中的男人和女人，正是所有男人和女人的化身，他们的爱悦体现了"神"的意志，因为神使男女相爱；鹿与女人远不是作为欲望对象被凝视，典雅精致的语言使她们庄重，超常规的细部呈现使她们成为"美的化身"、一种物化了的"形式"、生命极美的造型。

总之，"神"的指向使第二部分仿佛一个有关"生命形式"的寓言故事。从文体上来看，第二部分是第三人称的叙事，第一、三部分是第一人称的抒情，叙事本应是小说的特色，然它传达的是诗的意义；抒情本是诗的特权，而在此传达的是小说化的以时间过程（"二十四点钟"）联结的一种追求而不得的心境。可以说，第二部分是叙事的诗化，第一、三部分是抒情的故事化，前者通过隐喻手法暗示抽象本质，后者则以对时间的明确标志达到叙事化，因此，在形式与内容之间存在张力。作者为何要使诗故事化，故事诗化？事实上，这正是为了对应小说开始时的题记"神在我们生命里"。一切故事都是具体的，它讲的是"我们""我"；而一切诗则是抽象的，它指示的是本质化的本体，是"神"。我们不妨说，第一、三部分的故事化的抒情正如"神在我（们）里"，第二部分诗化的故事则如"我（们）在神里"——形式与内容上的精致对应是这篇小说极其精巧的地方。

《看虹录》是一篇有非常大容量的作品。这不仅指沈从文在思想主旨上极富个性的宏大追求，更指叙述上的异常复杂的组合。除了上面分析的形式与内容之间的微妙张力关系，还有许多叙述技巧：第一部分将回忆心理与奇遇故事叠合，把心理过程外化为一个戏剧化动作；第二部分中的外物细节（如"妒火""奔马"等）对心理推进的暗示、潜对话、同构故事（男人／女人，"我"／鹿）、书信补叙等；第三部分回忆、向往、感叹、抒情、焦虑等复杂心态的准确表叙。而月下牌楼、炉火小屋与单人书房三个空间的转换，与二十四点钟时间标志造成的叙事流向，以及两者共同造成的叙述情绪的流动和转换，将小说的三个部分糅和在一起，传达其主旨。与沈从文同类作品比，《看虹录》是将"抽象抒情"和小说叙事结合得最好也是最着力的一篇。

然而在反复阅读中，我们仍可感觉到这篇小说有不和谐的东西，有一种说不出的"生涩"。这种缺憾不仅是因为小说技巧使用得过于繁复而有生硬、不自然之感，更多的原因来自作家过分明确的意图使得故事成了不堪其重的寓言，抒情变成有些直露的告白。作家纯熟、华丽的语词和老到的叙述手笔在很大程度上弥补、遮掩了这一缺憾。无法获得适当的形式来传达复杂的思想内涵，始终是沈从文昆明时期的一大焦虑。一方面宏大的思想建构极其困难而且很难达到完备的程度，另一方面叙事与抒情越来越不平衡，抒情得到了极大限度的膨胀而叙事则极其萎缩。这也正是沈从文昆明时期创作以散文和诗为主，小说减少的原因。与沈从文其他作品相比，《边城》是在"小说／诗""故事／象征"之间获得最为自然天成效果的作品；《长河》愈来愈明显地倾向后者，而《看虹录》则基本丧失了大故事的布局，仅保留了故事的原型或元素。与其说《看虹录》有一般意义上的故事，不如说它有的是一些抽象出来的叙事元素。猎鹿故事仅仅保存了外壳，鹿的形体占据了故事的全部光辉；男女相悦多少带有经验性叙述，然而人物来历不明，并且具有与世俗经验很不相同的神圣动机和节制神态……而到底是什么使小说三个部分如此紧张地组合在一起？从何处寻找人物"我"的动机？这是小说所无法告诉读者的。一种不属于这篇小说的极其焦灼的情绪附着于《看虹录》。这种焦灼不是《看虹录》的，而是沈从文的，他不能完全摆脱这种情绪投入小说或将这种情绪很好地组织到小说中，因而打破了小说自身的完整，使意义大于故事，使小说表现出来的跟不上试图表达的。可以说，是思想的巨大压力破坏了以"小说家"著称的沈从文的叙事能力。但是从另一方面说，对叙事的压制和对抒情的追求，也许正是沈从文这一时期的自觉选择。

应该说《看虹录》是一篇并不成熟的作品。它因过于博杂而不成熟，带有一种实验色彩。然而《看虹录》又是一篇非常有特色的小说，它的博杂中包融了现、当代小说发展的众多"资源"性因素：它首先将思想的叙事提上了日程。理念与小说的紧密结合，从1949年（甚至更早如20年代的"革命文学"）开始主宰当代文坛三十多年，尽管其所要表述的，是另一种与沈从文追求的性质全然相反的"理念"；身体的语言呈现与写"性题材"所带来的厄运，《看虹录》为许多作品提供了前车之鉴，然而沈从文的思想追求又使之显示了很大的气魄；小说的诗化和诗的小说化，正出于对"怎么写"的自觉，而这一点在沈从文40年代停笔后，当代小说至80年代才得以重提……更值得重视的是，沈从文在这篇小说中所努力呈现的思想。历来的评论都认为这种思想是沈从文为自己"不检点"的婚外恋经历做辩护或为自己写"性"打掩护——这不能不说是过于简单化和道德化的判断。沈从文40年代的思想追求固然会受到个人生活经历的启发和影响，但作为一个已具有成熟风格并且忠诚于写作的中国现代小说的代表作家，他的追求不应当被简单化理解。他希望由个体体验和思索出发，达到一种中西交融的、世界观化的宏大思想境界，这对于新小说摆脱政治理念、西方文化理念的笼罩，摆脱单薄化而获得深厚、宏大的思想底蕴，应该说不无启发。至少，如此成熟的小说家转而追求小说的思想厚度和现代风格，沈从文迄今也是第一人。因而《看虹录》的思想主旨不应看轻。

（原载《中国现代文学研究丛刊》1997年第2期）

世纪末的自我救赎之路
——对 1998 年"反右"书籍出版的文化分析

一、缘起：历史记忆的浮现

似乎是从 1994 年《顾准文集》的出版开始，世纪末的中国图书市场上，出现了一批与知识分子历史人物和历史史料相关的"解禁书籍"，并在 1998 年形成图书热点和引人注目的文化现象。

这首先是伴随着世纪末，人们对历史的习惯性检视和随之产生的"怀旧"感，而形成的回顾历史的文化现象的一部分。在此前的一段时间内，50—70 年代的中国历史，尤其是"文革"历史，曾经被作为图书出版业和文化市场上的热点之一。其中最重要的是 1995—1996 年上海远东出版社的"火凤凰文库"，包括《无梦楼随笔》（张中晓）、《沉船》（邵燕祥）、《李方舟传》（朱东润）、《从文家书》（沈从文）等一批写于 50—70 年代而在今天重新出版的书稿；表现这一历史时期的亲身经历的回忆录：《龙卷风》（蓝翎）、《文革中的我》（于光远）、《狱里狱外》（贾植芳）、《大跃进亲历记》（李锐）等。几乎同时，伴随着杨健的《文革时期的地下文学》（1993 年，朝华出版社）的出版，和唐小兵主编的《再解读——大众文艺与意识形态》（1993 年，香港牛津大学出版社）在海外和大陆学界造成的影响，文学界出现了"重写文革文学史"和关于"重读40–70年代文艺经典"的讨论。但在"文革"结束20周年的1996年，一种预期的对于"文革"历史资料出版和研究的热潮，并没有形成。其中不能忽视的原因，当然可以从1996年第3期《东方》杂志"文革纪念专号"的被查封中看出。对这段历史记忆的改写，在某种程度上仍然是一个不可轻易触摸的禁区。

然而这一年的一部电影《阳光灿烂的日子》，却以"个人记忆"的方式把"文革"时期改写为一段具有天马行空般的青春自由和快乐的"阳光灿烂的日子"；而伴随着"王小波热"再次凸现出来的小说《黄金时代》，也以同样的方式，把这段历史书写为一段青春性爱的历史。革命的暴力与青春期对性爱的饥渴交织在一起时，似乎在以一种相当有效的方式，穿越意识形态的禁区，而步入90年代的文化市场，并以曲折的方式唤起人们与"个人"相关的历史记忆。与"文革"历史相关的文化事件，当然还可以列出1995年前后，上海京剧团在北京、上海、广州三地的巡回演出京剧"样板戏"。尽管一些曾经亲身经历"文革"痛苦的老人们会发出"不要忘记历史"的警示，但另一些端坐在保利大厦、海淀剧院等现代剧院的人们（其中大多是年轻者），在享受着一种象征白领和工薪阶层的消费情调的同时，似乎并没有表现特别的厌恶，反而对"样板戏"所具有的特殊美感有着一份新奇的感觉。同样是作为"文革"经历和"文革"记忆的表达形式，"毛泽东热"和"知青热"所传达出来的或许正是一个"在实用主义、商业大潮和消费主义即将全线获胜之前，对一个理想主义时代不无戏滤亦不无感伤的回首"①。但所有这些在消费市场上畅通无阻的记忆表述，与《东方》杂志以及相关1957年"反右运动"的回忆录和纪实书籍的命运相比，或许可以看出更多的内容。

---

① 戴锦华：《救赎与消费——90年代文化描述之二》，《钟山》，1995年第5期。

1998年9月，经济日报出版社推出了三卷本"思忆文丛"：《原上草》《六月雪》《荆棘路》（副标题为"记忆中的反右运动"），把在"反右"运动中受到打击的民主人士、文艺界人士和青年学生当年的言论（还包括少量的相关研究文章），编辑成册。这套书出版所引起的反应，与负载了"文革"记忆的出版物和文化成品却有所不同：在多种场合，这套书仍然遭遇到了被禁的命运。但是在1998年之后，各种与"右派"知识分子相关的回忆录、史料和纪实性的研究文章，却开始纷纷出现。回忆录有韦君宜的《思痛录》（北京十月文艺出版社，1998年5月）、周一良的《毕竟是书生》（北京十月文艺出版社，1998年5月）、戴煌的《胡耀邦与平反冤假错案》（中国文联出版公司，1998年5月）和《九死一生——我的"右派"历程》（中央编译出版社，1998年8月）、从维熙的《走向混沌三部曲》（中国社会科学出版社，1998年8月），以及稍后出版的《第一个平反的"右派"：温济泽自述》（中国青年出版社，1999年6月）；史料编辑有《乌"昼"啼——1957年"鸣放"期间杂文小品文选》（中国电影出版社，1998年12月）；纪实性的史料研究书籍则有《1957年的夏季：从百家争鸣到两家争鸣》（朱正著，河南人民出版社，1998年5月）、《禅机——1957：苦难的祭坛》（胡平著，广东旅游出版社，1998年12月）；一些已经去世的"右派"知识分子和在历次思想改造运动中被批判的知识分子的书籍和文章也开始出现：如"野百合花丛书"（其中收入王实味、胡风、罗隆基、王造时、储安平、顾准等人的传记、论文或文学作品），《储安平文集》《吴晗文集》《邓拓文集》《遇罗克的遗作与回忆》等。如果我们要为这些书找到一个共同点的话，那么很显然，这些都是与知识分子的当代历史，尤其与1957年的"反右"运动历史密切相关的书籍。这些性质相近的书籍的集中出版，的确在1998年的文化市场上成了引人注目的文化现象。或许也可以将这些书籍的出版，看作是一次历史性的对话：这是

1998年的中国知识界对1957年历史的重新反顾和再解释。分析这些书籍得以在1998年出版的原因，它们在文化市场上的遭遇，以及它们在叙述当代中国历史时的主要倾向，将会让我们看到90年代中国知识群体的微妙处境。

二、1998：浮现的契机

"1957年"在当代中国历史中是一个意识形态禁忌的界标，从70年代后期开始的历史反思潮流，始终没有跨越1957年。尤其是1978年十一届三中全会后公布的中央文件《中共中央关于建国以来若干历史问题的决议》对这一历史事件做了明确的定性之后，对1957年的阐述始终受到严格的控制。关于这段历史的书籍能够在1998年集中出版，在某种意义上说是"市场改革"的产物。1997年"十五大"会议可以看作是这些书籍得以出版的文化政策上的直接信号。一些新闻出版机构成员在学习"十五大"报告的文章中，明确提出"思想早解放、早发展；思想大解放、大发展"，要求国家出版机构和发行"主渠道"在"资本运作、资本重组上下功夫"，以与非正式出版机构和"二渠道"竞争，争取生存空间①。1998年出现的这些与"反右"运动相关的书籍，大都由国家正式出版社出版（当然也不排除书商购买正式出版社书号，通过"二渠道"发行这一操作方式）。这些书籍中影响最大的几本，如《思痛录》《1957年的夏季：从百家争鸣到两家争鸣》《禅机——1957：苦难的祭坛》等，大都与"1993年"相关。比如《思痛录》在1993年前后完成，同年完成了内容与此密切相关的长篇小说《露沙的路》（人民文学出版社，1994年）；《1957年的夏季：从百家争鸣到两家争鸣》

---

① 周卫滨：《大潮涌来扯满帆——学习十五大报告、浅议发行行业改革过程中的思想解放》，《出版发行研究》，1998年第3期。

"是1993年花了整整一年时间写的"①;《禅机——1957:苦难的祭坛》,也是"从1993年的暮春开笔"②……一个明显的事实是,1993年正是中国全面推进市场改革的年份。这些书在1993年开始动笔或交到出版社,或许正是期待商业市场能够容纳这些在国家体制中难以发出的声音,或者将市场化看作发出这种声音的一个"契机"。

在很大程度上,这些书籍在1998年以极快的速度迅速出版,与出版社或出版商如何把握官方在"解禁"与"禁"之间的微妙尺度,有着直接的关系。一位评论者在分析这些书出现的原因时写道:"这些书,不是谁想炒作就能炒作出来的……在一年之内先后问世,绝非有人蓄意制造热点,而是中共十五大和九届全国人大先后召开,提供了一个出版环境,使得一些压在出版社、多年难以通过的好书,终于在1998年获得了与读者见面的机会"③——将这些书的出版,归结为政治环境的宽松,正好道出了这一事实。1998年之前出版的与"反右"运动相关的书籍,基本上是在"二渠道"上流通,如叶永烈1995年出版的《反右派始末》(青海出版社,1995年)。除此之外,便是那些由外国研究者所写,标以"内部发行"的相关书籍,如纳拉纳拉扬·达斯的《中国的反右运动》(北岳文艺出版社,1989年)、麦克法夸尔的《文化大革命的起源》(河北人民出版社,1990年)、莫里斯·梅斯纳的《毛泽东的中国及其发展》(四川人民出版社,1989年;1992年中国科学文献出版社再译出版)和费正清主编的《剑桥中华人民共和国史》(中国科学出版社,1990年)。或许正因为这一段历史暧昧的书写性质,1994年图书市场上出现的"畅销书"《第三只眼睛看中国》,便标上了一个奇怪的不明身份的德国人

---

① 朱正:《1957年的夏季:从百家争鸣到两家争鸣》"后记",河南人民出版社,1998年版,第573页。
② 胡平:《禅机——1957:苦难的祭坛》,广东旅游出版社,1998年版,第863页。
③ 丁东:《反思之书》,《南方周末》,1998年12月25日。

的名字：洛伊宁格尔。——第二渠道和海外作者、"内部发行"，提示的是一份体制之外的容忍空间，也正好说明了这些书籍书写的历史记忆与官方说法之间的紧张关系。1998年出版的与"反右派"运动相关的书籍，正是试图为当代中国（大陆）知识分子的暧昧历史，一段长久以来被官方防范得最为严密的敏感禁区和叙述死结，寻找名为"解禁"实为"对决"的另一种叙述。

1998年这些书籍的出现，另一个不可忽视的原因，是这些书籍因为特定的意识形态禁忌的标志而具有的市场价值。正如戴锦华在《隐形书写——90年代中国文化研究》中指出的那样，当代中国历史叙述"禁忌"的划定，在90年代的文化市场中，形成了一种"特定的政治文化'窥视癖'的类型"[①]。精英知识分子在70年末80年代初形成的"突破禁区"的热情，窥见当代中国政治中的内幕、秘闻的市民心态，甚至海外市场了解"铁幕后的红色中国"的消费欲望——这些因素，在多个层面上形成了当代中国历史在市场上具有的"卖点"。"反右"书籍在这一意义上具有的商业价值，使出版社有理由期待它们成为一种类型的"畅销书"。而它们在1998年的出版，与山东画报出版社的《老照片》所取得的巨大商业成功相映成趣，同时伴以"毛泽东热""政治隐秘书籍热"，正好说明了"历史记忆"在读者群中的强大需求。尽管这些与知识分子历史相关的书籍，并没有获得前者那么广泛的市场占有量，但它们提供了成功地把握知识分子图书市场需求的范本，那也就是呼应知识群体对历史表象的浮现的需求，尤其是对那些过去未曾触及的历史禁区和被禁人物的窥密和曝光的需求，所可能获得的市场成功。可以说这些书籍提供了一种新的畅销书制作模式。1998年"反右"书籍的出现，或多或少都与遵循这一模式，以取得市场占有量的出版操作规则有关。

[①] 戴锦华：《隐形书写——90年代中国文化研究》，江苏人民出版社，1999年版，第77页。

当然，指出1998年这些与"反右"运动相关的书籍得以出现的文化政策上的原因和消费原则，或许忽略了这些书籍所负载的最重要的意义，那就是，在书籍的编撰者、写作者以及阅读者那里，它们远远不只是一些文化消费品，不是提供"消费快感"的书籍。不如说，这些书籍展示的是一个社会群体的历史创痛，是一次期待已久的关于历史的"真实"讲述，也是试图通过重新讲述历史而为现实文化立场寻求合法依据的文化尝试。在很大程度上，讲述1957年，对当代中国知识群体来说，是世纪末的"自我救赎"。这不仅因为讲述这段"苦难的历史"终于成为可能，并且人们期待在"苦难的历史"的重新讲述中，展现知识者的良知、忠诚和勇敢，展现暴虐历史中思想的尊严和"失踪的思想者"，从而"恢复"或重塑早已被扭曲的知识分子形象。因而，1998年的这一文化现象，虽然是裹挟在消费大潮中出现的，但它具有的政治文化意味（尤其对于90年代的知识群体）却远远超出了它的商业意味。

但如果把1998年的这一文化现象描述为：从70年代后期开始，知识分子在对自身历史的叙述问题上一直受到种种限制，终于在1998年前后的特定政治文化语境下有所突破，那么我们忽视的是这一文化现象更为复杂的另一面。我们不仅要关注造成这一文化现象的多种社会文化因素，同时也要警惕是否把这一现象所表述的内容简单化。显然，问题的重点并不完全在"记忆"与"遗忘"的争夺，不完全在知识群体终于获得了讲述历史的权力，而在他们怎样讲述这段历史，并在什么样的思想文化脉络上认为自己获得了这种表达权。在90年代复杂的文化语境中，知识群体对于这段历史的叙述是否是统一的？90年代的这种讲述与80年代的相关叙述构成了什么样的关系，两个时期阐述历史方式的变化又说明了什么？

70年代末80年代初由国家实施的知识分子"平反"活动，与其说是曾经被判为"右派"的知识分子在为自己过去的言论寻求合法性，不如说是体制给予知识群体的象征性"补偿"。那一次大规模的平反运动，最为实际的行为是将那批放逐至社会底层的知识群体，重新召唤到社会中心，是一次知识群体在社会体制中位置的"复归"。因而在80年代，对作家的区分，就有"复出作家""归来者"的称呼。与之不同的是，1998年的这次出版热，知识分子的言论和思想被作为重新评价的核心，也就是说，这一次要求的是言论和思想的"平反"。那些曾经使知识分子获罪的文章和言论，如今被当成了流通于文化市场的文稿[①]。这些资料本身经历了一次"革命性"的变更：它们从旧报纸文章（"一体化"政治制度下的文献），转变为思想论著而重新出现在今天的书籍市场上。这意味着它们本身的价值也发生了一次逆转：那些曾经是"毒草"的文字，如今变成了思想的"见证物"。这些史料的命运变更，反映出的将是更为深刻的内涵："就一个社会来说，历史是一种赋予它与之不能分离的众多文献以某种地位并对它们进行制订的方法"[②]。修订者为何选择了这些史料，并在重新编订中传达出了什么样的意识形态内涵？在捷克作家米兰·昆德拉的著名小说《玩笑》中，小说主人公卢德维克并不认为曾经使自己获罪的那张明信片具有什么样的思想价值，而仅仅将之视为一个得不到爱恋者回应的年轻人心血来潮的"玩笑"。也就是说，米兰·昆德拉试图对历史进行"报复"的时候，他丝毫没有想到为受害人当初的动机和思想进行辩护。与之相比，我们可以更为清晰地看到，在1998年的关于"右派"记忆的表述中"思想"所占据的重要性。在这些书籍的扉页或封面上，知识群体的言论经常被定义为"先驱者"的"精神遗训"[③]，是"促进社会主义民主和社会主义法制健全"的"肺

[①] 在《乌"昼"啼——1957年"鸣放"期间杂文小品文选》（段跃编，中国电影出版社，1998年12月）一书的"编辑说明"中，即注上了"见到本书后主动与我们联系，以便我们奉寄稿酬"字样。

[②] [法]米歇尔·福柯：《知识考古学》，三联书店，1998年版，第7页。

[③] "思忆文丛"的封底。

腑之言"①。在更为明确的意识形态叙述中，这些重新出版的资料，是一个时代知识分子保持"自由主义"立场和勇气的见证，并且成为后继者据以寻求现实立场的精神"遗产"。

与文献史料具有相当价值的，是历史当事人在回忆录中所讲述的经历。正如人们评价巴金在80年代前中期所写的五卷本随笔《随想录》一样，当事人说出自己在历史中的遭遇被看成是面对"虚假"的历史叙述而勇敢地"说真话"。依据亲身经历写就的回忆录所具有的独特价值，就在于它通过表述个人记忆将我们带回那个时代，因为讲述人自身就是活的见证。但是在这些回忆录中，每一个个体的记忆似乎都成了知识群体记忆的缩影，人们很少去关心这一段历史的个体书写方式与群体记忆之间的复杂性。乐黛云和舒衡哲在一次对话录《历史与记忆——对二十世纪我们应该记住什么？》中，谈到个人记忆的偶然性与历史记忆的必然性，并提出"似乎觉得越是重大的历史事件，说的人越多，越是没有新的话可说"，因而赞同尼采在《查拉斯图拉如是说》中"一些小而坦率的无意识"②。这种对待历史的态度，对于1998年的"反右"书籍的写作者来说，似乎不称其为问题，或者说是一个未曾意识到的问题。在相关书籍中，关于"反右"记忆是相当一致的，那就是对苦难的控诉和面对造成这种苦难的当权者时的冤屈感无辜感。霍布斯鲍姆在《极端的年代》的开篇曾引用意大利作家李威的话："我们侥幸活过集中营的这些人，其实并不是真正的见证人。这种感想，固然令人不甚自在，却是在我读了许多受难余生者，包括我自己在内所写的各种记载之后，才慢慢领悟的。……那些真正掉入底层的人，那些亲见蛇蝎恶魔的人，不

---

① 李锐：《乌"昼"啼》"序"，中国电影出版社，1998年版。
② 乐黛云、[美]舒衡哲：《历史与记忆——对二十世纪我们应记住什么？》，《跨文化对话·第一辑》，上海文化出版社，1998年版，第74页。

是没能生还，就是哑然无言"①。我在这里再次引用这句话，并不是要怀疑"反右"回忆录的真实性，而是试图指出这些书籍以集体名义描述的历史记忆所传达的意识形态性质。当历史当事人非常明确地将这段历史表述为一段"施虐者／受虐者"的历史，表述为一段"清白者"受难的历史，或许掩盖了复杂历史情境中的许多因素，而历史情境的这种复杂性，也许是后来者了解历史的"全部真实"所必须的。我们不能简单地把此前的主流历史叙述看作是"谎言"，也不能把揭示主流叙述的虚假性的亲历者叙述看作是"真实"的全部，因为无论哪一种叙述，都对历史进行了"选择"，并依据所选择的因素组织为一个关于历史的"故事"。具体到当代中国50年代后期的这段历史，把它讲述成打击社会主义"敌人"的革命叙述当然是不公正的。实际上，主流叙述的最大问题不在于它是"革命"叙述，而是这种叙述的明显漏洞。"文革"结束后，官方说法对50年代后期"反右"运动的历史叙述始终是异常矛盾的。一方面，对受到打击的历史对象进行了广泛的"平反"。到80年代初期，"改正被错划的'右派分子'的结果表明，反右派斗争中所划的55万人中，除极少数真右派外，绝大多数或者说99%都是错划的"②；另一方面又始终不承认这场历史运动是"错误"："一九五七年反右派运动斗争还是要肯定。……错误在于扩大化"③，或者表述为"对这种进攻进行坚决的反击是完全正确和必要的。但是反右派斗争被严重地扩大化了……"④ 与历史性质叙述的含混性相伴随的，则是对任何触及这段历史的讲述，都采取严格的防范措施，并且禁止对这段历史做更多的关注。

---

① [英]霍布斯鲍姆：《极端的年代 1914—1999》上册，江苏人民出版社，1998年版，第4页。
② 薄一波：《若干重大决策与事件的历史回顾》下册，中共中央党校出版社，1993年版，第619页。
③ 邓小平：《对起草〈关于建国以来党的若干历史问题的决议〉的意见》，《邓小平文选》，人民出版社，1983年版，第258页。
④ 《关于建国以来党的若干历史问题的决议》，收入《三中全会以来——重要文献选编》下册，人民出版社，1982年版，第805页。

正是在这一点上，1998年出版的与"反右派运动"相关的书籍，具有"解禁"意义。但是，同样值得警醒的是，我们不能因此就对1998年这种带有"反抗"性质的叙述采取全部认同的态度。把这段历史叙述为"清白者"受难，可能只是呈现了历史行为的后果的一部分，而参与者介入这一历史行为中的全部复杂性都被做了某种简化处理。

正因为从以上的角度考虑问题，我对这些书籍的"叙述"方式中所包含的意识形态性分析才成为可能。对知识分子在这段历史中所遭遇的苦难表示尊重，并尽可能多地去发掘这段历史的存在事实，这应该是当代中国知识分子必须面对的问题。而对这一段历史在90年代浮现的方式，以及知识群体对之做出的反应进行分析，考察其隐含的意识形态内容，却是另外一个层面的问题。这也是我选择1998年这一文化现象做出分析的基本出发点。

三、80年代的书写——苦难的合法化：补偿抑或合谋

50年代后期以知识分子为主要对象的"反右运动"，长久以来成为一个未曾解开的巨大历史死结。似乎除了官方的解说和历史记录之外，知识分子一直未曾获得关于这段历史的书写权利。但事实上，知识分子对于这段历史的书写，却从未停止。而这种书写实际上也就是知识分子参与主流意识形态构造的方式之一。

80年代，表现"反右"历史的文字载体主要是虚构性文学作品（绝大部分是小说和散文）之中；而90年代，同样的历史事件却是以原始资料和历史纪实的方式重新出现的。按照常识，史料和纪实本身常常被看作是历史的化身，是历史的最"真实"呈现。但我更为关心的，是记忆的存在方式和表述载体。为什么这段历史记忆的书写方式会从80年代的虚构走向90年代的纪实？在这种书写形式的变化之中，表明现实

的文化机制和知识／权力的构成发生了什么样的变化？更进一步地，附着在"虚构"和"纪实"之上的文化与现实的互动关系是什么？我们可以简单地说80年代的政治文化迫使历史变成虚构，而90年代市场文化的"自由"在以纪实的方式，"还原"历史本身吗？如果不仅仅如此，这种变化又暗示了我们什么？它可以让我们看到知识群体本身的什么问题？

作为历史事件的受害者和当事人，"右派"知识分子在50年代的遭遇处在有意和无意的双重"遗忘"之中。一方面，这段历史已经长久地成为一个政治禁忌，历史当事人被迫要求"少写"或"不写"，也就是要求有意地遗忘。出现在1998年图书市场上的这些书籍，大都有被压在出版社多年不能出版的经历。这一点可以证明"刻意"要求遗忘的意识形态制约因素。而进入90年代，在长久的遗忘之后，对于年轻一代来说，对历史的遗忘似乎成了历史的事实。这或许不仅仅因为"代沟"的存在，还因为80-90年代中国社会的结构性调整所造成的"断裂"。"过去的一切，或者说那个将一代人的当代经验与前代人经验承传相连的社会机制，如今已经毁灭不存"①。在一个以消费主义原则迅速构建起来的商业社会中，历史只是"怀旧"感所填充的表象。人们从中发现了某种如《老照片》《老新闻》《老房子》等以"老"字标识出来的"怀旧"感，并满足于在"陡临的断裂体验"中从"稔熟而陌生的历史表象"中"获得一个关于现代中国的整体性想象"②。除此之外，似乎很难指望后来者来执行一次期盼已久的"公正判决"。或许正因为此，对于"遗忘"的恐惧和焦虑，在亲身经历历史浩劫的当事人那里，显得更为迫切。但关于这段历史，80年代和90年代的叙述方式之间存在的差异，却显示了比"拒绝遗忘"更多的内容。

---

① [英]霍布斯鲍姆：《极端的年代——1914-1991》上册，江苏人民出版社，1998年版，第4页。
② 戴锦华：《想象的怀旧》，《天涯》，1997年第1期。

70年代末期，在被称为"思想解放运动"的社会潮流中，人们一度欣喜地以为一个高歌猛进地穿越禁区的时代已经来临。但随即在1983年树起的界标和警戒，使这场进军瞬间崩溃。而那一时期留下的最"反动"但同时也许最撼动知识分子心弦的疑问："您爱我们这个国家，苦苦地留恋这个国家……可是这个国家爱您吗？"[①]——似乎成为那些遭遇过历史强暴的知识分子的一种深刻隐痛。无论他们事实上在现实中获得了什么样的补偿，都不足以抹去这层创痛。在全社会的"平反"活动中，知识分子在社会体制中获得了甚至超出50年代的地位和声誉，这既是他们历经磨难终成正果的标志，也可以看成是体制给予知识分子的一种补偿性安抚。在80年代的文坛，他们被称为"复出作家"，一群曾经被流放而今归来的受难者和功臣。"尊重知识，尊重人才"的口号，赋予了知识群体一个崇高而体面的社会位置。与50年代后期那场试图将多数知识分子视为必须"再教育"的对象而从社会体制中剔除出去的努力相反，体制重新默认并以实际行动认可了知识分子的可用价值。但制度的延续性和合法性，使得过去的历史必须是一个视而不见的黑洞，一段脱离了正常"轨道"的噩梦。因而，历史成为一个必须面对而又不断被遗忘的存在。

实际上，在80年代，没有任何一个受益者敢于明确承认，他们所获得的一切只是体制的一种威慑性的补偿。这不仅将冒犯主流话语，而且也将使他们自己感到一种明确无误的屈辱。因而必须将那个使他们受难的创伤记忆的原始情境"掩盖"起来，或者寻找一种更为"安全"的叙述。在他们试图为自己的这段历史做出必要的叙述时，他们必须努力寻求的是"苦难"的合法性。从对苦难进行控诉的动机（这种动机当然直接地联系着70年代末80年代初的"历史反思"潮流）出发，表现为

[①] 电影文学剧本《苦恋》（白桦、彭宁）中主人公凌晨光的女儿质问凌晨光的一句话。

对苦难的赞美——这样的历史表述，似乎是知识分子迫不得已的违心表述，但实际上，正好是知识分子与体制的共谋行为。无论是当初响应号召"鸣放"，还是而今"流放者的归来"，知识分子都不得不承认自己与体制之间的共生关系。这正如一位研究者指出的："反体制知识分子作为一个群体，在1949年以后建立起来的集计划经济——一元化政治——文化意识形态领导权于一体的体制下是不存在的；非体制知识分子……只是在接受权威性的正式语言或'官方语言'的过程中，参与了这种语言的再生产"①。于是，在80年代的主体叙述中，50年代后期以至60年代当代中国历史获得的是多重而暧昧的合法性。

一个明显的个案是张贤亮。他的系列小说《灵与肉》《绿化树》《男人的一半是女人》等，被作者命名为"唯物论者的启示录"②。他试图要证明，许灵均、章永璘等并不是历史的牺牲品和被动的受害人，而是主动经受磨难并在磨难中最终成长为成熟的"唯物主义战士"的炼狱者。可怕的历史梦魇在这些小说中，闪烁着神圣的、近乎崇高的受难色彩③。张贤亮以一个挺身接受考验的成长者、受难者形象，改写了屈辱的历史，从而以个人成长的历史故事，取代了群体受难的历史"事实"。然而恰恰是这样一种叙述历史的方式，印证了那过去历史中的文化逻辑：50年代那场运动，不正是出于这样的逻辑，把知识分子送到了农村、监狱或劳改场吗？如同张贤亮一样，80年代一些"复出"作家（又称为"中年作家"）在书写这段历史时，都有意无意地试图以个人的故事来置换一个群体被强暴的事实。个体的生命流程，在这些小说中，仿

---

① 黄平：《现代中国知识分子：社会变迁的参与者和体现者》，《未完成的叙说》，四川人民出版社，1997年版，第40页。
② 张贤亮在《绿化树》的"题记"部分，称自己将描写一部总名为《唯物论者的启示录》的书，描写的是"一个出身于资产阶级家庭，甚至曾经有过朦胧的资产阶级人道主义和民主主义思想的青年，经过'苦难的历程'，最终变成一个马克思主义的信仰者"。
③ 相关阐述参阅洪子诚的《中国当代文学概说》（香港：青文书屋，1997年版）第九章"历史创伤的证言"。

佛都在冥冥之中受到一个理想自我或光明未来的招引，从而促使他们无视身边的苦难，或者把苦难视为必要的代价。苦难可以成为张贤亮小说中的磨砺成长者的历史过程，可以成为从维熙小说中分辨忠奸的试金石（《雪落黄河静无声》《大墙下的红玉兰》），可以成为鲁彦周笔下分辨好男人和好女人的道德考验（《天云山传奇》），甚或可以成为王蒙小说中摆脱权力异化而回归淳朴自我的难得机遇（《蝴蝶》）。苦难历史的原初情境被重重掩盖起来。似乎尽管历史曾经带给知识分子灾难，但一切并不那么可怕，因为这仅仅是一个过程，一个更为成功的社会自我，将在灾难的尽头等待，并将给予受难者丰厚的报酬。

当然这种声音在80年代前中期，并不是全部。当一种试图为历史灾难做出合法辩护的声音成为虚构性文学作品的叙述主流时，在比"复出"作家更为年长的作家那里，一种更加接近纪实性质的散文作品——"伤悼散文"，同时出现。孙犁、杨绛、巴金等人，不约而同地写作身边琐事。他们似乎并不曾想到去写一段"大"的历史，而只愿意抓住那些与个人经验密切相关的琐碎但却常常充满温馨的人与事。孙犁称自己是"患难余生，痛定思痛"，杨绛记住的是"身处卑微的人，最有机缘看清世态人情的真相"。一段最有可能演化为"政治文化"的记忆，被化成了人生沧桑的平淡和一份淡漠的温情。唯有巴金一再坚持"说真话"，说出历史的"真相"和现实的"真相"，仍被作为一项刻意争取的权利。但从巴金笔下写出来的，更多的是现实的片段，那段过去的历史（主要是"文革"）是一个含糊不清但恐怖笼罩的梦魇，清晰地潜藏在现实背后。历史被简化成了一个噩梦，一个只需要几个字就能表达出来但却永远难以摆脱的噩梦。尤为沉重的是，个人不仅是历史的牺牲品，同时也是历史的合谋者，只要巴金仍旧面对过去，就必须不断地忏悔自身。但是，这种忏悔并不是出于普通人的良知，而是一份"文化英雄"的自觉。只因知识分子被视为文化英雄，因而他们对历史就必须承担更多的责任①。于是，历史的焦虑被个人道德焦虑所取代，而这种道德焦虑，无疑是无数知识分子骄傲自诩的。然而不得不承认，在这种"九死而不悔"的执着背后，在一种"儿子怎能怨恨母亲"的忠诚背后，是那段屈辱的历史留下的无法轻易被改写的复杂记忆。

四、90 年代：重返创伤情境的迷离路径

与 80 年代的主体叙述相比，有意味的是，90 年代显现出来的"反右运动"资料和回忆中，一个明显的征候是：历史当事人作为个体书写者开始成了清白之身，一个被历史强暴的无辜的"局外人"。韦君宜在《思痛录》中写道："如果在'一二·九'的时候，我知道是这样，我是不会来的"。"如果我知道是这样，我是不会来的"，这样一种被欺骗的口吻大量出现在历史当事人对历史的描述之中："只因为我对党说了实话""我听话成了'右派'""毛主席是什么时候引蛇出洞的"等。历史的暴政性被极大地凸现出来，当事人的怨恨情绪明确无误地流露在文字表述之中。在相关的回忆录和研究文章中，1957 年的历史因而成为一段"梦魇"、一次"苦难的祭坛"和一次有预谋的政治迫害。

正如本文前面曾引用乐黛云和舒衡哲的对谈中谈到的，"似乎觉得越是重大的历史事件，说的人越多，越是没有新的话可说"。但从不同文化身份和文化立场的叙述者的表述中，还是可以看到对同一历史事件的不同评价。据此，我们也可以通过对比，更加清晰地看出作为历史当事人的"知识分子"历史叙述的特征。

明显是按"畅销书"方式写作出来的《人民记忆 50 年》（宋强、乔边编，甘肃人民出版社，1998 年），在序言中提出"反对妖魔化历史"，

---

① 相关论点参见洪子诚的《作家的姿态与自我意识》（陕西人民教育出版社，1991 年版）第三章"忏悔意识"。

实际上是从民族主义情绪出发，为历史的合法性做注解。这本以"人民记忆"命名的书，通过描述"老百姓"（一群无"知识"但却保持着朴素而淳朴情感的农民形象），对知识分子近乎厌恶的态度和知识分子自身表现出来的缺陷，似乎印证了官方文件的解说：知识分子被批判，很大程度上真是他们自己"有问题"。而奇怪的是，这种叙述是以"人民记忆"的名义发出的，而其针对的，恰恰是知识群体描述的苦难和冤屈记忆。《第三只眼睛看中国》（山西人民出版社，1994年版）则以一章的分量，来论述中国知识分子的"不成熟"，认为他们介入社会政治生活始终采取的是"旧式民主活动"的方式，而没有形成独立的政治力量。在这本书的论述中，国家利益是第一位的，因而毛泽东的忧虑和"引蛇出洞"都带有较大的合理性，问题在于中国知识分子从来不知道如何配合他的想法。类似的说法表明，当人们从一种"非"知识分子的眼光来看待这一历史事件时，常常突出的是历史事件产生的合法性，而对于知识群体的同情是很稀薄的。从那些作为"反右"当事人的后代对50年代后期的历史评价来看，他们给予父辈的"待遇"也不见得好到哪里去。这些"后代们"不断地指出父辈因为那段历史而造成的人格上的萎缩，甚至指责他们丧失气节。唯一向父辈表示了敬意的是谢泳对自由知识分子的描述——不同的历史叙述的差异，或许与当前的知识分子文化身份分化的事实有密切的关系，但我更关心的是在这些叙述中包含的意义网络，以及知识分子记忆在其中占据的位置。

以上列出的一些讲述历史的方式，与"反右运动"历史当事人的回忆录形成了某种张力。或许正如黄平所说："反右运动"之后，知识分子群体"在公众中的社会—政治形象也受到了前所未有的贬损"[1]。这种影响也表现在对这次运动的不同描述之中。但在1998年知识分子写

---

[1] 黄平：《现代中国知识分子：社会变迁的参与者和体现者》，《未完成的叙说》，四川人民出版社，1997年版，第37页。

就的与"反右"运动相关的书籍中,却完成了一次清晰的历史指认。人们在反顾过去时,非常明确地把自己和历史区分开来:一个是施虐者,一个是受虐者。为什么到了90年代,知识分子(当事人)的历史叙述中,50年代的政治体制变成了一个明确的压抑机制?这不仅仅意味着一种压抑已久的情绪的表露,而且同时也表明知识分子与体制之间的关系发生了变化。由补偿与合谋的虚构性叙述,转为怨恨情绪的纪实回忆,这是80-90年代关于这段历史叙述的最大差别。尽管90年代出现的许多回忆录,并没有比80年代的伤悼散文在内容上更进一步,但那种怨恨、冤屈的情绪表露却十分清晰。这种怨恨情绪,或许可以看成知识分子与体制之间的矛盾公开化的直接反映。导致这种情况产生的原因,马上可以联想到的,是关于知识分子在市场机制下的社会位置"边缘化"话题。对于曾有"右派"经历的知识分子来说,则意味着补偿性的体制空间的缩减和体制威慑力量的减弱。事实上,补偿和威慑是同一行为的两面,一旦体制外的权力空间——市场机制,开始成型,这段隐晦历史就必将浮现出来。在市场机制中,知识群体与体制之间有了一个缓冲地带,一个以"挪用与遮蔽"的方式构造起来的"特定的意识形态征候与其实践内容"的共用空间[①]。但1998年的"反右"书籍显示的,却远不仅仅是一次商业消费,而是一次政治情绪的直接发露和自觉的政治行为。知识群体试图借助这一历史记忆的"清算",在与政治体制的"对决"中,完成知识分子形象的意识形态构造。正因为此,与历史史料和记忆伴随的,是对记忆的重新书写。

在1998年出现的"反右"以及与之相关的书籍中,另一个同样明显的征候,是一些反抗暴政的知识分子从历史中被"挖掘"出来。最典型的是顾准。1994年,为纪念顾准80周岁而出版的《顾准文集》,于

[①] 戴锦华:《大众文化的隐形政治学》,《天涯》,1999年第2期。

不经意间在图书市场上成为某种意义上的"畅销书"。1997年《顾准日记》,1999年两厚本《顾准传》(罗胜银、高建国著)和评价顾准的大批文章,足以构成"顾准现象"。事实上,顾准最重要的著作《希腊城邦制度》80年代初期出版时,就在当时的高校中也引起了不算小的影响,但那时并没有引起过多的关于顾准的讨论。而90年代出现的顾准现象,与几乎同时展开的"人文精神"讨论之间的关系,应该说是颇为清晰的。"人文精神"讨论最早的一个话题是"二王"(王彬彬、王蒙)关于"聪明"的论争,王彬彬认为知识分子在历次思想改造运动中的表现是一种"明哲保身"的"聪明"和软弱,而缺乏"苏格拉底刀架在脖子上也勇于说出真理"的独立精神[1]。王蒙等面对这种指责,尽管愤怒,却似乎并没有找出多么充分的理由为自己辩护。而在此后展开的讨论中,这段历史成了一个问题:如果中国知识分子的"人文精神"真的在当代历史中有过完全被清洗的经历,那么对于曾经经历了那段历史的知识分子而言,无论如何不是一件"光彩"的事;同时,从这段历史得出结论,认为中国知识分子"先天"缺乏"独立"的精神传统,缺乏"俄罗斯文化中与被钉在十字架上的耶稣一同受难"的高尚精神品质[2],也就成了"理所当然"的判断。因此也就可以想象,当人们在历史中"发现"了顾准,一位在艰苦的条件下追求真理的思想斗士,而且他的思想达到了"整整超前了10年"[3]的深度,欣喜之情会多么强烈。于是有一段流传很广的故事:有海外学者曾在一次学术会议上质问大陆学者,在60年代与70年代,你们有没有可以称得上稍微像样一点的人物?一位70多岁的老学者应声而起:有,有一位,那就是顾准!——

---

[1] 王彬彬:《过于聪明的中国作家》,《文艺争鸣》,1994年第6期。
[2] 刘小枫:《我们这一代人的怕与爱——重温〈金蔷薇〉》,《这一代人的怕与爱》,香港卓越书楼,1993年版,第20页。
[3] 王元化:《〈从理想主义到经验主义〉序》,见《顾准文集》,贵州人民出版社,1994年版,第226页。

当代知识分子对于拥有顾准这样的英雄，其骄傲和欣慰之情溢于言表。而从另一方面看，他们又十分需要一些这样的英雄来洗去历史的屈辱感。

本文第二节提及的关于"思想平反"的呼声，或许正来自这种重建知识者"尊严"的需要。在"思忆文丛""野百合花丛书"等史料编撰者眼中，当年留下的文字，正是当代知识分子"捍卫理性的尊严"的"精神遗训"，是这段历史并不缺乏"英雄"的明证。但是有意味的是，90年代以来，在越来越多的文章和论著中，据以阐述这段历史的意识形态内涵，则逐渐集中到了"自由主义"理论和姿态之中。在《顾准日记》的序言中，李慎之将顾准的思想追求明确表述为"自由主义"，朱学勤则进一步将这种思想立场看作是"第一次破题，发出了1998年自由主义言说的第一声"①。谢泳在《西南联大与中国现代知识分子》《逝去的年代——中国自由知识分子的命运》《教授当年》等书中，非常确定地描述出了"西南联大"和《观察》等自由知识分子群体在思想改造运动中的失落流脉，"仔细一想，整批倒下去的都是那些自由知识分子"。在这样的历史叙述中，"自由知识分子"不仅仅是指从胡适式"自由主义"传统中延伸出来的有留学欧美背景的知识群体，更主要的是强调一种理论和文化立场。而这样一种被明确地表述为"自由主义"的理论形态和文化立场，与90年代知识群体分化的社会现实密切相关。事实上，真正有意味的不是"自由主义"被做了什么样的理解，不在于它所指涉的"自由""民主""独立"等内涵，而在于这种理论形态和文化立场在90年代文化语境中的具体针对性，以及它在面对当代中国历史时所做的改写。

在90年代的文化语境中特别强调顾准等人的"自由主义"身份，一方面表明"当代中国知识分子"不再是一个笼统的概念而出现了内部

---

① 朱学勤：《1998，自由主义的言说》，《南方周末》，1998年12月25日。

的分化；另一方面，把顾准这样的知识分子归入"自由主义知识分子"，则是为了将其与"左翼"知识分子区分开来。另一个未曾明确表述的内涵则是，在现代（尤其是当代中国），只有这样的自由知识分子保持了知识者的尊严，实践了知识分子的"批判"功能。而这样一种思路，在90年代知识界反省历史时，似乎是一种较为流行的观点，那就是从"左翼"的一极走向"自由主义"的一极。在对历史人物、历史事件和文学作品的重新评价中，被赋予"自由主义"称谓往往同时意味着被赋予了更崇高的思想和更"高尚"的道德力量。类似的理论立场也表现在刘小枫的论著《沉重的肉身》对丹东和法国大革命的阐释中，对《牛虻》《钢铁是怎样炼成的》等革命时代的经典文学作品的重读方式中。以个体伦理、民主、自由等名义完全改写革命时代的记忆，并似乎是以一种幡然醒悟的姿态，完成对革命记忆的全部抹杀。这种断然与历史洗清关系的叙述，如果说它确实提供了另一种历史叙述的可能性，但同样是以压抑他者叙述为前提的。欧美一系的知识分子在思想改造和"反右"运动中确实遭遇了悲惨的命运，但让人难以认同的，是叙述者将"左翼"知识群体与权力体制混为一体，而丝毫不曾考虑"左翼"知识分子本身存在的分化以及他们在权力体制中遭受的同样悲惨的命运。从历史史料提供的复杂情形来看，在"反右"运动中，那些最早最急切地跳出来批判"三害"①，并对批判"三害"具有极高热情的知识分子，主要并不是当时具有自由主义立场或自由主义倾向的人，而是那些对革命抱有真诚信仰的"左翼"知识分子。当时对民主、公正的理解，也主要是在革命文化或社会主义文化想象中展开。与其说这些批判者是在实践胡适式欧美自由主义立场和文化理想，不如说他们是在要求实现更为理想化的人民民主。支持他们对现实做出批判的文化信念，也主要不是与体制实行公开

---

① 1957年中共中央发动整风运动，目的是反对党内的官僚主义、宗派主义和主观主义，当时被称为"三害"。

对抗的"独立"精神，更主要的是左翼文化逻辑中必然包含的"不断革命"的激情。实际上，导致1957年悲剧的核心因素，是左翼激进知识分子与社会体制之间的矛盾。这种体制建立在左翼文化基础上，并把自己看作是左翼革命文化的现实成果，但是它并不能承受"进一步革命"的冲击和颠覆。可以说，在1957年存在着不同层次的文化矛盾和社会矛盾，而自由主义或自由主义倾向的知识分子在这多重矛盾中并不占据主导位置，甚至不构成矛盾的主要侧面。但1998年浮现的诸多叙述，却把"自由主义"放到了核心位置，并认为这场对社会主义体制本身也构成巨大损耗的历史灾难看作是一部"自由知识分子"悲壮覆灭的历史，不能不说它掩盖了更为复杂的历史事实。与80年代那种"欲说还休"的暧昧态度相比，90年代的这种叙述更为简单化。当代中国的这段历史，对于后来者，是一段不得不面对的沉甸甸的"遗产和债务"。它需要人们重新讲述，但这种讲述不是要洗清个人与历史的干系，不是以"审判失败者"的逻辑将一个时代的文化或文化逻辑宣判为非法，当然，更不是从阐述者身处的现实文化逻辑出发，从那段历史中"抢救"出几个引以为骄傲的英雄。也许真正必须正视的，是一种令人不安的历史"矛盾"，是真实地进入历史中时所遭遇的那种悲壮的尝试和残酷的结局之间产生的触目惊心的矛盾。

也许直到90年代，中国的知识群体仍然难以获得较为平和的心态来对待这段历史。当然不需要我们去论证"凡是存在的就是合理的"，而是需要去澄清一段难以澄清的历史，需要正视这段历史的全部复杂过程和后果。历史不存在"空白"，同样，历史也不可被轻易抹去。正视历史悲剧，并不意味着无视历史的复杂性。90年代一个十分明显的变化是，知识界的许多历史叙述非常明确地试图确立知识分子的群体身份，并把它定位在"自由"和"民主"之上。这种变化是市场孕育出来的知识分子的独立的开始，还是另一种用自由的名义重新建构市场主义的方式之一？一个并不粗略的描述是，当代学界对于自由知识分子传统的重新重视，是从60年代由海外汉学研究开始的。他们试图赞美那些在"集权体制"下英勇斗争的英雄，并强调自由的知识分子必然在社会主义制度下遭受屈辱。这种叙述当代大陆历史的方式与"冷战时代"有着密切的关系。这些思想在80年代后期进入大陆学界。在宣称了"历史的终结"的90年代，正如霍布斯鲍姆在《极端的年代》所说的，有一种"新自由主义神学"[①]。当它面对革命时代的暴力记忆时，似乎显得特别有效，因为一种足以与"多数民主"体制相抗的自由主义市场机制已经清晰地浮现出来，作为另一生存空间和相抗的意识形态，显示了有效的对抗性。但"自由主义的精神，在整个短促的二十世纪，都只作为一种原则而存在，乃是针对现在经济制度的不见效和国家权力的膨胀提出批评"[②]。而在90年代的中国，以消费主义意识形态迅速完成的全球资本扩张过程，或许才是更为迫切的事实。当知识界夸张地将当代知识分子的历史改写为一段"自由主义知识分子"受难史或以"自由主义"名义审判历史记忆时，或许回避了更为复杂的历史经验。

（原载《上海文学》2000年第5期）

[①] [英]霍布斯鲍姆：《极端的年代——1914—1991》下册，江苏人民出版社，1998年版，第835页。
[②] 同上。

当代女性文学批评的三种资源

从 90 年代后期以来,女性文学研究界频繁地使用"困境""危机"这类字眼来形容自身的处境。女性文学批评丧失了 90 年代前中期那种广受瞩目的冲击力,尤其在关于"个人化写作"的讨论中,"女性文学"被等而下之地视为"身体写作"或"美女文学",而女性文学批评界却未能对此做出更为有效和有力的回应。在分析造成这种状况时,很多研究者将问题的根源指认为女性文学过度追随西方女性主义批评,而忽视了中国的"国情"。同时,伴随着全球化过程的深入,国际／国内学术之间的互动也使得女性文学研究界内部发生分歧,"西方"的女性主义理论是否适用于中国"本土"被作为问题提出。批评现状遭遇的困境,批评理论的合法性问题,都使得我们必须重新考察当代女性文学批评所借重的理论资源及其具体的实践过程,从而为当下的处境勾勒出一幅相对明晰的图景。

"女性文学"与新启蒙主义话语

"女性文学"是当前研究界普通使用的一个概念。考察当代女性文学批评的理论资源，首先需要对这一概念本身的出现进行追问，进而辨析它与80年代语境中的思想／理论资源之间的关系。"女性文学"（或"妇女文学"）这一提法在20-30年代就已出现，但作为一个引起广泛争议的范畴，却是出现在1984-1988年间[①]。这是1949年后中国（大陆）首次从性别差异角度讨论女性与文学的关系，它的提出有着明确的针对性，即针对50-70年代妇女解放理论及其历史实践的后果。在毛泽东时代，尽管在社会实践层面上，女性获取了全方位的政治社会权利，成为与男性同等的民族国家主体；但在文化表述层面上，性别差异和女性话语却遭到抑制，女性是以"男女都一样"的形态出现在历史舞台之上，处在一种"无性别"生存状态中，并且缺乏相应的文化表述来呈现自己的特殊生存、精神处境。正是在这样的情形下，"女性文学"首次将"女性"从无性别的文学表述中分离出来，成为试图将性别差异正当化的文化尝试。

如何界定"女性文学"，在当时即引起了争议，它的具体内涵被人们认为是"模糊"的。对"模糊"这一性质的认知，表明当时的人们希望寻找一种确定的表述，以使"女性文学"与普泛意义上的"文学"或"男性文学"具有相区别的固定品质。形成较为普遍的共识的，是对这个概念做"广义"和"狭义"的区分。"广义"内涵侧重的是文学中的女性形象，"狭义"内涵强调的是作家的性别以及特定的"女性风格"[②]；或把"女性文学"规定为女作家的文学作品，由其是否表现"女性生活"来划分"广义"和"狭义"[③]。这种区分建立在对文学／女性关系的不同层次上，由作家的性别区分，到作品所表现内容或形象的性别区分，

[①] 相关资料参阅谢玉娥编撰的《女性文学研究教学参考资料》（河南大学出版社，1990年版）。
[②] 吴黛英：《女性世界和女性文学——致张抗抗信》，《文学评论》，1986年第1期。吴黛英同时认为"女性文学"比"妇女文学"这个概念"更突出了性别特征"。
[③] 马娴如：《对"两个世界"观照中的新时期女性文学——兼论中国女作家文学视界的历史变化》，《当代文艺思潮》，1987年第5期。

最后到作品是否有特定的"女性风格"与"女性意识",做了或宽或窄的限定。与"广义"和"狭义"的分辨相伴随,"女性文学"逐渐被纳入"两个世界"格局之中。这种说法最早出现在作家张抗抗 1985 年在西柏林举行的国际女作家会议上的发言——《我们需要两个世界》①。这篇发言稿提出:"女作家的文学眼光既应观照女性自身的'小世界',同时也应投射到社会生活的'大世界'……在此基础上,顺理成章的结论是:成熟的女性文学应同时面向'两个世界'"。相关的说法还有"内在世界"/"外在世界"、"第一世界"/"第二世界"等。"两个世界"的说法,可以很明显地看到 80 年代文学/文化批评界主流观念即刘再复的"主体论"②论述的影响。

值得分析的是,这种说法似乎是在平面地处理女性/人类、自我/社会、女性经验/社会经验,但关于这两两关系的论述却不自觉地透露出一种"等级"关系。如:"女性文学的第二世界,是女作家对外在世界的艺术把握,是女作家与男作家站在同一地平线上,不仅作为女性,而是作为一个人创造出的一种不分性别的新文化"③,或者"应该是女性以女性化笔法用女性化生活来表现超乎女性的全人类生活的一切精神和意义的文学"④等。可以看出,在"女性文学""女性意识"之"上"还存在一种"人类"的文学,一种"超越"了性别的文学。这一点事实上构成了"女性文学"的内在悖论。一方面,这一概念的提出,是为了给"女性"的文学提供正当性;但是,当"女性文学"与"人类的文学"并列时,它又必然处在"次一等"的位置上。而这种悖论的出现,是因

---

① 张抗抗:《我们需要两个世界》,《文艺报》,1985 年 8 月 10 日。
② 刘再复的《论文学的主体性》(《文学评论》,1985 年第 6 期)提出"内宇宙"和"外宇宙"的分别,并认为"内宇宙"是人的"灵性"取之不绝的内在源泉。
③ 王绯:《女性气质的积极社会实现—读〈女人的力量〉兼论女性文学的开放》,《批评家》,1986 年第 1 期。
④ 徐剑艺:《论新时期"女性文学"的超越》,《文艺评论》,1987 年第 1 期。

为在80年代的语境当中,"女性文学"关于女性差异的表述,受到新启蒙主义思潮的直接影响。"女性文学"的提出和80年代新启蒙主义话语有着直接的关系,或者说,它本身就是新启蒙主义话语的构成部分。新启蒙主义将80年代视为"第二个五四时期",它对当代中国问题的讨论是在"救亡(革命)/启蒙"、"传统/现代"的框架内提出的,这两组二项对立式有着同构并互相替代的关系,50—70年代的当代历史被指认为传统、保守、落后的封建统治时期,而80年代则在延续五四启蒙主题的意义上,成为另一个"现代"时期。这一现代化运动的一个重要指标是"人性"的解放,强调个体的价值和丰富性。但有趣的是,在80年代的中国,作为对"阶级"话语的反拨,"性别"成为标识"人性"的主要认知方式。人们很少从父权制的社会文化结构层面来谈论性别关系,而把女性文学的提倡视为对毛泽东时代的"无性"状态的反拨,以达成"两性和谐"作为目标。"一阴一阳才为'道'",是提倡者经常使用的类比。女性的独特经验和文学表述,一方面丰富着对于"人性"的理解,同时也丰富着文学的表达。"女性文学"这一范畴的讨论,因此被限制在一种关于"人""人类"的抽象想象之中,女性文学的差异被视为"人性"修辞的一部分。

在如何阐述"女性意识"的合法性这一点上,80年代有两种方式:一种是把毛泽东时代与封建时代等同,认为这一时期"似乎是中国当代的女权运动的兴起,是在鼓吹男女之间的平等。然而,骨子里除了'四人帮'的政治用心之外,其实是对封建意识的泛滥。封建时代把女性看作'性'的动物,是女性的物本化;这里则把女性看作'神'的抽象物,是女性的神本化。两者殊途同归,都不是把女性看作血肉和灵魂相和谐的人,是彻底的女性主体的异化"[①]——这种表述,不仅是"五四复归"

[①] 阮忆:《女性文学和女性意识——新时期女性文学断想》,《文艺评论》,1987年第4期。

式的现代想象的重申，而且丰满的人性被理解为"血肉和灵魂相和谐"，"人性"被充分的自然化了。这使得对"女性"差异性的认知必然导向"生理"和"心理"差异。正是这种新启蒙主义思路影响，"女性文学"的倡导者侧重从生理、心理等"自然"而非"文化"的因素来界定女性，从而把性别差异导向一种本质化、经验化的理解。另一种论证80年代"女性意识"合法性的方式，是首先承认，经历了社会主义革命之后，女性已经获得了"平等"社会地位，但没有获得与社会地位相匹配的自主意识，因此，倡导"女性文学"和"女性意识"，就是以"文化革命"的方式确立女性的主体性和独立意识。"在社会已最大限度地提供与男性同等政治权利的今天，女性要获得真正的女性平等和显示她们生存的价值，她们所面对的已不再是封建道德观念的外在束缚，也不是男性世界的意识压力，而主要的是她们自己的觉醒和自主意识的复萌"[①]。在这种解释中，女性的政治解放和自主意识的文化解放被区分为两个层次：在前一层次上，中国女性被判定为"解放"的，在后一层次上，中国女性又被判定为"未解放"的。"女性文学"在这样的意义上，被看作是女性发出她们独特的声音，表达其自主意识的"文化革命"的步骤。这就使得关于"女性／文学"的讨论必然从统一的民族国家话语中分离出来。但由于这种讨论遵循了新启蒙主义话语关于"人"的重新想象，试图在抽象层面上建构一种普泛化的"人类"共同本质，女性文学"必然"置于"次一等"位置；另一方面，对性别差异的强调由于局限于生理、心理等"自然"因素层面，而不能深入到文化分析的层面，因而无法与"男女有别"的传统性别秩序划清界限。这使得"女性文学"始终处在尴尬而暧昧的处境之中。

"女性文学"及其连带产生的语义形成于80年代的特定历史语境

---

① 彭子良：《新时期女性意识构成初探》，《当代文坛》，1988年第3期。

之中，但这一范畴迄今仍被女性文学批评界广泛接受。厘清其与80年代新启蒙运动之间的关系，有助于我们了解这一范畴的独特内涵及其局限性。它设定了一个"男女和谐共存"的、"不分性别的新文化"理想，针对民族国家内部以"阶级"话语建构的主体想象提出性别差异问题，但并没有明确反对父权制和批判男权意识。自80年代后期开始引入的西方女权／女性主义理论，则在一定程度上使女性／文学批评从新启蒙主义话语中分离出来，明确地将批判对象指认为男（父）权制，从而形成了独特的表述体系和话语方式。

男（父）权批判和西方当代女性主义理论

80年代中后期对西方女权／女性主义论著的译介，是"西化热"的一部分。有趣的是，西方女权运动"第二期"的四本重要论著（西蒙·德·波伏娃的《第二性》、贝蒂·弗里丹的《女性的奥秘》、弗吉尼亚·伍尔夫的《一间自己的屋子》和凯特·米利特的《性的政治》）中，与文学和文学批评关系最密切的《性的政治》，却翻译得最晚，直到1999年。这本书难以被80年代中国批评界接纳的原因，大约是因为它如此敏锐而激烈地抨击男（父）权制，并且把男／女两性关系纳入"政治"范畴，对于以"两性和谐"为理想的中国批评界，显得过于激进[①]。除了这些专著，不同杂志都对英美女作家和女性主义理论有介绍。这一时期对西方女权／女性主义理论的介绍主要偏重英美，而另一流脉，

---

① 1999年中译本的"译序"这样写："许多年前就听说过这本书。一旦拿过来仔细阅读，受益之余也有不时的苦笑：在这个称得上'微妙'的问题上，欧美人士居然已经作出了这么多的思索、研究、'实验'，说了这么多俏皮的、聪明的、发人深省的、莫名其妙的话"。在介绍《性的政治》在"女性主义的历史"上的重要性的同时，译序特别强调它引起的争议，并特别介绍诺曼·梅勒"奋起回击"的《性的囚徒》是"普遍被认为是梅勒写得最好的书"。这种"客观"介绍中的褒贬，也可看出译者对《性的政治》一书的态度（社会科学文献出版社，1999年版，钟良明译）。

法国的女权／女性主义理论的译介则相对较少。这主要因为中国对女性主义理论的接受来自英语世界（尤其是美国女性主义批评）的影响，同时也和英美派注重女性经验的表达，法国派则注重与同期理论（尤其是结构—后结构主义理论）的对话，有着密切关系。80年代中国批评界对于（后）结构主义理论并不十分熟悉，文学批评的主流还停留在前"语言学转型"时期，由于缺乏对法国女性主义理论的上下文的理解，对其接受相对困难一些。即使到1992年，张京媛主编的《当代女性主义文学批评》（北京大学出版社）中较多地收入了法国的埃莱娜·西苏、朱莉亚·克里斯多娃和露丝·依利格瑞的文章，以及80年代以后英美"受到欧洲文学理论的影响"的"后结构主义的女性主义批评"，如佳·查·斯皮瓦克等的文章，但在中国批评实践中产生影响的，主要还是注重女性经验和女性美学的表达那一部分。而"女性文学"讨论中已经显露出来的从女性经验角度为"女性文学"特质寻找命名的倾向，也使得中国的女性／文学批评较为倾向于"经验的女性主义"一脉。这事实上已经征候性地呈现出了当代女性文学批评的接受视野。

　　与西方女权／女性主义理论的引入相伴随，当代女性文学批评中出现了"女性主义"一词。90年代之前，feminism主要被译成"女权主义"。1992年张京媛在《当代女性主义文学批评》中把它翻译成"女性主义"，并提出理由："女权主义"和"女性主义"反映的是妇女争取解放运动的两个时期，前者是"妇女为争取平等权力而进行的斗争"，后者则标识"进入了后结构主义的性别理论时代"。但无论是"女权主义"还是"女性主义"，在中国语境中，它似乎并不是一个受欢迎的词。不仅作家和批评家们拒绝被称为"女权／女性主义者"，而且文学批评中使用这一概念也不多，人们更愿意使用内涵较为模糊的"女性文学"。造成这种效果的原因，是"女权／女性主义"引起的反应常常是"女人霸权""女人控制男人""反对男人"，或种种女性的负面品质。另外的反应是，feminism本身就是一个西方的概念，只有产生过独立的女权运动的西方社会才接受这一概念，而中国则未必需要接纳这个"西方"概念。在此，中国／西方的差别成为拒绝女权／女性主义的理由。值得一提的是，美国理论家贝尔·胡克斯在她2000年的著作《女权主义理论：从边缘到中心》中也谈到美国社会对"女权主义"这一称号的拒斥，"女权主义"这个词被当作一种"讨厌的、不愿意与之有联系的东西"。说自己是"一个女权主义者"，通常意味着"被限制在事先预定好的身份、角色或者行为之中"，诸如"同性恋者""激进政治运动者""种族主义者"等[①]。——引述这段讨论，我企图说明，即使在西方，对"女权／女性主义"也并非一概接受，中国女性作家或批评家对"女权／女性主义"的回避或拒绝，并不能简单地在中国／西方关系中做出说明，也不能作为"中国"（本土）拒绝"西方"女性主义理论的证明。

尽管对"女性主义"一词的接受有着上述的犹疑，但在文学批评实践中，越来越多的研究者开始借重女性主义理论资源，将"女性意识"的讨论推进到女性主义立场的层面。这种批评实践主要由两个主要部分构成：一是挖掘文学史（尤其是现代文学史）上被淹没、遮蔽的女作家，通过重新阐释她们的作品来建构女性文学的传统；另一是对同期女作家创作的关注和阐释，对其中的女性独特美学做出阐释。而这两种主要的批评方式几乎一致地采取了"女作家批评"。这一方面是延续了"女性文学"讨论时的界定方式之一，即把所有女作家的创作都视为"女性文学"；另一方面，90年代提出的"女性写作"这一范畴，则更将批评的重点转移到女性作家和文学创作的关系上来。"女性写作"一词来自法国批评家埃莱娜·西苏，她关于创作与女性身体关系的阐释，即"写

---

① [美]贝尔·胡克斯：《女权主义理论：从边缘到中心》，晓征、平林译，江苏人民出版社，2001年版。

作是女性的。妇女写作的实践是与女性躯体和欲望相联系的"①，引起了评论者和作家们的很大兴趣。从80年代中期提出"女性文学"范畴到90年代普遍使用"女性写作"概念，其中一以贯之的，是"性别差异"论，即试图将"女性"从统一的主流话语中分离出来，寻求其独特的文学表达传统、特定的女性美学表达方式。80年代后期西方女性主义理论的引入，在这一特定文化期待视野中，主要被吸收的是其对性别角色文化构成性的揭示，即波伏娃所表述的"一个人之为女人，与其说是'天生'的，不如说是形成的"，从而为女性差异性的阐释寻找更为有效的文化资源。"所有的父权制——包括语言、资本主义、一神论——只表达了一个性别，只是男性利比多机智的投射，女人在父权制中是缺席和缄默的"②，成为对波伏娃"女人形成论"更有力的解释。90年代初期"社会性别"概念的引入，使得人们对于性别差异的讨论不再限制在sex，即生理、心理等"自然"层面，而是进入gender，即性别角色、性别制度或秩序等"文化分析"层面。这在一定程度上破解了新启蒙主义话语中的"女性文学"范畴所遭遇的困境。新启蒙主义话语主要从非历史化的抽象"人性"话语的角度来谈论性别差异，它将女性的生理、心理的差异视为文化差异的自然转换，并且认为突出女性差异是为了完善"人性"的丰富性，而非对男权文化的批判。西方女性主义对父权制结构的批判，在这一结构中来解释女性从属、被压抑的位置，这使得人们意识到，所谓"大写的人""人类"背后的男性属性。将西方女性主义理论应用于中国文学研究实践，影响最大的是《浮出历史地表——现代妇女文学研究》③。它提出，所谓"人类"的历史，就是男性统治女

---

① 张京媛：《当代女性主义文学批评》，北京大学出版社，1992年版，前言，第8页。
② 张京媛：《从寻找自我到颠覆主体——当代女性主义文学批评的发展趋势》，见《女性主义文学批评文选》，李郁编选，春风文艺出版社，1993年版。
③ 孟悦、戴锦华：《浮出历史地表——现代妇女文学研究》，河南人民出版社，1989年版。

性的父权制结构的历史，并且因为压制女性的事实始终是以"自然"的方式呈现，因此，男性话语和父权制结构也始终是以"人类"的形象出现。20世纪一百年历史中女性并没有能够摆脱她作为"空洞的能指"的命运，随着1949年新的民族国家的建立，女性的历史"走完了一个颇有反讽意味的循环，那就是以反抗男性社会性别角色始，而以认同中性社会角色终"。使女性写作"浮出历史地表"，就不仅仅是完满人类的两性，而是对整个父权制结构的颠覆，所有历史和意识形态话语都需要重新解释。正是在这一点上，《浮出历史地表》为女性写作的正当性和必要性提供了有力的解释。

90年代之后，由于1995年第四届世界妇女大会在北京召开这一事件造成的广泛影响，同时也因为"全球化"进程使得女性文学批评与国际学术资源之间产生了直接互动关系，译介西方当代女性主义著作再次形成一个高潮，并且促成了多项国内外合作研究项目和研究成果。这种状况的形成，使得中国女性／文学研究不再如80年代那样仅仅是单方面的引入，而是一个双向互动的过程。正如90年代中国卷入全球化格局之后，已经很难分清何谓"国内"何谓"国外"，女性／文学批评也进入到这样一种不能由单一的民族国家视野衡量的情境之中。一个"老"问题被重新提了出来，这就是"西方"的女性主义理论与中国本土文化实践之间的适用性问题。一些批评者再次强调了中国历史现实问题的特殊性，及其与西方的女性主义理论的不相容。但问题的实质不在"西方"的理论解决不了"中国"的问题——事实上20世纪中国诸种关于男女平等思想的讨论始终在借重"西方"的思想资源，关键问题在于，不能把讨论框定在抽象的"中国"／"西方"的本质想象之上，而应当深入讨论中国／西方之间的互动中已经构成本土传统的历史实践，在一种开放的视野中，寻求解决本土问题的更有效方式。

被遗忘的资源：马克思主义女性话语

　　90年代前中期，"女性文学"及其批评，开始成为一种引起社会广泛注目的文化热潮。经历80—90年代的转折，80年代统合性的主流意识形态话语趋于分化，新启蒙主义及其现代化意识形态遭到种种置疑。在这样的情境下，"个人"话语已经丧失了80年代处于民族国家内部并在话语象征层面上形成的对抗性关系。颇为有趣的是，正是在这个时期，"个人"话语与"女性"话语有效地结合在一起，成为借以标识女性身份政治的主要符码。90年代女性写作中，最为引人注目的一个脉络被称为"个人化写作"或"私人化写作"。陈染、林白、徐小斌、海男等女作家注重个人经历的自传性小说被当成了"个人化写作"的代表作品。在这些小说中，主人公的成长经历被放置在带有封闭性的私人空间当中，比如家庭、独居女人的卧室、个人的性爱经验等。在这些封闭的空间当中，性别身份成为最重要甚至唯一的身份标志，女性成长经验（尤其是身体经验），在某种意义上构成90年代讨论女性写作的背景和想象空间。

　　"个人化写作"被视为"女性写作"的主要形态，既是女性主义理论和文学创作之间的互动，同时也是注重女性差异的女性／文学探索的必然延伸。从80年代中期提出"女性文学"，到80年代后期注重反叛父权制社会的"女性真相"，都在指向一种经验化、本质化的女性想象和认知。"个人化写作"对女性成长的性经验的重视，对父权制社会中性别压抑意识的自觉，并有意营构女性主体形象和一种独特的表达风格，正是试图实践一种基于女性独特体验的女性美学。但"个人"与"女性"连接在一起，造成的一个难以解脱的困境是，尽管女性可以呈现被父权制文化所压抑、擦抹的女性经验，但这种关于女性经验的书写仍旧必须在以父权／男权为等级结构的社会／文化市场上流通。也就是说，关于女性差异的表述，固然可以撼动或瓦解大众文化和社会常识系统中关于女性的定型化想象，但由于把"女性"与"个人"、私人性空间直接联系在一起，又在另一层面落入女性作为父权社会文化的"他者""私人领域的女性"等等级结构当中。在"个人"／"私人"纬度上对于女性"差异"的展示，事实上没有改变社会性别秩序，而正好满足了后者的想象和需要。这也正是"女"字成为商业卖点的原因。另外一个更值得重视的问题是，"个人化写作"所确立的女性主体想象，在单一的"男人"／"女人"性别纬度中谈论问题，而忽视了女性内部的差异。被越来越多批评者指出的是，"个人化写作"中的女性个体，多是一些"中产阶级"女性。王晓明颇为尖锐地写到，被女性批评者所认为的90年代前中期的这次女性"解放"，"绝对不是面向所有的妇女，下岗的女同胞根本没有这种幸运。时代给予一部分女性自由与自主，给予她们一间自己的屋子，她们不再为柴米油盐而烦恼……说得直截了当一点，是一部分提前进入'小康'的女性，这样的女性才有时间与兴趣专门研究性别问题，才有可能把性别问题与其他有碍观瞻的事情区别开来"[①]。

"个人化写作"带出的问题，为我们讨论90年代以来女性写作在资源引用上的偏向性提供了一个有效的切入点。从80年代与新启蒙主义话语的结盟，到80年代后期以来对西方当代女性主义理论的借重，当代女性文学批评往往忽略或忘记了，女性解放与20世纪（尤其是毛泽东时代）"左翼"历史实践之间的密切关联。作为一个有着丰富的革命传统和社会主义实践最为成功的国度之一，现代中国的妇女运动和"左翼"运动始终有着紧密关系。而毛泽东时代施行的一系列保障妇女权益的政策，更确保了妇女广泛地参与社会政治、经济和文化活动，使得妇

---

① 王晓明：《90年代的女性——个人写作》，"文学视界"，http://www.white-collar.net。

女的社会地位有了前所未有的提高。但这并不意味着妇女运动与"左翼"运动的密切协作关系中就不存在问题。中国"左翼"所持的女性观念基本上属于马克思主义女性主义，亦即强调性别问题与阶级问题的重叠，或者说，民族国家话语以一种同一的主体想象抹去了性别差异的存在。毛泽东最早在《湖南农民运动考察报告》中，认为女性是处在各种封建压制的最底层，但对解放步骤的设想是"家族主义、迷信观念和不正确的男女关系之破坏，乃是政治斗争和经济斗争胜利后自然而然的结果"[①]，亦即只要政治斗争和经济斗争胜利，妇女解放将是"自然而然"的事情。周恩来也提出了这样的观点："妇女运动解放的对象，是制度不是人物或性别，不是因我是男子，才来说这种话。事实却是如此。要是将来一切妨碍解放的制度打破了，解放革命马上就成功，故妇女运动是制度的革命，非'阶级'的或性别的革命"[②]。这种以"阶级"问题替代"性别"问题的观念，取消了性别问题被谈论的可能性。"文化大革命"结束之后，80年代中国的女性文化（如果不能够称为"运动"的话）一个核心问题，即是对毛泽东时代妇女政策的批评。这种批评集中于"男女都一样"的妇女政策所掩盖的父权制结构和性别差异问题，女性在被作为一个准男性主体的社会性质秩序当中遭受的压抑得到公开表达，尤其是女性的双重角色（社会角色和家庭角色）问题、文化表达和主体风格上的"女性特质"问题，以及传统的性别观念对女性社会处境和自我认知的规约问题等，成为80年代重新关注性别问题的重点。当代女性文学批评正是在这样的起点上开始建构自身的合法性和独特表述。由于中国的妇女解放与阶级解放的历史实践有着这样的渊源，当代女性文学

---

① 毛泽东：《湖南农民运动考察报告》，见《毛泽东选集》第1卷，人民出版社，1968年版。
② 周恩来1926年3月在广东潮汕纪念"三八"国际妇女节上的讲话，收入《毛泽东、周恩来、朱德、刘少奇论妇女解放》，人民出版社，1988年版，第69页。注释中说明文中的"阶级"，是指男性对女性的压迫。

批评始终在有意无意之间"遗忘"了自身承受的这份独特的遗产。这使得女性文学批评从80年代以来一个基本趋向，过分强调女性话语和阶级话语之间的分离，而将研究重点集中于女性话语从20世纪中国文学整体格局以及左翼话语分离出来的部分。更重要的是，对左翼运动与女性解放运动之间的成败经验的分析也相应被忽略。"个人化写作"对其女性主体的阶级身份的盲视，正是这种遗忘的直接后果。

90年代后，中国社会的变化，尤其是社会阶层结构的重组、资本市场造成的贫富分化，使得"阶级"问题再次浮现于文化视野当中，并在一定程度上构成对女性话语的冲击。但是，需要特别提出的是，以"阶级"身份置疑"女性"身份，并不是中国特殊的问题，而是妇女运动遭遇的世界性问题。60年代西方女权运动，即是从新左翼运动中分离出来的，那些与男性战友并肩战斗在民主运动前线的女性发现，她们同时必须面对男人的压制，因而有了"个人的即政治的"口号，并提出女性必须在反对资本主义和父权制这两个"战场"上作战[①]。在90年代后中国语境中重提性别／阶级的关系，不是要简单地以"阶级"政治的合法性去否定女性问题——毋宁说，对于这种在男性精英知识界渐成主流的观点，需要予以认真的回应和讨论，而是正视从中透露出的当代女性文学批评对自身历史资源的盲视。正视女性解放与阶级解放的密切协作所形成的这份20世纪中国的独特遗产，需要我们对现代中国的女性解放的历史作更深入细致的考察和辨析，就西方／本土的关系而言，这或许是真正的现代中国的"本土传统"；另一方面，将这一历史遗产浮现于当代女性文学批评的现实视野之中，并不是要简单地重复过去的经验，而需要在对历史遗产做出反省基础之上，寻找解决女性问题与阶级（民族）问题更适度的方式，以打开女性文学批评的新视野。

---

① 参阅[美]罗斯玛丽·帕特南·童：《女性主义思潮导论》，艾晓明译，华中师范大学出版社，2002年版（第三章"马克思主义和社会主义女性主义"）。

结　语

　　厘清上述三种资源，有可能使当下女性文学批评寻求更适合自身情境的解决方案。"女性文学"这一范畴中蕴涵的新启蒙主义式的"人"的想象已经被越来越多的研究者认识，但它关于性别差异问题的讨论，仍足以成为当前女性文学批评的重要参考资源。西方当代女性主义理论为女性文学创作与批评批判父（男）权制提供了有效的理论依据，但由于忽略了妇女运动与左翼运动的复杂历史资源，这种批评往往从单一性别角度考虑问题，而无法从更广泛的角度面对妇女的社会／文化问题。将女性问题纳入更为开放的历史／现实视野之中，在主体身份多样性——诸如阶级、民族、世代等——之间寻求适度的结合点，或许是女性文学批评走出所谓"困境"的一种有效方式。

（原载《文艺研究》2003 年第 6 期）

问题意识和历史视野
——《〈转折的时代——40-50年代作家研究〉》笔谈

关于40—50年代转折时期的文学研究，大多倾向于强调其中的突变性因素。如何呈现这一文学转折发生的具体历史情境，以及这一过程中蕴涵的复杂文学／文化内涵，是我考虑的首要问题。选择5位代表性作家，以个案研究带出文学史的普遍问题，正是出于上述考虑而确定的基本方法论。

就"转折"在40-50年代的基本涵义而言，指的是以延安文学作为主要构成的左翼文学／文化取得全国性支配地位的过程。现代作家在面对这一转折时，他们作何反应？这种反应如何从他们的创作、思想的层面做出解释？这事实上也是试图重新考察现代作家（知识分子）与社会主义文化（体制）之关系的复杂形态。50年代后期形成的文学史叙述，过于强调"当代文学"作为"唯一历史方向"的特征，作家与当代文学的关系在某种程度上被简化为"顺应"还是"悖逆"历史潮流；而80年代"重写文学史"思路则过于强调当代文学生成的强制性，"转折"被描述为作家"被迫"加入一种畸变性的文学发展过程。在90年代后的中国文化语境中，重新面对这一问题的现实性在于：一方面，主流意识形态的限定性（无论是50年代后期形成的还是80年代形成的）

成为可以讨论的问题，这使得一种相对复杂化的分析和阐释成为可能；另一方面，90年代后的"全球化"语境和社会现实格局的变化，使得当代中国历史文化的某些面开始浮现出曾被遮蔽的繁复内涵——这两个现实因素要求在更为开阔、复杂的历史视野中来重新面对此前已成定论的问题。这不仅是学术生产意义上的"推陈出新"，更重要的是，新的"问题意识"和现实参照，将显现出历史史料此前未曾受到注意或被忽略的层面。

或许因为我所从事的当代文学研究的缘故，"问题意识"的现实针对性是我在研究这一课题时相当自觉的动机。对80年代文学／文化格局的重新思考，对90年代思想文化界活动状况的反省，都内在地包含于我对40—50年代转折期的重新考察之中。我希望由此达成与既有文学史研究的对话关系。另外一个颇为自觉的意识是，我并不想将问题的讨论仅仅局限于由现代文学／当代文学的学科区分所划定的视野当中，而设想将40—50年代中国文学史的问题放在冷战格局、第三世界国家（尤其是东亚地区）现代化进程的视野中加以考察。为此，我比较多地借重了海外中国学的研究成果。日本学者丸山昇关于（半）殖民地国家知识分子的民族认同和政治立场的冲突，竹内好所思考的亚洲国家现代化与西欧现代性的抵抗且认同的关系，印度学者帕萨·查特杰关于殖民地国家现代性话语的"派生性"的阐述等，都给予了本书重要的启示。我感兴趣的，是他们关注研究对象时带入的问题和另类视野。

所选择的5位作家，与40—50年代转折过程中居于主导位置的当代文学／文化（及机构），形成了或"疑惧"地靠拢（萧乾）、或顺利地适应（冯至）、或拒绝（沈从文）、或历经改造而成为代表作家（丁玲）、或共生共长（赵树理）的关系，由此形成其"典型性"。作家的"典型性"被置于其所带出的普遍性文学史乃至思想史问题的考察中，以图宏观地勾勒出文学转折的纵深纬度。提升出来的问题包括：民族认同与政治立场、文学与政治、个体生存与社会承担、知识分子与革命、作为当代文学内部规范的《讲话》与"社会主义现实主义"、当代文学所重新整合的传统／现代关系等。我有意识侧重的是，普遍性问题在单一作家个案这里所呈现的复杂度，而非用作家来印证关于问题讨论的结论。我希望由此形成宏观／微观、"大环境"／"小环境"、文学史问题／作家论考察之间的平衡关系。

  本书的另一基本出发点，即试图突破那种单纯从"外部"（即政权更迭、社会变动和文化转型等）解释 40–50 年代文学转折的研究方式。当然，强调作家创作实践、思想观念的内在延续性，并不是要否定所谓"外部"因素在 40–50 年代转折期产生的重要甚至主导的作用。我所强调的"内部"更多的是一种研究视角，即深入到历史个案的内在情感、创作、观念的逻辑当中，来重新审视历史转折如何在作家那里发生效应，呈现为怎样的形态，尤其关注那些构成冲突的焦点所在。例如沈从文在 50 年代停止文学创作，不仅因为外界社会变动的严酷性，还因为他的创作本身也遭遇到前所未有的困境。我想由此探讨，作为一个坚信文学创作可以"重造民族品德"的作家，他所理解的"文学"为何，他相信文学可以在怎样的意义上创造"现实"，并由此和"政治"形成一种如若不是"对抗"至少也是"相互修正"的关系。同样，在处理冯至时，我格外关注的是他在 40–50 年代转折期的表现与其思想追求之间的内在契合，因此侧重从冯至本人思想和创作个性形成的内在脉络，考察他基于存在主义思想（里尔克和歌德）对理想生存状态的实践和探询，尤其是出于"秩序""集体时代"等指认而与社会转折达到的一种内在契合。

  在研究过程中，我深感兴趣的另一面向，是身处 40–50 年代这一转折的"大时代"，作家（知识分子）的生活／精神状态、情感结构和文学／思想探索的复杂面貌。这份关注和认同，使我更愿意去探询一些能够呈现历史复杂性的具体情景，如置于历史语境中的事件、作家日常的生活情境和独特的文本内涵。我尤有兴趣去考察的，是作家（知识分子）复杂的主体构成。这不仅指通过阅读相关作家的文学文本和史料来较为全面地了解他们，同时还包括我更为愿意"设身处地"地理解他／她的情感结构和行为逻辑。在做这个课题期间，朋友常开我的玩笑，说我"研究一个爱一个"。这份关注的热情有时不免使我过分认同研究对象的逻辑，但我相信这是后来者清理、面对复杂的现代中国历史应有的基本态度。当某些已成惯性的历史定论出现后，我们往往忽略的是身处历史之中的作家（知识分子）遭遇的矛盾、暧昧而未必不"高贵"的复杂体验。在对丁玲的处理中，我试图去显现丁玲真实的革命诉求、她的革命想象，与革命政权之间的复杂碰撞，并格外关注"革命"要求和丁玲的自我经验之间形成裂隙的那些内涵。赵树理曾经在 40 年代被作为解放区文学的方向性作家，但他的文学是否具有"现代性"一直是一个问题。从 70 年代后期到今天，这一"农民作家"几乎不再有人提起，而他的文学作品因为散发着"土"味而确乎向我们显现出一种暧昧的陌生感。那么，如何理解他的创作追求和文学观念？我试图在对何谓"现代文学"、现代美的标准的反省中，将赵树理文学置于特定历史语境之中，考察他如何重新整合传统／现代文学资源，以及他关于文学"现代"形态的另类实践。而理解这一点，对于我们反思现代性，尤其是探讨 20 世纪文学现代实践的复杂多端，显然是有意义的。

（原载《南方文坛》2004 年第 4 期）

挪用与重构
——80年代文学与五四传统

"成也'五四',败也'五四'"

80年代的文学、文化及思想状况与五四传统之间的密切关系,是一个形成了广泛共识的话题。这种关联不仅体现在80年代开端的时刻,人们关于"新时期"文学／文化的理解与构想当中;也体现在经历80－90年代转折,人们立足于90年代的社会文化现实对80年代的反省当中。

"文革"结束,伴随着经济、政治和社会文化的调整,文学界也提出了"新时期"文学的概念。这种预期中的文学之所以"新",在当时实则以否定"文革"文学并重提50－70年代受到批判的各种文艺观念和文艺政策为前提,比如对"文艺是阶级斗争的工具"提法的否定、为"黑八论"的平反、"百花文学"以"重放的鲜花"为名的重新出版、周恩来1961年在"新侨会议"上讲话的重新发表并组织学习等。这表明在50－70年代受到批判并处在边缘位置的文学形态和文艺观念,已经渐次成为主流。但"文革"后文化／文学的转型却并不仅止于此,一个更重要的文化传统的重新启用,深刻地影响了80年代的文化想象和文学建构的方式,这就是被重新评价的五四传统。70年代后期80年代初期,这种重新评价的重心在于,突出五四新文化运动的"反封建"意义,并将其视为当代"思想解放运动"的榜样。与此同时,人们在文化／文学实践中,也找到了"新时期"与"五四"的契合点。李泽厚如此写道:

"一切都令人想起五四时代。人的启蒙,人的觉醒,人道主义,人性复归……都围绕这感性血肉的个体从作为理性异化的神的践踏蹂躏下要求解放出来的主题旋转。'人啊,人'的呐喊遍及各个领域各个方面。这是什么意思呢?相当朦胧;但有一点又异常清楚明白:一个造神造英雄来统治自己的时代过去了,回到五四时期的感伤、憧憬、迷茫、叹息和欢乐。但这已是经历了六十年之后的惨痛复归。"①

正是在这样的意义上,80年代被看作是"第二个五四时期",开启了以五四思想进行的"新启蒙"运动阶段;而新时期文学的发展也被视为类似于五四时期那样的"文学复兴"。

经历10年的发展,原本将出现于五四运动七十周年纪念活动中的总结和推进,遭到1989年政治事件的影响,并没有获得预期中的深入展开。但这种总结和清理随后出现于1990年代初期的知识界活动当中。由《学人》杂志发起组织的关于"学术史研究"和"学术规范"②的讨论,在反思80年代"学风空疏",并希望重新选择"学术传统"时,讨论者明确提出了"走出五四"的说法,因为"在思想文化领域,我们今天仍生活在'五四'的余荫里"③;而1993－1995年间文化界展开的"人文精神"论争,则在直面90年代后的商业化冲击和大众文化兴起时,

---

① 李泽厚:《二十世纪中国文艺之一瞥》,《中国现代思想史论》,东方出版社,1987年版,第209页。
② 参阅《学人》第一辑"学术史研究笔谈",江苏文艺出版社,1991年版。
③ 陈平原:《走出"五四"》(1993年),见《学者的人间情怀》,珠海出版社,1995年版,第69-75页。

将问题的症结诊断为以五四为核心的"人文精神"的失落[①];而在文学界和理论界造成很大影响的"后现代"理论,则宣告五四知识分子建构的"现代性的神话"的终结,并判定1989年后的中国社会已经进入"后新时期"[②],一个"后启蒙"的时代。——类似讨论,关于80-90年代社会转型的意义、对90年代社会现实状况的判定,以及人文知识分子对此应做出的反应方式等,都有着不同的取向,但他们的一个共同点,则是将对80年代的思考,直接导向对五四传统的重新评价。同样,在90年代思想界相继展开的关于全球化、文化保守主义、民族主义、自由主义等的讨论中,"五四"和80年代的关联依旧是一个无法绕开的争论的原点。

80年代与"五四"传统的这种密切关系,套用一句成语,或许可以概括为:"成也'五四',败也'五四'"。但到目前为止,对于这种关系的讨论,大多停留于一种印象式评介或意识形态判定的水平上,而缺乏更为深入的历史清理和理论辨析。本文将在较为开阔的思想／文化背景下,相对深入地探讨80年代文学的基本问题与五四传统之间的复杂互动关系。80年代文学以何种内在逻辑接续并重构了五四传统,五四传统以怎样的方式制约着80年代的文化想象和文学实践,同时形成了怎样的错位关系,这是本文试图探讨的主要问题。

"重写历史"和历史的重写

"重写文学史"思潮,构成整个80年代文学活动的核心面向之一。这种对文学历史的重新书写,并不简单表现为新文学史写作范式的调整,更为深刻而内在的是蕴涵于这种书写活动中的文学、历史观念和意识形

---

① 参阅王晓明主编:《人文精神寻思录》,文汇出版社,1996年版。
② 参阅谢冕、张颐武:《大转型——后新时期文化研究》,黑龙江教育出版社,1995年版。

态诉求。它不仅建构出一种不同于 50－70 年代的文学史图景，同时更为 80 年代的文学实践提供了历史依据和意识形态的合法性。

明确提出"重写文学史"这一说法，是陈思和、王晓明 1988 年在《上海文论》杂志上主持的"重写文学史"专栏。但也可以说，80 年代新文学研究的整个过程，都是一种"重写"文学史的行为。这种"重写"历史的契机，最早来自 70 年代后期作为学科重建工作的重要组成部分的文学史写作。针对"文革"时期文学史形成的空白，不仅 50－60 年代的现代文学史被重版或修订再版，同时，一些被排除在 50－60 年代文学史之外的作家作品，开始被纳入研究范围。这种拓展现代文学史边界的做法，导致人们最初就如何理解文学的"现代"标准发生争论。争论的分歧所在，是到底把"现代"理解为一个时间概念，即"从'五四'时期起，我国开始了真正现代意义上的文学，有了和世界各国取得共同的思想语言的文学"[①]，还是从是否表现了超越古典文学的新品质这一标准衡量文学的"现代性"，即"从内容到形式，都具有真正现代意义的文学，它只能是近代思想影响下的'五四'的产物"[②]。相对而言，前者产生了更大的影响，这使得文学的"现代"面目开始变得模糊起来。更具有挑战性的文学标准，来自海外 70 年代出版的、并在大陆学界产生很大影响的两本文学史专著：夏志清的《中国现代小说史》（1979 年）和司马长风的《中国新文学史》（1974 年）。夏志清对沈从文、张爱玲、钱钟书、凌叔华等人的高度评价，司马长风以"诞生期""收获期""凋零期"来划分新文学发展的时段，并对"新月派""语丝派""孤岛文学"等文学思潮的重视，在很大程度上形成了一种与以"反帝反封建"

[①] 严家炎：《鲁迅小说的历史地位——论〈呐喊〉〈彷徨〉对中国文学现代化的贡献》，见《求实集》，北京大学出版社，1983 年版，第 15 页。
[②] 唐弢：《关于现代文学——严家炎著〈求实集〉序》，见《求实集》，北京大学出版社，1983 年版。

作为基本线索的文学史彼此冲突的历史图景。与上述争论相伴随的，是持续的"重新发现"现代作家和文学流派的活动。从80年代初期出现的"沈从文热"，到80年代中后期重新发现张爱玲、梁实秋、周作人、钱钟书等现代作家；从"现代派"诗歌的重评，到"新感觉派""新月派""京派"等文学流派的重新挖掘，都构成这一思潮的组成部分。尽管这种重评在80年代初期的语境中，所强调的是如同司马长风所说"打碎一切政治枷锁，干干净净地以文学为基点写的文学史"，或如夏志清所说，是在"寻找一种更具备文学意义的批评系统"，但非"左翼文学"在现代文学史当中占据了越来越大的比重却显示出：以"文学／政治"作为对立的评价标准，隐含的是一种不同于50－70年代的文学观念和历史图景。

1985年"20世纪中国文学"概念的提出[①]，成为隐含在"重评"活动中的文学史观念的明确表达。它不仅仅是用"20世纪"这一公元纪年，取代"现代文学"／"当代文学"的学科划分，而是将整个新文学视为具有统一的衡量标准和历史坐标的历史过程，即"一个由古代中国向现代中国文学转变、过渡并完成的进程，一个中国文学走向并汇入'世界文学'总体格局的进程，一个在东西方文化的大碰撞、大交流中从文学方面形成现代民族意识的进程，一个通过语言的艺术来折射并表现古老的中国民族及其灵魂在新旧嬗变的大时代获得新生并崛起的进程"。——在此，传统／现代（同时是旧／新）、中国／世界（西方）统摄了自19世纪的"鸦片战争"直到20世纪80年代的文学进程；在这一进程中，"五四"构成一个历史的制高点，并与"新时期"文学叠合在一起："如果把新时期文学和'五四'新文学看作是两个高潮的话，这之间是不是有一种否定之否定的现象。既然它是一种螺旋式的上升，那就带有一种

---

① 黄子平、钱理群、陈平原：《论"二十世纪中国文学"》，《文学评论》，1985年第5期。

整体性"①；或者，五四以来的文学史构成了一个"圆型图"，新时期文学"在废墟中接受了'五四'传统，形成新文学的第三阶段"②。

"重写文学史"不仅表现在现代文学研究领域，也同样表现在当代文学界。"当代文学"这一范畴在50年代后期的提出，用以概括并规范文学的"社会主义"性质。基于毛泽东所提出的两次革命的进化历史图景，"当代文学"具有比"现代文学"（作为新民主主义文学）更"高级"和更"进步"的性质③。因此，以"现代文学"和"当代文学"对新文学进行的不同性质的阶段划分本身，就包含了一整套历史观、文学观。这种文学史以左翼文学作为基本线索，并以不断筛选和剔除非左翼文学的纯粹化激进实践作为主要特征。"文革"的中断，事实上也是这种文艺实践的中断。在强调"新时期"文学的"新质"时，如何重新整合"当代文学"的性质，成为一个暧昧的问题。关于"当代文学"能否"写史"的争论中，"当代文学"的性质被做了一次重要的改写，即将其转换为一个抽离历史语境的普泛性概念：Contemporary Literature。隐含在"当代文学""不能写史"的观念中的，正是对"当代文学"在50年代后期所建构的历史内涵的否定。与此同时，评价"现代文学"与"当代文学"的标准，也发生了变化，即不再以是否具有"无产阶级"品性这样的"政治"内涵，而是以"形象性""含蓄性""多样性"这样的"文学"标准。当后者成为衡量新文学的统一标准时，"当代文学"相对于"现代文学"的优越地位就发生了逆转。1980年，赵祖武在《一个不容回避的历史事实——关于"五四"新文学和当代文学估价问题》④中，

---

① 黄子平、钱理群、陈平原：《二十世纪中国文学三人谈》，人民文学出版社，1988年版，第30页。
② 陈思和：《中国新文学整体观》，上海文艺出版社，1987年版，第45-46页。
③ 相关论述参阅洪子诚：《"当代文学"的概念》，《文学评论》，1998年第6期；另见《当代文学概说》，广西教育出版社，2000年版。
④ 赵祖武：《一个不容回避的历史事实——关于"五四"新文学和当代文学估价问题》，《新文学论丛》，1980年第3期，人民文学出版社，1980年版。

依照这样的标准，发现"当代文学"的文学价值"赶不上"五四新文学，而且"在一定程度上扭曲了"后者。因此，他提出"新时期文学"的任务，应当是"完全恢复和真正全面地继承、发扬'五四'新文学优秀传统"。

将"新时期"文学直接接续到"五四"新文学传统之上，事实上建构了一种不同于毛泽东在《新民主主义论》等文章中勾勒的"新民主主义文学——社会主义文学"的线性进化史图景，而呈现为"上升（五四文学）——降落（从'革命文学'到'文革文学'）——回升（新时期文学）"的回旋图景。也正是在这样的历史图景中，"新时期"与"五四"形成了一个结构性的类同关系，并以"五四文学"的标准（"文学"）取代了"当代文学"的标准（"政治"）。这构成了"新时期"文学的历史自我意识，并将五四时期的历史／文化坐标直接挪用于80年代。

如果更进一步追溯这种历史类同关系如何得以确立，则必须将文学问题纳入70－80年代转型过程中的整体社会／思想氛围之中加以考察。

在某种意义上，70－80年代的社会文化转折，清晰地呈现于关于"五四传统"的阐释之中。1979年的五四运动60周年纪念，构成这一转折时期的重要事件。问题的关键首先在于如何判定"文革"历史。"文革"被认为是"封建法西斯""复辟"的历史，"长期封建专制主义在思想政治方面的遗毒"被认为是造成"文革"这场历史浩劫的原因[①]。正是在这样的意义上，五四开启的"反封建"任务并没有完成，"反封建"应当成为"新时期"的"总任务"，以"补五四的课""还五四的债"。对"五四传统"的阐释，强调的是其"思想解放"的意义，并直接将这种阐释指向当代的社会现实，即当代的"思想解放运动"就是如同五四时期打破"封建传统"那样，从"文革"所制造的"现代迷信""新蒙昧主义""新奴隶主义"的束缚下解放出

---

① 《中国共产党中央委员会关于建国以来党的若干历史问题的决议》，《三中全会以来重要文献选遍》，人民出版社，1981年版，第788—846页。

来①。毛泽东对五四运动的定性——"彻底地不妥协地反封建主义"——之"彻底",被阐释者改写为:"'彻底'一词,是指当时对帝国主义和封建主义采取了坚决反对的态度,而不是指反帝反封建运动所达到的程度"②。1979年五四纪念活动的另一重要特征,是非常重视"亲历者"的回忆和关于五四运动史料的重新整理。这事实上针对的是由毛泽东阐发并在50－70年代成为官方说法的五四阐述。通过亲历者的重新讲述和对史料的整理,50－70年代五四叙述中置于中心位置的鲁迅(革命家)、毛泽东、周恩来等五四人物,渐次被鲁迅(思想家和文学家)、胡适、陈独秀、蔡元培等人物取代;而五四运动的性质,也由"标志着无产阶级登上历史舞台"转移为以知识分子主导、以一刊(《新青年》)一校(北京大学)为核心的新文化运动。——由此,强调五四运动中工人运动面向的阐释,被强调知识分子文化运动面向的阐释所取代。1986年,李泽厚的《启蒙与救亡的双重变奏》,则集中将这种重新阐释五四的取向表述出来。他首先将"五四运动"一分为二:"一个是新文化运动,一个是学生爱国反帝运动",由此区分出"启蒙"与"救亡",并重构了整个现代中国历史。"这是现代中国的历史讽刺剧。封建主义加上危亡局势,不可能给自由主义以平和渐进的稳步发展……革命战争却又挤压了启蒙运动和自由思想,而使封建主义乘机复活……启蒙与救亡的双重主题的关系,在五四以后并没有得到合理的结局,甚至在理论上也没有给予真正的探讨和足够的重视,特别是近30年的不应该有的忽视,终于带来了巨大的苦果"③。正因此,"新时期"便应当重新提出五四的启蒙问题,在当代中国社会展开"新启蒙"运动。

---

① 周扬:《三次伟大的思想解放运动》,《人民日报》,1979年5月7日。
② 黎澍:《关于五四运动的几个问题》,收入《五四运动六十周年学术讨论会论文选》(一),社会科学出版社,1980年版,第275页。
③ 李泽厚:《启蒙与救亡的双重变奏》,《中国现代思想史论》,东方出版社,1987年版,第1—39页。

"启蒙"/"救亡"论所勾勒的现代中国历史，正是文学史领域出现的"上升——降落——回升"图景的同一版本。毋宁说，由于"启蒙／救亡"论在80年代所形成的巨大影响，被重写出来的文学史图景是这一思想史图景的翻版。它们共同以一种历史隐喻的方式，将"文革"（革命、毛泽东时代）等同于五四运动之前的"封建社会"（前现代历史），进而把"新时期"视为第二个五四时期，从而为80年代的现代化运动提供历史依据。这种历史叙述将毛泽东时代视为"农民小生产者的意识形态和心理结构"的历史表现，从而将其剔除出"现代"历史。但它所忽略的，是毛泽东时代"作为反现代性的现代性"[①]特征。即一方面完成了工业化基础建设和建立独立的民族国家，同时又强调缩小"三大差别"的平等意识，以及对官僚国家体制的破坏。更重要的是，当"启蒙／救亡"论强调用"民主与科学、人权与真理"等源自西方的现代性规范"启蒙"中国时，始终忽略了现代中国是在反抗西方帝国殖民扩张的过程中开始现代化，因此必然存在着"反现代"这一抵抗西方的面向。

也正是因为这一历史类比关系（"文革"＝封建社会）的存在，五四时期的历史坐标，被重新移置于80年代的历史语境之中，构成了80年代社会／文化启动的起始点。它以重写历史的方式重构并挪用了五四时期的历史坐标。而这一"现代性装置"一旦形成，便构成了80年代书写历史和现实的方式。

历史坐标的挪用与重构

自1919年5—6月间的社会运动中出现"五四运动"一词，继而又

[①] 汪晖：《当代中国的思想状况和现代性问题》，《天涯》，1997年第5期。

提出"新文化运动"这一范畴①之后，关于这场运动的阐释，便成为一个不断赋予其意义、不断地将其符号化和寓言化的书写过程。这种书写构成了"五四传统"颇为歧义而又具有一定"同一性"的独特内涵②。这种"同一性"不仅表现于"民主、科学、人性"等具体提法，更重要的在于其所提供的一套规范现代中国走向的历史座标，即在传统／现代的二元对立格局中，将批判传统文化作为现代化的基本前提；在中国／西方（世界）的二元对立格局中，将"西方"视为现代性规范的来源。处于此一座标中心的，是从传统宗族秩序中摆脱出来、并以人道主义话语表述的"新人"。80年代所借重的，正是"五四传统"的这一基本内涵。它不仅规范了"新时期"提出问题的框架，也规范了人们所能提供的关于"现代化"的想象形态。但正因为80年代并不是五四时期，而是在批判毛泽东时代的现代化实践的基础上，结束冷战阵营造成的"封闭"时期以纳入全球资本市场和政治格局的市场化过程。这也就决定了80年代对五四传统的重新启用，仅仅是一种"挪用"；而同时在具体的文化实践过程中，对这一传统进行了改写和重构。

1."文明与愚昧的冲突"：

传统／现代的框架，是"新时期"文学确认自己历史意识的首要座标。这种框架，隐含在"伤痕""反思"等文学作品关于历史／现实的对立描述中。《伤痕》（卢新华，1978年）、《天云山传奇》（鲁

---

① 参阅周策纵：《五四运动：现代中国的思想革命》（江苏人民出版社，1996年版）；陈平原、夏晓虹主编：《触摸历史——五四人物与现代中国》（广州出版社，1999年版）。"五四运动"一词最早见于学生运动的小册子；1919年5月26日，罗家伦在《每周评论》上发表《五四运动的精神》。"新文化运动"的提法出现于1919年下半年。12月，北大学生创办《新潮》，将之称为"新文化运动"。1920年1月29日，孙中山在《致海外国民党同志书》中将"五四运动"与"新文化运动"并举，这种提法逐渐流行。
② 参阅周策纵：《五四运动：现代中国的思想革命》；汪晖：《中国的"五四观"——兼论中国现代文学史和思想史的历史前提》，见《无地彷徨——"五四"及其回声》，浙江文艺出版社，1994年版。

彦周，1979年）、《月食》（李国文，1980年），和王蒙的《春之声》（1980年）、《蝴蝶》（1980年）等作品中，"离去／归来"的叙述模式，同时显示的是一种"终结／开端"的现代时间意识。与此同时，一种深切的"落后"焦虑开始萦绕在文学关于现实的表述当中，正如改革英雄乔光朴的名言："时间和数字是冷酷无情的，像两条鞭子，悬在我们的背上"（蒋子龙，《乔厂长上任记》）。这种理解历史／现实的方式，形成了一种被季红真所概括的"文明与愚昧的冲突"主题[①]。在此，"新"／"旧"、"现实"／"历史"对应于"现代"／"非现代"，并被赋予"文明"／"愚昧"这样的价值内涵。构成历史参照的反面形象，则是"文革"时期："对于中华民族来说，'文革'十年动乱无非意味着：野蛮代替文明，迷信代替科学、愚昧代替理性"。与此同时，在思想界，"最引人注目的问题是：为什么中国封建社会长期延续达两千年之久"，并进而提出中国封建社会的"超稳定结构"[②]。在这样的理解中，造成的一种错觉是：似乎中国社会的现代化是从"新时期"开始的。但其"现代化"的理论资源与五四时期相比却发生了很大变化。取代毛泽东时代以"革命"范式实践的现代化方案的，是一种现代化理论（modernization theory）。与五四时期关于"现代"的想象不同，这种源自二战后的美国社会科学界的现代化理论[③]，不仅仅是一种参照"传统"而成立的现代价值，同时是一种全球性的经济、政治和社会组织方案，而且，"这次是明确地以美国为中心的"[④]。当文学界启用五四话语来描述这种现代化构想时，它与其所指涉的社会现实之间，形成了一种错位关系。

[①] 季红真：《文明与愚昧的冲突》，浙江文艺出版社，1986年版。
[②] 金观涛、刘青峰：《中国古代社会的超稳定结构》，见《金观涛、刘青峰集——反思·探索·创造》，黑龙江教育出版社，1988年版。
[③] 参阅［美］雷迅马：《作为意识形态的现代化：社会科学和美国对第三世界政策》，中央编译出版社，2003年版。
[④] ［日］酒井直树：《现代性与其批判：普遍主义与特殊主义问题》，见《后殖民理论与文化批评》，张京媛主编，北京大学出版社，1999年版，第383–413页。

作为一种修辞方式，80年代的文学再度借用了五四时期的乡村／都市的对立模式，以确立传统／现代、乡村／都市的同构叙述。《乡场上》（何士光，1980年）、《爬满青藤的木屋》（古华，1981年）等作品中，乡村再度成为"封建"的化身，成为现代化的障碍和为现代化所拯救的对象。但随即发生的一种微妙而相当重要的变化是，"封建乡村"在文学中的形象逐渐向"田园牧歌"转移。1983年，《我的遥远的清平湾》（史铁生）、《那山那人那狗》（彭见明）、《鲁班的子孙》（王润滋）、《最后一个渔佬儿》（李杭育）等作品的发表，构成了文坛的重要现象。以至王蒙质问道："是不是这几年又时兴'古朴'了呢？怎么那么多人、那么多作品热衷于写混沌未开之地、混沌古朴之民、混沌原始之人性呢？为什么有不止一篇作品用混沌古朴之美善与通都大邑之罪恶、科学文明之罪恶、富足之罪恶相对比呢？"[①] 而1984年"沈从文热"的出现，在这样的脉络中也就并非偶然。同样的情形也出现于电影界，戴锦华将之解释为"心理／知识构架中的裂痕"和"前行中的后倾姿态"[②]。如果说类似的现象所呈现的，是人们对于"现代化"的认知因切身体认而开始变得复杂化，那么它同时显现的，也是以"文明与愚昧的冲突"来对应传统／现代的认知框架的矛盾。

　　在传统／现代的框架中，被启用的另一重要五四资源，是"国民性"话语。关于"文革"的反思，使得人们不再满足于以忠奸、善恶的戏剧性情节来表现历史的罪人，而开始追问国民性格中的问题。高晓声如此判断："李顺大在十年浩劫中受尽了磨难，但是，当我探究中国历史上为什么会发生这样的浩劫时，我不仅想起李顺大这样的人是否

[①] 王蒙：《读一九八三年一些短篇小说随想》，《文艺研究》，1984年第3期。
[②] 戴锦华：《斜塔：重读第四代》，见《雾中风景——中国电影文化1978-1998》，北京大学出版社，2000年版，第16-22页。

也应该对这一段历史负一点责任"①。国民的这种"劣根性"不仅是造成'文革'浩劫的土壤，同时也是阻碍现代化的历史惰性。《我们建国巷》（叶之榛，1980年）、《辘轳把胡同9号》（陈建功，1981年）、《高女人和她的矮丈夫》（冯骥才，1982年）、《井》（陆文夫，1985年）等作品，延续了鲁迅小说的叙事视角，即叙述视点的发出者，是散播种种"流言蜚语""人情世故"并把持种种"习惯"裁决的无名的庸众，从而在叙事结构上构成虚拟的群体与孤独的个体之间的"看"与"被看"关系。更为集中地体现"国民性"话语叙述的，是高晓声的"陈奂生系列小说"。在此，构成国民性话语核心形象的阿Q，被直接对应于当代农民陈奂生。高晓声在借用国民性话语颠倒毛泽东时代的"工农兵文艺"中农民的主体地位的同时，在很大程度上略去了鲁迅在《阿Q正传》中经由叙事人的暧昧特征而表现出来的复杂性。正如刘禾在她的文章②中分析的，《阿Q正传》中，"鲁迅不仅创造了阿Q，也创造了一个有能力分析批评阿Q的中国叙事人"，这个叙事人在小说的第一部分中直接出场，后来导向第三人称叙事。这种叙事位置的复杂性，形成了小说试图通过阿Q来描述"中国人"国民性的裂痕。但是在高晓声的小说中，并不存在这种叙述者的焦虑和含混，他在一种置身事外的"善意的嘲讽"中，完全将陈奂生表现为一个被叙客体，从而将鲁迅的高度抽象性和漫画化的国民性书写，转换为一种写实性和具有说明特征的表达。这种差别的存在，也可以说是80年代的作家略去了五四国民性话语生产者的矛盾性，而将其接受为一种既成的话语"神话"。如果说，"国民性"是一个包含了"知识的健忘机制"的现代

---

① 高晓声：《〈李顺大造屋〉始末》（1980年），见《新时期作家谈创作》，彭华生、钱光培编，人民出版社，1983年版，第39—47页。
② 刘禾：《国民性理论质疑》，见《跨语际实践——文学，民族文化与被译介的现代性》，北京三联书店，2002年版，第75—108页。

性神话,从而隐去了产生这种话语的地缘政治中的权力关系,那么,真正破解这一神话的,是被80年代知识界所呼唤的"全球化"时代。

2. "中国"想象与"世界文学":

将"古今"之争等同于"中西"之争,构成80年代"反传统"和"世界主义"的两面。如甘阳表述道:"中国文化与西方文化之间的地域文化差异常常被无限突出,从而掩盖了中国文化本身必须从传统文化形态走向现代化形态这一更为实质、更为根本的古今文化差异问题"①。但正如酒井直树所提醒的:"前现代-现代-后现代这一系列似乎给人一个纪年性顺序的印象。然而,必须记住这个顺序从来都不是与世界的地缘政治的格局截然分开的。……这个基本上属于19世纪的历史图式提供了一种视角,通过它来系统地理解各个国家、文化、传统与种族的位置"②。当80年代的新启蒙话语将"古今"等同于"中外"时,他们抛弃了毛泽东话语中的"反帝"层面,并且在将"铁屋子开裂"时分"西方"的介入理解为"现代性"发生的时刻的同时,内在地接受了"中国"作为"非现代"的特点。"国民性"话语尚在寻找传统国民的精神层面的非现代性,而80年代中期的"寻根文学"则在"世界主义"的导向下重构了"中国"形象。

"寻根文学"的产生有着不同的引发因素:其一是将对历史的反思从"政治"层面引向"文化"层面,其反思的指向,仍使得"老(传统)中国"的形象成为当代中国政治形象的隐喻;其二是"知青"作家的集体登场,并不约而同地将知青的乡村经验作为"中国"想象的

---

① 甘阳:《八十年代文化讨论的几个问题》,《文化:中国与世界(第一辑)》,北京三联书店,1986年版。
② [日]酒井直树:《现代性与其批判:普遍主义与特殊主义问题》,《后殖民理论与文化批评》,张京媛主编,北京大学出版社,1999年版,第383—413页。

来源；其三，正如倡导者明确提到的，"寻根文学"的提出正来自拉美作家加西亚·马尔克斯获得"诺贝尔文学奖"这一事件的刺激。后一因素使得"寻根文学"不同于80年代前期仅仅在传统／现代的向度上理解现代化，而是将"西方"内化为文本构成，颇为自觉地建构"民族寓言"。在以"封闭的空间"和"停滞的时间"作为主要叙事特征的寻根小说中，虚位以待的正是一个"西方他者"的观看眼光。正因为这种"民族寓言"的书写内在地接受了"前现代－现代"这一纪年顺序所给定的地缘政治位置，"中国"的"非西方"的、因而是"非现代"的位置，使得"寻根文学"不可能给出一个关于中国未来的叙述。颇有征候性的是，"寻根文学"的两篇代表作品《爸爸爸》（韩少功，1985）和《小鲍庄》（王安忆，1985），都以一个中国孩子的诞生作为叙事的起点，这无疑可以作为拟想中的民族未来的主体形象。但这两个孩子一个成为丑陋的永远不会死绝的生存象征，一个则死于"仁义"。同时，这两篇小说中所谓"新派人物"（仁宝、鲍仁文）的滑稽化处理，也可以象征性地看作曾被五四文化设想为拯救力量的"现代文明"的反讽性呈现。"寻根文学"的困境，集中表现为其宣言与创作实践的矛盾，它不期然地使"寻根"转为了"掘根"。而造成这种困境的原因，正在于隐含在关于"现代化"想象中的以"传统／现代"对应于"中国／西方"的地缘政治位置。

与"寻根文学"同期构成80年代文坛的另一面向的，是所谓"现代派"文学。这是"世界文学"想象在文学创作中的具体实践。80年代打开国门的开放政策，被理解为结束"闭关锁国"时期，迈向"地球村""世界"的举动。在这一理解中，五四新文化运动的历史意义被建构为"东西方文化的大撞击、大交流"[①]，是"东西方交流的产物"，

[①] 黄子平、钱理群、陈平原：《论"二十世纪中国文学"》，中国现代文学研究会编，作家出版社，1986年版。

也是"在推动东西方文学交流和融合的基础之上的一体化世界文学的实现"的一个历史的制高点①。这种迈向"世界文学"的举动，也被理解为实现文学现代化的方式。但真正构成80年代"现代派"文学的悖论的，是这种在西方社会中具有"反现代"特征的现代性美学，却被用于推进80年代中国现代化进程的资源。

在80年代前期，对于西方现代派文学的译介，曾展开过较为激烈的争论。徐迟在这场论争的纲领性文章《现代化与现代派》②中，论证现代派文学的出现正是"现代"社会的重要标志；而叶君健在为《现代小说技巧初探》③所做的序言中，更是以人类文明的阶段与文艺形式的对应，说明一个"电子和原子时代"，必然需要用"20世纪的现代主义"取代"19世纪的现实主义"。这种将文学进化的形态对应于社会进化形态的方式，正源自五四时期。陈独秀在1915年的《现代欧洲文艺史谭》④中，就勾勒出了"古典主义－理想主义－写实主义－自然主义"的文学进化脉络；茅盾也描绘了相似的路径："古典主义－浪漫主义－写实主义－表象主义－新浪漫主义"。他们不约而同地从中国"国情"出发，认定"写实主义"应当成为五四时期中国文学的当务之急，茅盾且预期了未来的方向："新浪漫主义声势日盛，他们的确可以指人到正路，……我们定然要走这路的"⑤。但有趣的是，在50年代，也正是茅盾自己否定了这文学进化路线顶端的"新浪漫主义"，将其称为作为假古典主义的本质的形式主义"的"僵尸"。他同时还说明，所谓"新浪漫主义"正是"现代派"："现在我们总称为'现代派'的半打多的'主义'，

---

① 曾小逸：《论世界文学时代》，见《走向世界文学——中国现代作家与外国文学》，曾小逸主编，湖南人民出版社，1985年版。
② 徐迟：《现代化与现代派》，《外国文学研究》，1982年第1期。
③ 高行健：《现代小说技巧初探》，花城出版社，1981年版。
④ 陈独秀：《欧洲文艺史谭》，《青年杂志》，1915年12月15日。
⑤ 茅盾：《我们现在可以提倡表象主义的文学么？》，《小说月报》，1920年2月25日。

就是这个东西"①。而在 50 年代被茅盾所否定的"现代派",被 80 年代的倡导者重新拾起,所采用的逻辑,正是茅盾在五四时期所创立的进化论思路。

由于 50－70 年代对于"现代派"的严格防范,导致 80 年代的文学者感觉"现代派"的出现,"就好像在空旷寂寞的天空上,忽然放上去一只漂亮的风筝"②,并将其视为"走向世界文学"的必经之道。正如同传统／现代框架中的"中国"想象,以文学"现代化"作为诉求的"世界文学"构想,同样以西方文学作为最高规范。这使得 80 年代文学界对于"现代派"文学的态度,以一种悖论的形式展开。以反抗"资产阶级的现代性"作为主要特征③的"现代派"文学,它的"给资产阶级的庸俗趣味的一个耳光"④的反现代性特征完全被忽略,西方"现代派"文学所批判的东西恰好成为 80 年代"现代派"文学所追求的东西。从朦胧诗中的"自我表现"和反理性的感伤姿态、到《无主题变奏》和《你别无选择》中不无自我欣赏意味的"颓废",在某种意义上都被视为一种步入"现代"的标志。也正是出于这样的原因,"真／伪现代派"才得以成为一个问题在 80 年代中期提出。

3. 人道主义话语及其变奏:

在整个 80 年代的文化／文学进程中,人道主义话语构成了一种绵延不绝的思潮,这事实上也正是在实践一种现代化"新人"的话语。这种思潮在不同的时段呈现为不同的表述形态,但其内在的二元对立框架却始终如一。

---

① 茅盾:《夜读偶记》,《文艺报》,1958 年第 10 期。
② 冯骥才:《中国文学需要"现代派"——冯骥才给李陀的信》,《上海文学》,1982 年第 8 期。
③ [美] 马泰·卡林内斯库:《现代性的五副面孔》,商务印书馆,2002 年版,第 47—53 页。
④ 茅盾:《夜读偶记》,《文艺报》,1958 年第 10 期。

如同汪晖的研究所显示的，在五四时期，存在两种"humanism"话语的论争，即《学衡》派的人文主义话语和《新青年》的人道主义话语①。与《学衡》派信奉"人性既非纯善，又非纯恶，而兼具二者"的人文话语不同，《新青年》信奉的是人性善，"人生下来，本是善的"②。因此，在他们眼里，"青年"是天然的"新鲜活泼之细胞"③。而破坏人性的，是"社会"："社会与个人互相损害；社会最爱专制，往往以强力摧残个人的人性，压抑个人自由独立的精神"④。——这种社会／个人的二元对立，在五四新文化运动时期，对应的是封建宗族社会与现代个人的关系。五四之后，尽管革命话语以"阶级论"重组了个人／社会的关系，但 50－70 年代始终在阶级／个人、集体／个我、大我／小我的二元对立的格局中讨论个体的认同关系，其极端表述，则将"个人主义"视为"万恶之源"⑤。这使得阶级论话语并没有摆脱五四时期确立的二元对立框架，不过从相反的层面延续了这一逻辑。

　　80 年代初期批判 50－70 年代阶级话语的理论形态，是马克思主义人道主义话语。从 1978 年到 1984 年间，理论界以马克思的《1844 年经济学－哲学手稿》中的"异化"理论作为资源，批判那种"把'人性'和'阶级性'对立起来，把'人性''人情味''人道主义'等等奉送给资产阶级，无产阶级只要党性和阶级性"⑥的正统马克思主义，并认为社会主义也存在"异化"现象⑦。但因为这种关于"异化"的讨论，

---

① 汪晖：《人文话语与中国的现代性问题》，见《身份认同与公共文化》，陈清侨编，香港牛津大学出版社，1997 年版。
② 孟真（傅斯年）：《万恶之原》，《新潮》，第 1 卷第 1 号（1919 年 1 月 1 日）。
③ 陈独秀：《敬告青年》，《青年杂志》，第 1 卷第 1 号（1915 年 9 月 15 日）。
④ 胡适：《易卜生主义》，《新青年》，第 4 卷第 6 号（1918 年 6 月 15 日）。
⑤ 周扬：《文艺战线上的一场大辩论》，《人民日报》，1958 年 2 月 28 日。
⑥ 王若望：《大胆和可贵的尝试——评〈人啊，人〉》，《花溪》，1980 年第 11 期。
⑦ 周扬：《关于马克思主义的几个理论问题的探讨》，《人民日报》，1983 年 3 月 16 日。

始终是在"人类本性""恢复人的本来面目"的思路上展开，因此，对于社会主义历史实践的反省并未引向关于现代性本身的反思，而再次延续了五四人道主义话语的批判逻辑。在文学修辞层面，以阶级斗争为纲的社会主义国家政权，被呈现为类似西方中世纪神权或中国传统政权的专制形象；而所谓"人性"，则表现为爱情、婚姻、家庭等涉及私人生活空间的人际关系。公／私领域的区隔带有明显的价值判断色彩，"国"与"家"之间的对抗关系，成为伤痕、反思文学在表达"人性"时的重要修辞。历史的残暴表现为"国"对"家"的破坏，如《伤痕》（卢新华，1978年）、《我该怎么办》（陈国凯，1978年）、《如意》（刘心武，1981年）等；而昭示历史重回正轨的方式，则是让"好人""有情人终成眷属"，让"坏人"无家，如《人啊，人》（戴厚英，1980年）、《芙蓉镇》（古华，1981年）等。家／国修辞尽管相对于五四时期发生了反转，但此"家"非彼"家"。五四小说是将"家"视为压抑"个人"的社会力量，而"新时期"小说则将"家"视为一种从专制政权中拯救"个人"的力量；而隐含在这种世俗生活关系中的性别、阶级关系，则成为80年代人道主义话语的盲点。

　　1984年马克思主义／人道主义的讨论告一段落，但人道主义话语却并未终结，而是获得了新的表达形式。"主体论"的哲学表述由李泽厚提出，并经由刘再复的更为通俗的文艺学阐释，获得了空前广泛的影响。事实上，在李泽厚的主体论与刘再复的主体论之间存在着微妙的偏差。李泽厚在"实践论"和重新阐发康德哲学基础上形成主体论，他虽然强调人具有"能动"地改造和认识社会的能力，但历史和社会"积淀"却会内在地规范人的行为和心理。而在刘再复那里，人的"主体性"却强大得多。他建构了"内宇宙"和"外宇宙"的说法，同时认为："这个内宇宙是一个具有无限创造能力的自我调节系统，它的主体力量可以发挥到非常辉煌的程度，而这，正是人的伟大之处"①。正如夏中义指出的，刘再复"最终将一个受制于历史具体的有限能动'主体'，演化成一个漫游于历史时空之外的无限能工的'主体'"②。刘再复所建构的"内宇宙"与"外宇宙"的对立关系，并将其现实批判指向毛泽东时代的社会主义实践对人的限制，事实上，正重复了五四时期在个人／社会之间的对立逻辑。他进而直接将"性格组合论"和"文学主体论"推向"国魂反省论"，从而将"主体论"结合进关于"人的现代化"的论述中。在此，"主体论"不仅与五四话语建立了直接的关联，而且其"主体"被作为"国民性"的理想形态（即新型的现代化的国民）而出现。

由于"主体论"始终将"人学"和"文学"相提并论，认定"文学就是人学"，而并未形成更为学科化的美学表述，因此80年代后期所形成的"文化哲学"（或称"诗化哲学"），在某种意义上，构成对"主体论"的发展。"文化哲学"出现的标志，可以说是1985年翻译出版卡西尔的《人论》。卡西尔提出的"人是一种'符号动物'"，被译介者作了很大的偏移："'人－符号－文化'成了一种三位一体的东西，而'人的哲学'－'符号形式的哲学'－'文化哲学'也就自然而然地结成了同一哲学"③。这也就是说，人可以通过文化－符号自由地创造意义，并进而创造生存价值。刘小枫的《诗化哲学》、周国平的《诗人哲学家》、刘晓波的《审美与自由》等著作，则从德国浪漫美学和欧洲存在主义哲学那里寻找思想资源，并将"审美"视为"人类唯一能走向自由的捷径"。这种"文化哲学"与"人道主义话语"的相关性在于，它的基本前提仍旧在于：把人性视为无限创造的源泉；所不同的是，它

---

① 刘再复：《论文学的主体性》，《文学评论》，1985年第6期。
② 夏中义：《新潮学案——新时期文论重估》，上海三联书店，1996年版，第31页。
③ 甘阳：《〈人论〉·中译本序》，见［德］卡西尔：《人论》，甘阳译，上海译文出版社，1985年版，第8页。

确立了"审美"这一"自律性的概念",将其视为超越一切社会限定、并能完成人的自我价值生成的"飞地"。尽管这种美学／哲学表述,为80年代文学始终寻求的与"政治"的脱离,提供了更为学理性的表述,但它将"审美生成"等同于"价值生存",或"把本体诗化或把诗本体化"的诉求,却使得它成为80年代实践"新人"理想的人道主义话语的一脉。更有意味的是,这种美学理论在90年代的市场社会中呈现出它所未曾预期的政治意味,如同伊格尔顿所阐释的:"自律的观念——完全自我控制、自我决定的存在模式——恰好为中产阶级提供了它的物质性运作需要的主体性的意识形态模式"①。在某种意义上也可以说,不仅是人道主义话语,整个80年代文学现代化的实践本身,都在90年代遭遇了它未曾预料的繁复后果。

结　语

　　80年代以一种历史隐喻的方式,将自身的历史起点对接于五四时期。五四新文化／文学为80年代文学所提供的,不仅是用以表述自身的思想资源与文化传统,同时更是一个借以建构自身的理想镜像。然而,由于话语建构与社会实践层面的错位关系,如同张旭东所说,在某种意义上,"80年代变成了90年代的感伤主义的序幕""一个世俗化过程中的神学阶段"②。而五四话语则构成这种"感伤主义"和"神学"特性的核心养料。正因为此,80年代文学的展开,并非印证五四话语的过程,毋宁说,这种展开本身,其实就构成对五四话语的重构和解构。

　　在今天,重新清理80年代文学与五四传统的关系,必然是一种立

---

① [英]特里·伊格尔顿:《审美意识形态》,广西师范大学出版社,2001年版,第9页。
② 张旭东:《重访80年代》,《读书》,1998年第2期。

足于90年代之后的中国社会／文化现实，揭示出"80年代文学"与"五四传统"之间如何彼此建构、彼此塑造的解构行为。这种"解构"的便利显然得益于某种"后见之明"，但这并不意味着我们可以轻视五四话语在80年代文学中所鼓动起来的那种创造的冲动和激情。在这样的意义上，对历史的清理，或许同时也是一种调整我们看待历史与现实的眼光、并借以寻找文化出路的方式。

（原载《上海文学》2004年第5期）

人文学者的想象力

我一直想寻找到一种能够连接"跨学科视野"与"文学问题"这两个层面的语汇，来比较准确地传递我的某种思考。比如，像美国批判社会学家C·赖特·米尔斯提出的"社会学的想象力"。米尔斯把这种想象力概括为"环境中的个人困扰"和"社会结构中的公众议题"的转化，台湾学者将其译为"全球思考，在地行动"，即"把特定个人或群体所感受到的特殊的、在地的'困扰'，转变成公共的议题"。这种"全球"/"在地"、"公共议题"/"个人困扰"之间的辩证关系，比较类似于我试图讨论的"跨学科视野"与"文学问题"之间的关系。这不是一种单向度的运行，而包含着双重视阈或双重的运行轨迹：一方面是从"文学研究"当中走出去，获取某种跨学科的能介入当代社会讨论的公共视野；另一方面是把文学问题放置于一种新的批判视野当中，重新加以理论化，并与公共议题形成某种互动关联。

从文学研究中"走出去"，这不算是什么新鲜的提法。在当代文学研究界，已有许多学者在实践着"跨学科"批评，以至我们越来越经常地听到一种抱怨，说搞文学研究的人不研究文学了。我所谓"走出去"，固然意味着"跨学科"，比如去了解历史、哲学、思想史等领域如何谈论相关的问题；但更重要的是指"公共视野"的获得。"公共"是一种比较含混的说法，这不是所谓"时髦话题"或"学术潮流"之类，而是指基于现实处境和社会认知而形成的某种相同或相类的问题意识或论述空间。1999年的时候，一些学者曾发起对于"纯文学"观念的批评，认为正是这种主流观念导致90年代的文学和文学研究丧失了参与和介入社会变革的能力。我觉得这种批评或许针对当代文学研究更为有效，因为90年代的当代文学研究确实早已丧失了80年代的那种风光。这固然和文学在社会整体结构的"边缘化"有关系，也与当代文学封闭的研究视野有很大的关系。这种"封闭性"有时表现为无法与社会现实形成真正的互动，有时也表现为无法与其他学科、领域形成对话关联。导致这种状况的原因，至少有很大部分是与学科、学院体制的成熟和封闭联系在一起的。因此在90年代，正是最具跨学科特征的文化研究、思想史研究，表现出了最为突出的参与和介入社会的活力。而作为一个当代文学专业的研究者，尤其像我这样的接受科班训练而成长的人（在我这个年龄往后，只具有"苍白"学院经历的人大概会越来越多吧），应当有一种自觉的跨越专业界限、学科界限的意识和眼光，才可能不完全被学院体制塑造，并形成某种公共意识。

但对于文学研究者而言，我认为仅仅"走出去"是不够的，还要具有一种能"返回来"的能力（当然不是指必须回到文学）。也就是通过对文学问题的研究参与到公共讨论当中，或者能够把文学问题转化为公共议题。在我的理解当中，文化研究所谓的"跨学科"特性，事实上是一种不同专业的学者共同参与的"论述空间"；问题是公共的，但不同专业的参与者则带入了相应的专业视野和技能。没有一定的专业训练基础，大概也成不了一个好的文化研究者。同样的道理，不是立足于某一专业、学科领域，大概也很难把公共议题的讨论变得深入和复杂。这是一个双重的改写过程：一方面，公共视野使我们摆脱了体制化的专业眼光和批评话语，将文学问题置于更大的语境当中，从而显现出单一学科（专业）视野无从发现的问题，或将文学问题纳入新的问题系；另一方面，通过对文学问题的讨论，使得公共议题变得具体和复杂化。基于这样的原因，在讨论某些文化研究、思想史命题时，自觉地尝试着"回到文学问题"（但不是"回到文学自身"），即把有关问题的讨论落实于对文学（史）论题的重新阐发上，或许是一种可行的批评实践。

所谓"走出去"，涉及如何获得较为开阔的文化视野、不同学科／领域的知识累积和某种"知识分子"的介入意识；所谓"返回来"，则意味着将文学问题重新理论化或转化为公共议题的能力。这两个层面的结合，我想仿照米尔斯将之称为"人文学的想象力"。

（原载《南方文坛》2005年第4期）

先锋小说的知识谱系与意识形态

1987年，以余华、格非、苏童等为代表的"先锋小说"的出现，往往被视为80年代文坛的某种"断裂"。这也就意味着评论家和文学史家不能用80年代前期文坛习用的批评语言来评价这些作家的作品。事实上，如何描述"先锋小说"在80年代文学历史当中的特殊位置，一直存有争议。

在目前通行的当代中国文学研究和文学史写作当中，往往主要关注这种小说的某一侧面，视其为"伤痕文学—反思文学—寻根文学和新潮小说—先锋小说和新写实小说"这样一个"后浪推前浪"式的文学思潮展开（同时也是"进化"）过程的环节。这种文学史叙述强调的是70–80年代文学转型的重要性，而"先锋小说"正是文坛持续创新的一个结果。不过，对于80年代文学的历史，一直存在着另外一种描述方法，即所谓"新时期文学"并不是开始于70–80年代之交，1985年之前的"伤痕文学""反思文学"等，"基本上还是工农兵文学那一套的继续和发展"；一种不同于毛泽东时代的文学，"应该从'朦胧诗'的出现，到85年'寻根文学'，到87年实验小说这样一条线索去考察，直到出现余华、苏童、格非、马原、残雪、孙甘露这批作家……这时候文学才发生了真正的变化,或者说革命"①。这种文学史叙述,强调的则是"现代主义"文学对"现实主义"叙述成规的突破,并将"先锋小说"视为"新时期文学"真正开端的标志。事实上还存在着第三种文学史叙述,这就是在90年代初期有关"后新时期"的讨论当中,论述者尽管在开启时间是1985、1987还是1989年上存在着争议,但他们倾向于将"先锋小说"视为另一时期——"后新时期"——的开端②。这三种代表性的文学史叙述方式,事实上正从不同的侧面显示出了"先锋小说"在80年代文坛的某种"异质性"。这种"异质性"即它们在叙述形式、表达方式及话语形态上,脱离了当代文坛的主导形态,呈现出一种难以被主流话语命名和言说的特征。在某种程度上可以说,对"先锋小说",当代文坛并未完成一种有效的文学史命名。这固然和80–90年代之交的社会/文化动荡直接相关,"先锋小说"的历史处境有时被认为象征性地呈现了80年代不断推动的"文化革命"的命运,它之所以不能完成关于自身的文学史叙述,是因为它尚"来不及"完成这一过程。而那种试图将"先锋小说"纳入到具有延续性的"现代主义"革新史的文学史叙述,除了重复着由小说家们和"新潮批评家"们所表述的"语言革命""叙述革命"或"形式革命"之类的观念,对于"先锋小说"之所以形成和出现的历史原因,事实上始终缺乏较有说服力的文学史描述和分析。或许其中关键的问题,仍在如何指认"先锋小说"的"异质性",如何历史地分析这种"异质性"内涵的特定构成及其知识谱系。也正是出于这样的问题意识,探讨"先锋小说"与宽泛意义上的西方"现代派"文学之间的渊源,则成为一种可能的历史描述方式。

概括地说,这与西方"现代派"文学在当代文坛的文学知识结构当中占有的位置相关。这里所谓西方"现代派",沿用的是80年代中

---

① 李陀:《漫说"纯文学"》,《上海文学》,1999年第3期。
② 谢冕、张颐武:《大转型——后新时期文化研究》,黑龙江教育出版社,1996年版。

国语境中的一个特定概念，指涉内涵包括19世纪后期的唯美主义，20世纪初期的后期象征主义、表现主义、意识流、超现实主义等，以及60-70年代的存在主义、新小说、"黑色幽默"等诸种现代主义文学思潮。西方"现代派"之所以能够被作为一个"整体"来讨论，是因为毛泽东时代的冷战历史将其整体地视为"禁忌"，并排斥在当代中国文学的视野之外。而60-70年代冷战界限的松动时期被作为"内参读物"引进并流传，则为造就80年代对西方"现代派"的社会性的巨大饥渴心理拉开了序幕。这种冷战时代的历史，导致80年代中国文坛把"西方现代派"作为一个出现在20世纪西方社会的"整体"文学事实来接受，并将其作为一种与80年代文坛主流文学相抗衡的文学传统而完成着持续的自我转化。如果说毛泽东时代将西方"现代派"指认为"禁忌""异端"的方式，已经将其内在地结构于当代文学的话语网络当中的话，那么80年代前期关于"现代派"的译介和争论，则是一个对作为整体的西方"现代派"文学进行自我转化的过程。或许复杂之处在于，当80年代文坛将"现代派"从"非法"转化为"合法"、从"不在之在"呈现为"历史的在场"时，完成的仅仅是主流话语逻辑的指认方式，其间存在着清晰的二元结构（自我／他者、现实主义／现代派、中国／西方、19世纪／20世纪）。正是这种二元结构使得"现代派"始终以一种可以辨认的"他者"面貌呈现出来。这也正是导致关于"真／伪现代派"论争，导致"寻根文学"逆反的某种历史原因。而在更为年轻的先锋小说家那里，由西方"现代派"所构造的知识谱系，已经成为他们的"自我"，即成为他们自己构造的直接的文学传统；同时他们将80年代中国文坛主流话语指认为"他者"，认为自己正是从"现代派"文学传统当中获得了一种摆脱现实主义而"自由表达"和"解放想象力"的新语言。正是这种知识谱系上的特殊构成及"自我"／"他者"关系的颠倒，导致了"先锋小说"在80年代文坛的"异质性"。

一、"作家们的书目"与文学传统

讨论"先锋作家"与西方"现代派"(也包括广义的后/现代主义文学)之间的关系,是一个极为敏感的话题。这一话题往往被转换为"中国当代先锋小说究竟是外来影响所致还是中国大地上土生土长的"①,其间的"外来/本土"的二元结构,事实上,也是"真/伪现代派"讨论的另一变形。被视为"先锋小说"的"先锋"马原,曾发表过一句"著名"的抱怨:"我甚至不敢给任何人推荐博尔赫斯……原因自不待说,对方马上就会认定:你马原终于承认你在模仿博尔赫斯啦!"②而另一位先锋作家格非则在90年代这样解释道:"他似乎对当时远未成熟的中国批评界存有深刻的戒心:一旦你公开承认自己受到了某位作家的影响(尽管这十分自然),批评者则会醉心于这种联系的比较研究,同时它又会反过来强加给作家某种心理暗示,从而损害作家的创造力"③。先锋作家对自己的"师承"讳莫如深,似乎正构成颇有意味的历史征候。

这种"戒心"显示出的是强烈的"影响的焦虑",而这种"焦虑"事实上呈现的是第三世界、"欠发达的现代主义"所承受的巨大的精神压力。这种压力使得他们恐惧自己成为"西方的影子"。而这种"光"与"影"的表述事实上一直存在于80年代文坛——80年代初期,具有"现代主义"色彩的作品,如宗璞的《我是谁》《蜗居》等被人很快认出了"卡夫卡的影响";王蒙的《蝴蝶》《春之声》《杂色》等被人称为"东方意识流";而1985年刘索拉的《你别无选择》和徐星的《无主题变奏》

---

① 王宁:《接受与变形:中国当代先锋小说中的后现代性》,见《生存游戏的水圈》,张国义编,北京大学出版社,1994年版。
② 马原:《作家与书或我的书目》,《外国文学评论》,1991年第1期。
③ 格非:《十年一日》,见《塞壬的歌声》,上海文艺出版社,2001年版。

之所以被称为"现代派",是因为人们直接从小说中读出了《麦田的守望者》、读出了存在主义、"垮掉的一代"和"黑色幽默"等;不仅是马原,事实上格非也常被人称为"中国的博尔赫斯"。似乎是,当代文学的现代主义,在很长的时间内是作为西方"现代派"的"影子"而被指认、被命名。这种恐惧成为"西方的影子"的焦虑心态,事实上普遍地存在于第三世界或欠发达区域的作家们当中,也存在于西方中心国一种傲慢的优越感当中:"他们还在像德莱赛或舍伍德·安德逊那样写小说"。因此,如 F·詹明信所言,先锋作家们拒绝成为"影子"的焦虑,事实上正显现出"第三世界文化""在许多显著的地方处于同第一世界文化帝国主义进行生死搏斗之中——这种文化搏斗的本身反映了这些地区的经济受到资本的不同阶段或有时被委婉地称为现代化的渗透"①。但是,在这里讨论先锋作家们的文学师承或知识谱系,目的并不在于指出他们"模仿"了哪个西方"大师",也不在于给出一种"西化"还是"本土化"的二元答案。事实上,不同于马原的尴尬,在更为年轻的余华、苏童、孙甘露等人那里,他们几乎不再遭遇被视为"影子"的经历,他们甚至被称为"现代派""真正本土化"之后的结果。探讨这样的问题,是试图历史地呈现先锋小说所接纳的"文学传统"或建构他们的知识谱系。

余华曾在一篇文章中直接谈到所谓"传统"问题。他首先对西方"现代派"在 80 年代前中期文坛的命运做了一种历史的描述:

仅仅是在几年前,我还经常读到这样的言论,在大谈巴尔扎克、托尔斯泰的智慧已经成为了中国文学传统的一部分,而二十世纪的现代主义文学却是异端邪说,是中国的文学传统应该排斥的。……卡夫卡、乔伊斯等人的作品已经成为世界文学的经典……然而在中国他们别想和巴

---

① [美] 詹明信:《处于跨国资本主义时代中的第三世界文学》,张京媛译,见《晚期资本主义的文化逻辑》,张旭东编,北京三联书店,1997 年版。

尔扎克、托尔斯泰坐到一起。他们在中国的地位，是由一些富有创新精神的作家来巩固的，这些作家以作品确立了自己的地位，同时也丰富了中国文学的传统①。

显然，在余华的描述当中，在80年代前期，西方"现代派"遭到文坛主流的排斥而被视为异端，正是先锋小说家们将这些文学纳入了"中国文学的传统"中。或许他试图强调的是，"今天，在继承来自鲁迅的传统和来自托尔斯泰，或来自卡夫卡的传统已经是同等重要了"，但关键在于，正是"卡夫卡的传统"成为他所指认的代表着"二十世纪文学"并被先锋小说所接纳的"新的文学传统"。

事实上，作为一种引人注目的现象，或许当代作家群体当中，没有谁比先锋作家们更热衷于谈论自己的"阅读史"，更为频繁地提及自己所热爱的文学大师；而他们阅读的文学大师，绝大部分是80年代前期译介并被命名为"现代派"的大师。姑且不论马原那篇著名的《作家与书或我的书目》，以及他在类似于《小说》这样的文章当中表现出的对罗布－格里耶、萨洛特、约翰·梅勒、巴思、乔伊斯、福克纳、博尔赫斯等现代主义小说家的熟稔和颇为精辟的见解，他甚至提出："作家书目已经成了一种传统，作家们是否有一部作家的文学史？……（希望有一部真正的作家的文学史稿问世）"②。因此，不妨检阅一下先锋作家们所书写的"作家们的文学史"当中那些被经常提及的大师们。余华曾在许多文章当中，向川端康成、卡夫卡、博尔赫斯、福克纳、三岛由纪夫等大师致敬。他对"证明19世纪的时代已经结束"的"20世纪文学"的描述当中，尤为推崇60年代的"先锋派"："在文学方面，本世纪最富有想象力和洞察力的作家无一例外地加入了这场更新的潮流。他们

---

① 余华：《两个问题》（1993年），见《我能否相信自己——余华随笔选》，人民日报出版社，1998年版，第174页。
② 马原：《小说》《百窘》，均见《马原文集》卷四，作家出版社，1997年版。

是卡夫卡、乔伊斯、普鲁斯特、萨特、加缪、艾略特、尤内斯库、罗布－格里耶、西蒙、福克纳等等"①。而苏童所热爱的，则偏向于当代美国小说家："以我个人的兴趣，我认为当今世界最好的文学是在美国。我无法摆脱那一茬茬美国作家对我投射的阴影，对我的刺激和震撼，还有对我的无形的桎梏"②。在他开列的名单中有海明威、福克纳、约翰·巴思、诺曼·梅勒、厄普代克、纳博科夫，也包括博尔赫斯、加西亚·马尔克斯。他坦言"塞林格是我最痴迷的作家……直到现在我还无法完全摆脱塞林格的阴影。我的一些短篇小说中可以看见这种柔弱的水一样的风格和语言"，以至文坛那些鄙视塞林格的言论会使他感到"辛酸"，"我希望别人不要当我的面鄙视他。……谁也不应该把一张用破了的钱币撕碎，至少我不这么干"③。而格非，有评论文章认定"格非最受博尔赫斯的影响，或者说，在他的文本中，'博尔赫斯式'的后现代因素最为明显"，"但格非本人在大谈自己对福克纳的仰慕时，即只字未提博尔赫斯这位后现代大师对他的任何一点影响或启迪"④——姑且不论是否因为有博尔赫斯的影响格非就成为了"后现代主义"作家，但在他的文章中，却多处写到卡夫卡、普鲁斯特、雷蒙德·卡弗、加西亚·马尔克斯以及诸多现代大师的阅读心得和专业研究⑤。

如果说在50-60年代，构成"作家们的文学史"的主要部分是"19世纪"的现实主义大师，那么几乎同样清晰的，是"20世纪"的现代主义大师构成了先锋作家的"阅读启示录"序列。他们成为先锋作家的"文学传统"，这也就意味着先锋作家们"就像一位手艺工人精通自己

---

① 余华：《两个问题》，见《我能否相信自己——余华随笔选》，人民日报出版社，1998年版。
② 苏童：《答自己问》，见《寻找灯绳》，江苏文艺出版社，1995年版，第119页。
③ 苏童：《阅读》《三读纳博科夫》《寻找灯绳》《答自己问》，均见《寻找灯绳》。
④ 王宁：《接受与变形：中国当代先锋小说中的后现代性》，江苏文艺出版社，1995年版，《外国文学评论》，1991年第1期。此处格非文章指的是《欧美作家对我创作的启迪》。
⑤ 格非：《塞壬的歌声》，上海文艺出版社，2001年版。

的工作一样",从20世纪的现代主义大师那里他们学习并精通"现代叙述里的各种技巧"①。如果说讨论先锋作家的哪篇小说受了西方文学大师哪篇作品的"影响",这种方式本身是愚蠢的和有问题的,那么关键在于:先锋作家们把自己纳入了由西方现代主义大师构造的"传统"当中,他们同时也被这种文学的知识谱系所构造。

二、"形式革命"、知识谱系和"纯文学"的意识形态

先锋小说家们建构、接纳并内在化西方现代主义文学传统,这一行为本身必须被置于其所身处的特定历史语境的考察当中。也就是说,需要分析的问题是,先锋作家们为什么要将自己纳入这样的文学传统?而这种传统的成功建构和实践在80年代的历史语境当中产生了怎样的,或许是先锋作家自身未曾意识到的意识形态效果?

首先的问题是先锋作家为什么需要将自己纳入这样的文学传统,或者说他们通过学习这样的传统试图解决怎样的问题?当先锋作家们论及这一问题时,他们说得最多的是"写作的自由"和"解放想象力"。格非写到1986年开始写作时的动力:"我所向往的自由并不是在社会学意义上争取某种权力的空洞口号,而是在写作过程中随心所欲,不受任何陈规陋习局限的可能性。主要的问题是'语言'和'形式'"。他也具体地提到当时阻碍着他无法自由地使用语言和形式的压抑力量——"在那个年代,没有什么比'现实主义'这样一个概念更让我感到厌烦的了。种种显而易见的,或稍加变形的权力织成一个令人窒息的网络,它使想象和创造的园地寸草不生"。也就是说,"先锋小说"所反叛的是作为主流形态的现实主义叙述语言和成规所构成的"秩序",这种秩

---

① 余华:《两个问题》,见《我能否相信自己—余华随笔选》,人民日报出版社,1998年版。

序塑造着"内心的情感图像",也形塑着人们"感觉到并打算加以表述的现实场景",即所谓"形式的意识形态"。在这篇文章的后面部分,格非表达了先锋作家当时的意识形态处境:"实验小说与当时的社会意识形态也多少反映了特定时代的现实性,对于大部分作家而言,意识形态相对于作家的个人心灵即便不是对立面,至少也是一种遮蔽物,一种空洞的、未加辨认和反省的虚假观念。我们似只有两种选择,要么成为它的俘虏,要么挣脱它的网罗"①。在这样的意义上,先锋小说的"语言革命"或"形式革命",事实上也是一种"意识形态革命"。在这里,格非颇为明晰地将"先锋小说"的意义定位于对当时的"语言秩序"的反叛,正因为先锋小说颠覆了"将各种欲望和语言占为己有"的现实主义话语的统治地位,因此它具有强烈的政治意味。

  对于"先锋小说"的这一观念,表达得更为充分也更为细密和深入的,或许是余华在1989年发表的被称为"先锋派宣言"的《虚伪的作品》②。《虚伪的作品》开篇就提出:"我所有的努力都是为了更加接近真实",而他所谓"真实"也就意味着"针对人们被日常生活围困的经验而言"的"形式的虚伪"。关于"真实性"与"语言"的关系,他引述了李陀的话"首先出现的是叙述语言,然后引出思维方式"。这也就意味着摆脱了那种"反映论"式的语言观,而具有了某种建构主义的意识,即不是语言"反映"现实,而是语言"建构"现实。构成他批判的对立面的,是那些只表达"大众的经验""常识"和所谓"文明秩序"的中国当代文学,在他看来,文坛主流文学里"各种陈旧经验堆积如山","在缺乏想象的茅屋里度日如年"。因此,对当代文学形式的破坏,探询一种"不确定的叙述语言",正是到达"真实"的首要步骤。他最后写道:"一部真正的小说应该无处不洋溢着象征,即我们寓居世界方式的象征,我

---

① 格非:《十年一日》,见《塞壬的歌声》,上海文艺出版社,2001年版。
② 余华:《虚伪的作品》,《上海文学》,1989年第5期。

们理解世界并且与世界打交道的方式的象征",于是,小说的革命事实上也可以说是改变"我们理解世界并且与世界打交道的方式"的"象征的革命"。在展示这样一种文学革命的思路时,余华具体地讨论了他寻找"最为真实的表现形式"时所借鉴的文学传统,即西方"二十世纪文学"。他写道:"我个人认为二十世纪文学的成就主要在于文学的想象重新获得自由",他从"二十世纪文学"中获取的是"虚伪的形式","这种形式背离了现状世界提供给我的秩序和逻辑,却使我自由地接近了真实"。在很大程度上,余华将文学史上"19世纪文学"与"20世纪文学"之间的差别,对应于当代中国文学现实主义主流和先锋小说之间的差别。可以说,先锋小说对现实主义的反叛,正是通过接续20世纪西方文学传统来完成的。

在先锋作家当中,余华是有着颇为自觉的历史意识的一个。这主要表现在他不仅用他的作品,也用那些"以一个职业小说家的态度精心研究小说的技巧、激情和它们创造的现实"[①]的评论文章,展示他对"文学传统"的理解,同时也建构着先锋小说的知识谱系。一处颇有意味的改动,或许可以看出这一"文学传统"的某些重要侧面。余华在1989年完成的一篇直接谈作家的文论《川端康成和卡夫卡的遗产》[②],开篇写道:"如果我不再以中国人自居,而将自己置身于人类之中,那么我说,以汉语形式出现的外国文学哺育我成长,也就可以大言不惭了。所以外国文学给予我继承的权利,而不是借鉴。对我来说继承某种属于卡夫卡的传统,与继承来自鲁迅的传统一样值得标榜,同时也一样必须羞愧"。这段话在这篇文章收入1998年出版的《我能否相信自己——余

[①] 汪晖:《〈我能否相信自己〉·序》,见《我能否相信自己——余华随笔选》,人民日报出版社,1998年版,第15页。收入汪晖论文集《死火重温》(人民文学出版社,2000年版)时,更名《无边的写作》。

[②] 余华:《川端康成和卡夫卡的遗产》,《外国文学评论》,1990年第2期。另见《余华作品集2》,中国社会科学出版社,1994年版。

话随笔选》（人民日报出版社）时被删掉。——这一看似微小的改动，实则并非毫无意义。如果不惮做一个也许看来有些夸张的结论的话，那么这处改动或许显露出余华对自己曾经秉持的某种"世界主义"（"西方主义"）的文学观念的自觉或警惕。

在1993年发表的《两个问题》中，余华特别强调了一种"世界主义"的文学观念。他首先在文章前段写道："文学发展到了今天，已经超越了国界和民族。……只要是他出于内心的真实感受，他的作品一定表达了他的民族的声音"。看起来，余华认为所谓文学的"世界"／"民族"之分根本就不是问题。但是在讨论西方60年代的"先锋派"与当代中国的"先锋派"时，他重复当时的主流观念表述了一种"落后"的焦虑："中国的先锋派只能针对中国文学存在，如果把它放到世界文学之中，那只能成为尤奈斯库所说的后先锋派了。……中国差不多与世界隔绝了三十年，而且这三十年文学变得惨不忍睹"。于是中国先锋派的意义在于——"我们今天的文学已经和世界文学趋向了和谐，我们的先锋文学的意义也在于此。在短短的十多年时间里，我们的文学竭尽全力，就是为了不再被抛弃，为了赶上世界文学的潮流"。在这种表述当中，中国先锋派和西方的先锋派之间，仅仅是"滞后"和"先进"的关系；由于西方现代派被作为世界性的"人类共同的文学传统"的最高峰，在中国这个特定区域和特定时间当中存在的文学，除了表明其落后性，其地域和历史的独特性并没有多少意义。显然，这种思路无论有意无意都多少有些"西方中心主义"。针对同样的问题，一位韩国学者则写道："即使20世纪西方（欧美）文学已经达到了人类文学史上的最高峰，它对于并非西方人的我们来说，会有一种带来压抑感的弊病"，他因此提出第三世界"用我们的方式重新提问""以主体的姿态对待西方文学"的问题[①]。正由

[①] [韩]白乐晴：《如何看待现代文学》，见《全球化时代的文学与人——分裂体制下韩国的视角》，金正浩、郑仁甲译，中国文学出版社，1998年版，第227-228页。

于中国的先锋小说家以一种"世界主义"的态度对待文学传统,同时也导致将许多当代中国的历史问题构想为"人类"问题,缺乏对问题的特定历史场所的关注。在为余华的随笔选所作的长序《无边的写作》中,汪晖敏锐地捕捉到余华在《布尔加科夫与〈大师和玛格丽特〉》当中提到的"没有时间和地点"的"丰厚的历史",而提出相反的意见。汪晖认为"丰厚的历史"从来都是"具体"的,比如"布尔加科夫以及他生活其中的俄罗斯传统,这个传统从来不会忽略地点,也从来不会忽略空间"。这里所讨论的"地点和空间",事实上也正是人们常常用"民族"性这样的语汇所负载的内涵。汪晖一方面相当委婉地提出,"我们还是应当惦记着地点和时间,惦记着在这个历史场景中的爱和恨、温柔和背叛。否则,没有空间的飘浮将成为我们的宿命";而同时他又疑惑,也许"没有地点和空间"正是"我们的现实"。这里真正有意味的问题在于,先锋小说所构造的"现实"及其对"文学传统"所采取的"世界主义"的态度之间的关联。汪晖所谓"地点和空间的缺席"在很大程度上可以被看作是先锋小说家们共同的特征,或试图到达的特征。尽管有苏童的"枫杨树故乡",那不过是福克纳式的人类学版的"约克纳帕塔法世系",其时间和地点的历史性是缺席的。在某种程度上可以说,正是一种"世界主义"(实则是"西方主义")的对待文学传统的方式,建构着先锋小说的"人类"想象,也使它们悬浮于当代中国的"地点和时间"之外。

事实上,这涉及到先锋作家"自由地写作"所呈现的到底是什么样的"真实"的问题。在《虚伪的作品》当中,似乎能为这个"新世界"定性的主要是"不确定性",它仅仅传达给我们一种与主流语言秩序紧张的对抗关系以及从中"解放"出来的必要和感觉,但这"新世界"的轮廓模糊。余华将之解释为"个人的"——"我所确认的现在,某种意义上说是针对个人精神成立的,它越出了常识规定的范围"。但事实上，造成这种以"个人"对抗"秩序"的历史情境，则势必使余华的小说成为"历史的寓言"。这也正是戴锦华在余华小说当中读出"衰老的父亲已举不起屠刀"的当代政治寓言的原因，因为余华的小说"只是语言——丧失了所指物的语词链；而且公然拒绝完成那种对'生活真实''现实''现实主义幻觉'的注定失败的倒逆式爬行。于是，余华的本文序列，成了一种令人心醉神迷的语词施虐；一种符合秩序井然的对经验混乱的表述，一次宣告戈多不曾存在的等待戈多，一部本雅明意义上的悲剧与寓言"①。也正是在本雅明意义上的"寓言"的指认上，张旭东认为格非小说的"虚构"，"伴随着'真实性'的瓦解而出现了一幅当代主体的自画像"，因为"意识越充分地放任自己沉浸在'纯虚构'的逻辑之中，它就越把握到一种自身的自由状态，从而这个叙事游戏的场所也就越成为自我形象的现身之处"。而这种"自我意识获得了幻想的解放"，恰恰可以看作是"语言主体"的自我意识的诞生②。张旭东进而对先锋文学做了一个带有颇为明晰的"代"际认同意识的判断——"当代中国的'先锋文学'正是以其语言上的突破而把自己变成了某种潜在的社会经济、政治、文化转变的美学的结晶，而其'高度自主'的叙事或逻辑，则将一代人经验的历史生成有效地记录在案"③。不过，尽管张旭东的文章是众多论及先锋文学的文章当中少有的也是相当敏锐地论及其作为"历史寓言"内涵的文章，但先锋文学作为"美学的结晶"所呈现的"某种潜在的社会经济、政治、文化转变"的内涵始终是较为含糊的。如果要概括其表述的话，或许

---

① 戴锦华：《裂谷的另一侧畔——初读余华》，《北京文学》，1989年第7期。
② 张旭东：《自我意识的童话——格非与实验小说的几个母题》，原载《八方》（香港），1990年第2期（题为《自我意识的童话——格非与当代语言主体的几个母题》），收入《批评的踪迹：文化理论与文化批评（1985–2002）》，北京三联书店，2003年版。
③ 张旭东：《从"朦胧诗"到"新小说"——新时期文学的阶段论与意识形态》，原载《今天》，1991年3-4期合刊（题为《论中国当代批评话语的主题内容与真理内容》），收入《批评的踪迹：文化理论与文学批评（1985–2002）》，北京三联书店，2003年版。

是:"集体经验的解体,风格整体的破裂与作为个体的自我的再生成"。如果我们需要将先锋小说所携带的意识形态从本雅明意义上的"寓言",转变为詹明信意义上的"寓言"的话,那么也许可以说,先锋小说在将"个体"从整体语言秩序当中"解放"出来时,他(他们)并没有意识到这个"个体"能做什么或将做什么。而事实上,这个"暗含在语言之中,并由语言结构出来"的"个体"(也是"主体"),一方面符合了80年代另一种新主流观念即"纯文学"观念当中的文学想象,同时也正呼应着80-90年代之交被市场主义和消费主义所构建的个人主义的主体想象。

先锋小说家强调文学形式所暗含的意识形态,因此,对语言和形式的革命也就是打碎僵化的形式体制(经验体制、意识形态体制),完成意识形态的颠覆。但有意味的地方就在于,恰恰是这种将文学理解为"语言事实"的方式,呼应着80年代文学界另外一种主流观念,即"文学"和"政治"的分离。70-80年代转型过程中形成的文学反思声音之一,就是要求"让文学回到文学自身","让文学和政治离婚"。这也就是所谓"文学本体论"所指涉的历史内涵。它反对"把文学作为政治的工具",而这里所谓的"政治",是针对毛泽东时代的政治观念和政治主题;但要求"文学"从这种政治当中摆脱出来时,"文学"被视为一个抽象的纯粹的"自足体",常常被看作一种与"内容"可以分离的纯"形式"因素,而其携带的意识形态遭到忽视。尽管先锋小说始终强调针对文学形式的意识形态革命,但它们倾向于认为仅仅通过"形式的革命"就足以完成"意识形态的革命",这事实上也恰恰是采取形式/内容两分法的"纯文学"观念的理解方式。与此同时,他们关于"文学传统"的理解也相当接近所谓"纯文学"观念。他们通过建构"20世纪"(现代主义)对"19世纪"(现实主义)的超越和否定,并具体地通过对西方现代主义文学大师的"遗产"的接续,完成了一种"文学共同体"

的想象和实践。而这种"共同体"想象恰恰是"纯文学"观念所构造的文学的"自律"体制。先锋小说家通过与西方现代主义文学的对话、学习，而将自己结构进一种悬浮于当代文学历史语境的文学传统之中。如果说他们所书写的"现实"呈现为"时间和地点的缺席"的话，那或许是一种"西方主义"的征候式表达。在某种意义上可以说，先锋小说意味着中国当代文学的"纯文学"诉求的完成，也意味着文学与社会现实之间形成的互动关联的纽带，被成功地剪断。

更重要的是，先锋小说对于自己所创造的新现实所携带的意识形态始终是缺乏历史自觉意识的。它们似乎认为自己只需要完成"解构"的任务就可以了，而忘记了"任何一种解构都是建构"。就其叙述主体来说，先锋小说特别突出要将个人（"主体"）从占统治地位的现实主义语言秩序当中"解放"出来，但他们从未意识到这个从80年代的政治集体话语中"解放"出来的带有鲜明的个人主义色彩的被欲望驱动的个体，将如何自如地游弋在市场主义的意识形态当中。就先锋小说与现实主义的关系来说，先锋作家特别强调打碎现实主义（或19世纪）的叙述成规，而凸显"先锋小说"在80年代语境当中的政治性。而事实上，这种将"现代主义"与"现实主义"置于截然对立的位置的思维，并未意识到两者其实是处于同一文学结构当中，用詹明信的描述便是："一切现代主义作品本质上都是被取消的现实主义作品，换言之，它们不是根据自身的象征意义，根据自身的神话或神圣的直观性，像旧的原始或过分符码化的作品那样被理解的，而只是间接地、通过一种想象的现实主义叙事而被理解的。……通过取消故事，新的小说比任何真正现实主义的、老式的、解符码化的叙事更有力地讲述了这个现实主义的故事"①。从这一侧面来说，先锋小说由于始终将自己结构在"现实主义"的对立面上，

---

① [美]詹明信：《超越洞穴：破解现代主义意识形态的神话》，陈永国译，见《当代马克思主义文学批评》，[英]弗朗西斯·马尔赫恩编，北京大学出版社，2002年版。

因此，它并非如自己所想象的那样"自由"和"解放"，而是将"反现实主义"作为了文学的非意识形态化过程的意识形态。

(原载《文艺研究》2005年第10期)

重讲"中国故事"
——电影"大片"的文化分析

沃勒斯坦（Immanuel Wallerstein）曾将民族－国家（nation-state）视为现代世界体系的一大"发明"。在他看来，正是16世纪在欧洲形成的资本主义世界市场，使得创造民族／国家这一"想象的共同体"成为必需①。美国学者杜赞奇（Prasebjit Duara）则提出：在欧洲，是先有 state 这一国家建制，然后才创造出 nation 这一文化共同体；而对于近代中国而言，顺序似乎颠倒过来，是在被强行纳入现代世界体系而刺激出的强烈的民族主义情绪和关于文化共同体诉求的推动下，创建现代的国家机制才构成了中国现代化进程的基本内容②。——类似的理论思考提醒我们，对于现代中国的国族叙事问题的考察，需要纳入全球经济体系的观察视野，才可能给出更为深入透彻的阐释。可以说，决定着"中国"叙事以这样而不是那样的形态出现的更关键因素，并不是诸多有关中国的历史故事和文化符号，而是特定时期的中国在全球体系中所处的

---

① [美]伊曼纽尔·沃勒斯坦：《现代世界体系（第一、二卷）》，罗荣渠等译，高等教育出版社，1998年版。
② [美]杜赞奇：《文化、权力与国家——1900—1942年的华北农村》，王福明译，江苏人民出版社，1994年版。

位置以及关于这一位置的认知。正是后者决定着对前者的选择和叙述，或者毋宁说，前者恰是后者所构造出来的"想象的共同体"的具体表征。

从这样的思考角度出发，当我们观察新世纪中国社会的变化时，恐怕没有什么比经济全球化和"中国崛起论"，以及与之相伴的国族叙事发生的变化，更引人注目的文化现象了。这其中，作为一种在新世纪出现并引发广泛注目的产业与文化现象，中国大片因此也成为格外值得关注的对象。它既是经济全球化在电影工业领域的具体实践，又作为大众文化产品在提供着有关中国的主流国族想象，因而在全球化与国族叙事的双重面向上，为我们提供了一个讨论的重要媒介。

一、中国大片："全球化"与好莱坞化

自 2002 年《英雄》创造出票房奇迹以来，"中国大片"便成了中国电影工业和大众文化中一个格外引人瞩目的新类型，指称那些由中国电影业（包括大陆、香港等不同的生产实体）制造出来的如美国大片一样的商业影片。有人曾概括出它的三个主要特征："一是大投资、高科技、强阵容的制作规模，二是跨民族、跨文化而进入全球性主流市场的制作目标，三是看它是否拥有全球性主流市场上的票房业绩"[①]。这也意味着"大片"首先指的是电影的制作规模，并以国际化的资金背景和市场诉求作为其主要特征。论文将涉及的中国大片的名单上，至少可以列出：张艺谋导演的《英雄》（2002）、《十面埋伏》（2004）、《满城尽带黄金甲》（2006）、何平导演的《天地英雄》（2003）、陈凯歌导演的《无极》（2005）和《梅兰芳》（2008）、冯小刚导演的《夜宴》（2006）和《集结号》（2007）、唐季礼（成龙）的《神话》（2005）、于仁泰

---

① 姚玉莹：《中国大片：戴着镣铐跳舞》，《中国报道》，2007 年第 3 期。

（李连杰）的《霍元甲》（2006）、吴宇森导演的《赤壁》（2008）等。这些影片在制作方式和美学特征上，有着颇为相似的特征，这也使得我们可以将之作为一个具有某种内在统一性的商业电影类型而加以讨论。

大投资是中国大片的首要特点。无论从投资上"海外资金占到了一半"，还是其采取的"全球同步放映"的发行渠道和方式，所谓"中国大片"都成了名副其实的"全球化"产品。大投资表现在电影制作上，则是由名导演、名演员、名制作组成的豪华班底。大片的导演基本上由两部分人脉构成，即大陆导演张艺谋、陈凯歌和冯小刚，和香港导演徐克、唐季礼（成龙）、于仁泰（李连杰）、吴宇森等。如果说前一部分导演的影片，乃是 2001 年中国加入 WTO 之后，中国国家电影管理政策调整的产物的话，那么，后一组电影则与 2003 年出台的《内地与香港关于建立更紧密经贸关系的安排》（CEPA）直接相关。依据这一《安排》，"香港公司拍摄的华语影片经内地主管部门审查通过后可不受配额限制，作为进口影片在内地发行；香港与内地合拍的影片可视为国产影片发行"。正是在这一背景下，闯荡好莱坞的李连杰、成龙、吴宇森等转而投身中国内地电影业，而香港影人和港资则以不同形式快速进驻中国内地电影市场。分析这些大片的演员构成，也可帮助了解国际市场在什么意义上决定着演员的选择。几乎每部大片都包括了二到四位在华语电影界占有重要位置的著名演员。在人们熟悉大片之后，也很快熟悉了那几张反复出现的面孔。明星之间的等级是清晰的，这是以其在亚洲文化市场和华语电影中的知名度与票房号召力来衡量的。正是在这种等级阵容中，中国大陆的重要演员也只能成为"地方性明星"。导演、演员之外的制作班底，也是很快便能够熟悉的那些名字，这大致包括袁和平、程小东、林迪安的武术指导，谭盾、梅林茂的音乐，叶锦添、和田惠美的服装设计，鲍德熹、赵小丁的摄影等。这一组合的基本人员构成最早形成于李安的《卧虎藏龙》，并依据影片的具体需要而略有调剂。

从这些制作班底的构成来看，称这些"中国大片"为已被纳入全球市场的华语电影的国际组合或许更合适。国际化运作使得大片在文化表述上的特点，便是前所未有地突出"中国故事"/"东方情调"以作为其商业卖点。它们基本上都属于古装动作片，剧情一定包含武侠与爱情两部分内容，并格外强调其在叙述内容上的"中国文化"特性和影像风格上的"东方情调"。很大程度上，大片将其叙事内容集中于"中国故事"，程度不同地关联着新世纪以来中国的经济崛起及其在世界格局中位置的改变，以及由此而形成的某种全球性"观看中国"的热情。这一点因张艺谋执导2008年北京奥运会开幕式的文艺表演，而得到了某种直观诠释。

不过，大片在讲述"中国故事"时，其题材和类型的单一性，却直接地受制于中国电影在全球市场上的位置。由于大投资和大制作使得中国大片无法仅仅依靠国内市场收回成本并获利，于是国际市场就成了关键因素。因此创造一种相应的国际认可策略，便成为这些大片首先考虑的问题。张艺谋曾将中国电影视为海外市场这一"大饭局"上的"一碟花生米"，并认为正是这一现实决定了中国大片狭窄的生存空间[①]。但有意味的是，大片导演与制作者的这种国际化取向，与国内观众对此的一片骂声形成了鲜明的对照。对于许多中国大陆观众而言，大片以其单调的类型、过度的奢华场面、粗陋的故事与引人笑场的台词，几乎变成了"烂片"的同义词。在考察这种因国际化诉求而导致的中国电影市场与全球市场关系的变化时，显然不能仅仅在商业／美学、商品／艺术、电影工业／电影艺术等诸多二项对立式冲突中去解释问题，也不能简单地把中国观众的骂声读解为大片"缺乏本土市场"，而把大片制造者的全球化取向简单地概括为"崇洋媚外"。或许，将之理解为全球化格

---

① 孟静：《大片之谜：为什么一定要拍大片？》，《三联生活周刊》，2006年总第406期。

局下中国电影的去／再区域化与自我定位的调整，一定程度上会更具阐释力。

如果把视野相对拉开，将电影史上好莱坞以外的民族／区域电影工业进入国际市场的方式，纳入思考视野的话，会发现中国大片与欧洲艺术电影、印度影业、香港影业以及韩国影业的国际化策略都会有所不同。其最主要特征在于，它看起来并不以保障区域性的电影市场为目标（尽管美国大片的限额进入当然地在一定程度上保护了中国电影市场），而是以直接进军北美市场作为其主要的商业策略，并在文化表述上呈现出自我东方化色彩。《卧虎藏龙》对这一电影模式的形成，扮演了极其重要的示范作用。这部制作费仅 1700 万美元的影片，赢得了 2 亿 1 千万美元的高票房，从而为中国大片跻身国际市场展示了一条成功的捷径。不过有意味的是，在 2000 年大放异彩的两部华语影片中，恰恰是在北美市场取得成功的《卧虎藏龙》，而不是在欧洲市场叫好的《花样年华》，成为了中国大片的榜样。这其实已经清晰地显示出中国电影的国际化诉求，已经从 1980–1990 年锁定的欧洲艺术电影市场，转向了新世纪以来的北美商业电影市场；而中国大片所谓"国际市场"，毋宁说是"北美市场"，所谓"国际化"，不如直接说就是"好莱坞化"。甚至可以说，以"外语片"的形式进入好莱坞全球市场体系，构成了中国大片进军"国际市场"的具体诉求。这也使得中国大片在理解所谓"世界／全球语言"时，往往指称的乃是所谓"好莱坞语法"。最突出的例证，或许是《赤壁》。这是一部典型的华语大片，大投资、大制作、大场面、东方美学和武侠世界，并将之发展到登峰造极的地步。支配其叙述基本法则的，是好莱坞大片《最长的一天》和吴宇森自己的动作美学加兄弟情谊，而在中国源远流长、家喻户晓的赤壁之战的历史故事，也就被改写为了银幕上两个男人争夺一个女人的中国版《特洛伊》。在其他大片中，这种"好莱坞语法"是以"人类""人性""世界"的名义出现的。

中国大片一贯的缺陷被指认为"编剧不合格""叙事上有缺陷",而事实上,这些大片共有的突出特征在于,它们往往借助于一个成型的故事模式,比如《英雄》所借重的日本电影大师黑泽明的《罗生门》式的重复叙述,比如《满城尽带黄金甲》所搬用的中国话剧经典《雷雨》的故事,比如《夜宴》借用了莎士比亚戏剧《哈姆雷特》的故事原型等。借用成型的故事模式,固然是为了减少观众在接受时的阻力,从而把最大的关注点都放在对电影所营造的视觉奇观的注视和欣赏上。不过,这却同样也深刻地显示出中国大片面对国际市场时的"翻译语法":它尝试将古代中国的故事,以一种现代/西方人可以理解的方式转译出来,从而将中国大片制造为一种可以进入国际市场的产品。

中国大片作为一种新的商业电影类型的出现,在很大程度上改变了华语电影产业的基本格局。作为一种电影工业模式的"华语电影",在很长时间内指称的主要是60-80年代发展成型的香港电影业。它在东南亚与东北亚地区都形成了相对稳定的票房市场与观影传统,并一定程度上构成了与好莱坞相抗衡的"另类"区域电影形态。不过,这种格局在90年代中期发生了重要变化,它的重要制作成员和主要美学元素都被好莱坞电影工业所收编。这突出地表现为诸多电影人诸如成龙、李连杰、吴宇森等纷纷转战好莱坞,并使得中国功夫事实上成为了好莱坞主流商业电影中的"必杀绝技"。这一状况在中国大片出现之后出现了新的转机。中国大片的国际化诉求使它逐渐消泯了"中国电影"与"华语电影"之间的界限,而制作资金、人员和市场纷纷向中国大陆的转移,则使得"中国大片"与"华语大片"事实上已难分彼此。这显然直接关联着中国在全球体系中位置的改变,也是"中国故事"拥有广泛观众的政治经济学背景。中国大片在重组华语电影的基本格局的同时,也很大程度上改变了亚洲电影市场与好莱坞全球市场体系的关系。正是在这样的历史情境之下,重新思考所谓"全球化时代的华语电影",才成为具有现实意义的问题。或许可以将中国大片的国族叙事，概括为三种因素耦合的结果：中国故事、好莱坞语法与华语电影工业的重组。这也构成了中国大片"国际化"的具体内容。

不过，在将自己纳入好莱坞全球市场体系的主观诉求，和实际的电影制作水平与方式中，还存有技术与文化上的不小的距离和错位。这似乎也构成了中国大片的"中国特色"之所在，并透露出了颇为复杂且暧昧的政治／文化潜意识表征。

二、"欲望的透视法""想象的乡愁" 与中空的主体位置

由于《卧虎藏龙》在中国大片形成过程中所扮演的重要角色，因此值得将这部深谙好莱坞语法的华语大片作为分析的起点。《卧虎藏龙》2000年在北美票房市场和美国电影界取得的双重成功，常常被认为获益于其古装武侠电影类型。不过，武侠片却并不是其成功的全部理由。关于《卧虎藏龙》，李安曾写道："我想拍武侠片，除了一尝儿时的梦想外，其实是对'古典中国'的一种神往。……一心向往的是儒侠、美人……的侠义世界，一个中国人曾经寄托情感及梦想的世界。我觉得它是很布尔乔亚品味的。这些在小说里尚能寻获，但在港台的武侠片里，却极少能与真实情感及文化产生关联，长久以来仍停留在感官刺激的层次，无法提升"[1]。李安对港台武侠片的批评，在于它们未能与布尔乔亚式的"古典中国"的体认联系起来，对这一点的克服也就成就了《卧虎藏龙》区别于一般武侠片的独特之处。影片对"古典中国"的呈现是全方位的，不仅有情节层面的与中国传统道德"发乎情止乎礼仪"相吻合的性爱纠葛，也有江湖世界的打斗与乡愁式的中国景观，以大提琴和

---

[1] 李安关于《卧虎藏龙》的导演阐述，见 http://baike.baidu.com/view/27115.html。

鼓点演绎出的东方风格的谭盾音乐,也在不断地强化着影片的"中国情调"。更重要的是,影片创造出了这个古典中国的江湖世界与"真实情感及文化"之间的具体关联。也就是,它同时也是一个观影个体可以投射欲望于其中的对象。这种关联或可称为一种"想象的乡愁",它"颠倒了幻想的时间性逻辑,创造出比单纯的羡慕和模仿、欲望还要更深层次的愿望"①,仿佛银幕上那个幻想的世界代表着我们更真实的过去的自我。

有意味的是,尽管在技术上和影像风格上都基本仿制了《卧虎藏龙》,但《英雄》对"古典中国"的呈现,却并没有创造出这种"想象的乡愁"的韵味。最值得分析的,或许是两片有关中国景观呈现的差异了。这种呈现都带有"异国风情"的特点,将中国著名的景区风光如西部的大漠戈壁、南方竹海、九寨沟山水等搬上银幕,作为人物活动的场所,同时也作为独立的影像构成。不同的是,《卧虎藏龙》的风景因之成为人物形象与之水乳交融的"风景",而《英雄》中的风景却成为平面化的景观,被人戏称为"风光片""MTV"。关于"风景"的理论阐释,恐怕不能不提及日本学者柄谷行人的论述。他写道:"所谓风景乃是一种认识性的装置",这个"装置"是一种中心透视法的视觉呈现,它在创造"外面的风景"的同时,也创造了"内面的人"②。如果说《卧虎藏龙》的"风景"确实能引动人们对于"古典中国"的乡愁的话,那么也许在于它成功地创造出了一个能发明"内面的人"的透视性观影主体的位置。只有当银幕上的"中国"影像,能够与个体(也是观影主体占据的位置)的内在欲望构成"能指"与"所指"的深度关系时,中国风景才可以成为"被看见"的对象。在《卧虎藏龙》中,中国风景并不是它自身,而成为了特定的"能指",即通过它们创造出了一个内在的情感世界——"武

---

① [美] 阿尔君·阿帕杜莱:《放松缰绳的现代性》,1996年版。
② [日] 柄谷行人:《日本现代文学的起源》,赵京华译,北京三联书店,2003年版,第12页。

侠世界对我最大的吸引力，在于它是一个抽象的世界，我可以将内心许多感情戏加以表象化、具体化，动作场面有如舞蹈设计，是一种很自由奔放的电影表现形式"[1]。中国风景与这个情感世界的关系，构成了"能指"与"所指"的关系，后者由中国风景所呈现，但又左右着中国风景的意义阐释。因此，中国风景事实上成为了"欲望的能指"。而在叙事层面上，《卧虎藏龙》所讲述的情爱故事的主题或可概括为"压抑"：李慕白与俞秀莲、李慕白与玉娇龙、玉娇龙与罗小虎，甚至碧眼狐狸与玉娇龙，都构成不同层次不同侧面的被抑制的引而不发的欲望关系。显然，再没有比"压抑"机制更能显示出欲望与主体的互相构造关系了，他／她们共同成为了持有摄影机的导演（同时也是观影者占据的位置）与银幕上的江湖世界之间关系的象征。因此，中国风景不仅是"欲望的能指"，关于它的呈现方式还成为了"欲望的生产"。它在创造出一个"内在的人"的同时，还生产出了这个"内在的人"对中国影像的观看欲望。由此，也将观影个体安置在其对中国影像之间的透视法则与欲望关系之中。

　　这种针对电影语言如何将观影个体安置在其对中国影像的观看方式中的讨论，并不是一种"本体论"式的电影语言分析，而力图揭示的是这种电影语言的意识形态。关键所在，便是那个被创造出来的作为"内面的人"的个体。有关"古典中国"的"想象的乡愁"之所以也能够被北美市场乃至全球的"国际观众"分享的原因，正如李安自己准确地提示到的，这是一个"布尔乔亚式"的主体。它才是那个分享"世界语言""普遍人性"的主体。戴锦华在讨论1990年代中国大众文化中的"想象的怀旧"时指出，在"怀旧感"与构造"中产阶级'个人'"之间存在着几乎直接对应的关系[2]。其实这或许是"想象的乡愁／怀旧"

---

[1] 李安关于《卧虎藏龙》的导演阐述，见 http://baike.baidu.com/view/27115.html.
[2] 戴锦华：《隐形书写——90年代中国文化研究》，江苏人民出版社，1999年版，第106–128页。

的全世界通用法则。甚至也可以进一步说：正是这种视觉透视法及其创造的内在欲望个体和"欲望的能指"，也构成了好莱坞"世界语言"的关键所在。正如让－路易·博德里和劳拉·穆尔维①在讨论电影机器和影院机制如何创造欲望化个体时，所分析的对象都是好莱坞主流影片，可以说好莱坞电影正是依据这一"世界语言"来讲述"主体"/"人性"/"人类"的故事。而这一"欲望的透视法"，显然也是詹明信(Fredric Jameson)在论及跨国资本主义时代的"第三世界民族寓言"时，所提到的那个"第一世界文本"的基本特征。詹明信如此写道："资本主义文化的决定因素之一是西方现实主义的文化和现代主义的小说，它们在公与私之间、诗学与政治之间、性欲和潜意识领域与阶级、经济、世俗政治权力的公共世界之间产生严重的分裂"，"我们一贯有强烈的文化确信，认为个人生存的经验以某种方式同抽象经济科学和政治动态不相关"②。这些描述事实上也同样甚至更精确地被实践在好莱坞这样的"第一世界文本"和"世界语言"之中。

可以说，恰恰在如何领会和实践作为好莱坞语言精髓的这一"欲望法则"上，中国大片表现出了自身的暧昧性。与《卧虎藏龙》构成对比的是，同样是自我放弃的主题，《英雄》却将之转移到"个人"与"天下"关系的叙事模式中："个人的痛苦与天下相比，便不再是痛苦"。可以说，《英雄》讲述的不是关于压抑/欲望的故事，而是暴力（权力）与（自我）阉割的故事。这不止表现在"残剑"和"交剑"这一直观的影像表层，而且表现在权力以他的肉身形象（陈道明饰演的秦始皇）始终高高在上地俯瞰着反抗的主体（李连杰饰演的刺客无名），并最终

---

① [法]让－路易·博德里：《基本电影机器的意识形态效果》，[美]劳拉·穆尔维：《视觉快感和叙事性电影》，均见李恒基、杨远婴主编：《外国电影理论文选》，北京三联书店，2006年版。
② [美]詹明信：《处于跨国资本主义时代的第三世界文学》，张京媛译，见《晚期资本主义的文化逻辑》，张旭东编，北京三联书店，1997年版，第523页。

以其智慧与人格驯服他，使其自愿就戮。更具反讽意味的是，那被无数利箭钉在大门之上的尸体，隐约地呈现出一个"人"字形状。伴随着画外音"秦王下令厚葬无名"，这"人"字大约不是无心之举，而似乎意味着：只有在自愿被发自权力宝座方向的箭阵射成肉酱的时刻，无名才成为真正意义上的"人"／"英雄"。这种受虐／自我阉割的故事及其透露的对权力的态度，其实不只是表现在《英雄》中，而几乎可以说构成了中国大陆导演拍摄的商业大片如《天地英雄》《夜宴》《黄金甲》的内在主题。或许可以把中国大陆导演的大片概括为一个与"欲望的透视法"截然不同的故事：关于阉割的故事，以及由此呈现的对于权力／秩序的效忠与臣服。它不是以内在个体的透视法来创造一个"欲望的能指"，而是讲述权力／秩序自身，以及权力／反叛之间的和解。由于主体的欲望对象本身成为不欲的，并且正是它阉割了主体，因此最终呈现的乃是一个权力所许可和需要的被掏空的主体位置。显然，当内在主体／个体无法确立时，那外部的"风景"也将是无法"被看见的"。它们不能成为被欲望驯服的对象，而在很大程度上就是它们自身，并且带着奇观式的视觉效果使人感到不适。缺乏内在主体指向的中国风景和诸多文化符号，因此在某种意义上成为"空洞的能指"并造就了一种"震惊美学"。

或许因为此，这些中国大片会格外地需要使得有关"中国"的一切都呈现为"可看的"。事实上，影片中充满的其实主要是物像和视觉的奇观。所有有关"中国"的符号：风光、武术、琴棋书画、中药、京剧、宫廷等，都成为独立的、可以游离于叙事之外的、超真实的"物"。甚至对于《无极》那样的影片来说，其叙事的主角并不是人而是物，不是奴隶昆仑、大将军光明、公爵无欢和王妃倾城，而是鲜花盔甲、千羽衣、黑袍和权杖。中国大片的所谓张艺谋式的"大场面"，其实便是这种物的呈现的极致：那是由无数的人组成的、却没有人的面孔的视觉奇观。

应该说，这种奇观与那个抽空的主体位置，与那种"欲望的透视法"的匮乏，有着内在的关联。

三、两面的"和解"：一个新的国族主体的出场？

中国大片以反欲望的故事形态所讲述的主体空位，和以"震惊美学"呈现的视觉奇观，显然可以很容易地被阐释为一种西方中心主义视野下的自我东方化表述。不过，如果我们摆脱那种简单的东／西方二元格局限定来观察大片里的国族叙事的话，却可看出颇为复杂的历史内涵。如果说，如同柄谷行人指出的那样，所谓"内在的人"其实是现代西欧式民族－国家制度尤其是文学制度建构的产物，它建基于个人与民族国家的二元对立模式，那么对于中国大片来说，在缺乏这一主体透视法则中呈现的"中国"影像，或许也在某种意义上显示出了不同于一般民族－国家模式的国族叙事特征。尤其重要的是，当国际市场的诉求与被"中国崛起论"支撑的主体意识组合在一起的时候，将在不同程度地改写着大片关于中国内部权力格局的呈现，同时也改写着其作为国际化策略的"东方"表象与"亚洲"市场及其国家关系的再现形态。

1. 内部的"和解"：江湖与朝廷、国家与天下

首先值得分析的或许是大片将"中国"想象重叠在中华帝国的盛世之上。当被问及《黄金甲》的"灵感"来源时，张艺谋笑称："当然是'唐朝来的'"。事实上，大片的叙事时段，基本集中于唐朝，《十面埋伏》《夜宴》《天地英雄》都是如此。《英雄》和《神话》，则将古代历史背景放置在秦朝。这些似乎都并非偶然。它显然联系着关于"盛世""大国"的理解：文治武功、开疆辟土、万方来朝、太平盛世。或许没有什么比重温中华帝国的辉煌时期，更能传递出那份在"东亚的复

兴""中国崛起"的现实中的民族自豪感了。

迄今为止为数不多的几部大陆导演的大片之间,在其故事形态上,也有着奇妙的互文关系。《英雄》与《天地英雄》之间,《夜宴》与《黄金甲》之间,都有着颇为接近的叙事格局和影像风格。如果说前两者讲述的是"江湖",它关联着异域化的中国风景(尤其是西部景观)、身怀绝技的侠士、浪漫情爱与武术奇观;后两者讲述的则是"宫廷",关联着奢华、美色、纵欲、东方式冷酷、杀戮和阴谋。这种相似显然不只是偶然为之,对于投资近亿的电影产业而言,这当然地意味着关于消费市场的测定和判断。如果说"江湖"乃是武侠电影一直致力表现的世界的话,那么"宫廷片"则大约应当算是中国电影产业所创造的新品种了。而有意味的是,在中国文化传统中,向来就有"江湖"与"庙堂"之分,并将之视为权力的两极。在江湖／朝廷的对抗关系模式中,中华帝国皇权／宫廷很少成为影片的正面形象和主要表述对象。而在毛泽东时代,"帝王将相的历史"与"人民大众的历史"也是被严格地区分的。可以说,正是在"江湖"／"庙堂"、"帝王将相"／"人民大众"的区分和对抗中,所有的反叛才具有其自身的合法性。参照于此,中国大陆导演的商业大片从"江湖"向"宫廷"的转移,不仅表现为将认同的对象指向中央王朝的正统,同时也可解读为"江湖"与"朝廷"之间的一种和解姿态。当《英雄》中的无名转过身来,平静地面对秦王的军队和皇宫,那似乎也是一种吁请的姿态:他将以自己的血肉之躯,来为刺客与秦王共同追求的"天下"理想献祭。在这个时刻,两种权力被书写为了一个,就好像权力的占有者与反叛者都共同地融入了那"想象的共同体"。这恰恰是现代民族主义的特征:"民族被想象为一个共同体,因为尽管在每个民族内部可能存在普遍的不平等与剥削,民族总是被设想为一种深刻的、平等的同志爱"①。

更有意味的,是去分析这"共同体"意识在怎样的情境中诞生。在《英雄》里,刺客们所归属的"国家"(国恨家仇),正是在与超越国家的"天下"理想面前,丧失了其合法性。尽管这里的"国家"显然并不是现代意义上的民族－国家,不过在今天的语境下观看电影《英雄》的人们,却显然可以"自然"地将之与"全球化"的某种理解关联在一起。在《天地英雄》里,护宝故事是在一种跨国语境即唐王朝与突厥的冲突中展开的。正是在国际角逐的语境中,男主人公校尉李才得以摆脱了他作为江湖英雄的身份,并将这一身份掷给了那个妖冶而邪恶的替身——独霸一方、代表着分裂中央的地方力量并勾结外国势力的安大人。而《夜宴》和《黄金甲》在讲述儿子们的乱伦故事的同时,最值得注意的地方或许在于:权力是以男／女、父亲／母亲这样的面孔出现的。这两种权力无论在视觉形象还是在情节依据上,都呈现为某种分庭抗礼的格局。母亲／女人权力最终的失败,带有某种悲剧色彩,并正是她唤起着儿子的暧昧认同。这种权力形象的双重肉身和作为儿子的主体认同的暧昧,或可做出一种全球化时代中国国族体认的政治潜意识的解读:如果说在1980-1990年代的语境中,权力的形象可以轻易地被理解为国家政权的话,那么在新世纪的全球化语境中,国家权力与资本权力(或代表着资本全球化的强势国际政治权力)则构成了互相"媾和"却不可化约的象征性分化格局。这间或成了戴锦华对"刺秦系列"隐喻式解读一种直观呈现:正因为"新自由主义在国内、国际政治逻辑与政治实践,占据、填补了秦王／秦始皇所象征的权力／强权的空位"②,因此,权力呈现出它的双重面孔,并似乎在国内／国际的双重脉络中被理解。而正是

---

① [美]本尼迪克特·安德森:《想象的共同体——民族主义的起源与散布》,吴叡人译,上海人民出版社,2003年版,第7页。
② 戴锦华:《性别中国》,台北麦田出版,2006年版,第189页。

在真正强势的西方／资本权力面前，"中国"或许必然地占据着那张女人／母亲的面孔，并在一定意义上构成了中国内部权力／反叛之间"和解"的理由。

江湖／朝廷、国家／天下界限的消泯，似乎必然会造成某种"国家主义"的权力立场。《英雄》中的"天下"和《天地英雄》中的护宝故事，以及《夜宴》《黄金甲》中的宫廷乱伦故事，都采取了权力／秩序的暴力法则，通过取消／掏空反叛者的合法性，而将"中国"的历史叠合在"王朝"的历史之上，使关于国族（nation）的历史书写成为了国家／政权（state）的历史。民族（国族）主义与国家主义由此而形成了亲密无间的关联。但问题似乎还存在着另外的理解面向，即对中央王朝的这种归附和向心力，是否就只能在国家－社会的对抗模式中被解读为"国家主义"呢？张旭东在关于《英雄》的解读[①]中提出，《英雄》的天下观对《荆轲刺秦王》那种"当代自由主义个人主义原则"的改写，在一种国际语境的参照下，似乎也可以使人在民族主义与世界主义这两极之外，来讨论"中国"作为现代民族－国家的独特性。由中华帝国转换为现代民族－国家的"中国"，从来就不是标准意义上的以欧洲为模型的民族／国民－国家。因此，是否可以用基于市民社会理论的社会－国家的二元模式来分析中国，就成为可以讨论的问题。事实上，中国大片无法形成内在个体的欲望透视法则、它与"民族寓言"模棱两可的相似、乃至它以国家主义形态呈现的民族向心力，都与这一关键理论问题可能有着不同层次的关联。不过，将这一理论问题落实到对中国大片的讨论，或许还需要更多的转换环节，因为商业大片的影像呈现与理论问题的阐释，毕竟是两个不同脉络上展开的问题。至少在视觉层面上，从《英雄》的"天下"到《黄金甲》《夜宴》的"宫廷"，

---

① 张旭东：《在纽约看〈英雄〉》，《文汇报·笔会》，2003年1月17日。

同时也在呈现着立足于宫廷／朝廷／统治者立场的所谓"天下观"的伪善与残忍。

2."东方"表象、亚洲市场与中华帝国的幽灵：

有意味的是，正是在中国大片里，基于"天下观"的古代中国帝国的朝贡体系表象，与全球市场体系中的当代中国之间，建立了某种暧昧的历史连接，似乎是作为中国电影产业全球化运作的产物。大片的资金来源、演员阵容和制作班底的跨国组合，确在某种程度于文化表象上唤回了那个居于朝贡体系顶端的"中央之国"的幽灵。这显然主要导源于中国大片所采取的华语电影／东方情调的国际化策略。它将自己的语言确定为汉语／华语，这一奥斯卡的"外语"，却有着港台电影工业所创造的广泛的亚洲市场和大众文化传统；它也将自己的叙事对象和范围确定为古装历史，这一西方眼里的神秘的古代远东世界，与当前全球化格局中亚洲区域的电影制作市场与消费市场发生了直接的互动。这样一种超国家的亚洲表象，却不仅关联着中华帝国朝贡体系的历史，也关联着现代亚洲被西方殖民与亚洲内部殖民的历史。因此，也正是在国际市场的诉求之下，亚洲区域市场以及它所召唤出的文化表象，反而比华语大片导演们瞩目的以北美为典范的"全球市场"和"世界语言"，带出了更多的问题。在很大程度上，中国大片似乎成为了亚洲国族身份汇聚与冲突的一个重要场域。

中国大片的华语制作和古装历史题材，造成了中华帝国历史与现代亚洲国族之间的暧昧关联。最早的例证是2003年出品的《天地英雄》。护宝故事的地点主要发生在古代丝绸之路的西域与中华帝国的西部边疆，但是关于这个故事的讲述却穿越了与现代中国领土相仿的中华帝国的疆界。影片主角之一是日本遣唐使来栖大人，这一角色也由当下日本著名影星中井贵一扮演。此后这种做法成为了大片运作的一种惯例：通过纳入韩、日、印度等国的明星,而扩大其在亚洲的票房号召。显然,这种出于经济动力的商业运作,无法不在视觉呈现上加入关于电影影像的意义创造,从而把遥远的唐帝国与现代中国、把古代日本与现代日本暧昧地连接在一起。事实上,正是来栖大人和从印度取经回来的和尚所表征的唐王朝与亚洲的交往关系,被直接地理解为当代中国在亚洲的国际处境。演员姜文如此说道:"这部电影选了一个好的历史背景,这是中国刚刚开始和周边国家交流的时期"。显然,这一说法换成另一更时髦的表述会更合适:那是唐代中国"全球化"的时期。在《无极》中,国族表象和亚洲市场的票房号召力,更密切地联系在了一起。它的主要演员阵容:中国香港演员张柏芝与谢霆锋、韩国明星张东健、日本影星真田广之、大陆影星刘烨和陈红,直接对应着影片的资金来源和市场定位:中国／中国香港／韩国／日本。尽管书写的是一个远古时代没有明确身份的"海天和雪国之间"的"自由国家",不过影像自身却无法不唤起这个"东方奇幻"故事与现代国族身份诸如韩国、日本的关联。最具征候性的,是2005年出品的《神话》。这是2003年中国颁布《内地与香港关于建立更紧密经贸关系的安排》(CEPA)之后,成龙和唐季礼转战中国／亚洲市场的首部港式中国大片。影片在现代香港、现代印度与古代帝沙国、中国西安和古代秦王朝、古代高丽国／现代韩国之间建立起叙事的关联,这关联的方式颇为意味深长:它们被组织在一个现代香港的考古工作者杰克寻找他的前世(秦朝将军蒙毅)记忆的故事中。杰克反复梦见的古代女子,就是他前世的恋人,那个服用了不老仙丹、两千年来一直在秦始皇陵墓中等待他的、和亲至秦朝的高丽公主。影片把秦代中国的历史,书写为一个现代香港人"心灵深处的记忆",这种叙事无论如何都是别具意味的。这种影片的事实,和成龙由好莱坞转移到中国大陆市场的举动这一"电影的事实"关联在一起时,无法不使人意识到"中国崛起"、中国庞大的"吸金黑洞"般市场,使得它在重新组合亚洲区域市场（表象）时的影响。导演唐季礼在韩国为《神话》做宣传时就直接提出"亚洲应该整合电影资源与好莱坞竞争"[①]。可以说，正是经济全球化过程中的亚洲作为区域市场的整合，唤回了那个古老的庞大帝国的影子，从而在最表层涵义上，呈现出一个超国家的东方／亚洲影像。

这个东方／亚洲影像似乎并非偶然地需要依托于中华帝国的朝贡体系表象。作为一个有着与《神话》近似的投资背景但却求助于另外的文化表象的影片，2006年出品的《霍元甲》似乎构成了某种意义上的反例。

3. 亚洲"大和解"和民族主义

和成龙同样作为80-90年代香港电影的代表人物，同样于90年代中期进军好莱坞，又同样是2003年后转而投资中国大陆电影产业，李连杰出演霍元甲，便和成龙出演《神话》一样，构成中国大片的别一代表性序列。尤有意味的，是霍元甲这一被述对象的选择。人们当然不会忘记，1983年，中国大陆改革开放初期，正是一部名为《霍元甲》的香港电视连续剧，激起了中国民众普遍的文化民族主义热情；同样容易记起的是，1994年，彼时正当盛期的李连杰出演电影《精武英雄》中霍元甲的大弟子陈真，所着力凸显的民族正义感。年轻英俊的李连杰／陈真跪在被日本人毒害的师父霍元甲灵堂前，将一块写着"忍"字的横匾劈得粉碎，这一细节与2006年出现在银幕上显得有些憔悴的李连杰／霍元甲，忍受着毒药发作的剧痛，面带笑容地被日本武士打得口吐鲜血倒地身亡，两相对照，恐怕其中的意识形态意味再清楚不过了：霍元甲从一个代表受侵略民族反抗的"民族英雄"，变成了一个化解现代亚洲历史中的仇恨的圣徒。他宽恕了所有的人，包括敌人，尤其是日本人。

[①]《导演唐季礼：亚洲应整合电影资源与好莱坞竞争》，http://ent.sina.com.cn，2005年10月11日07:49 新华网。

被日本商人投毒身亡的仇恨，不是中国与日本之间的民族仇恨，而是个别的"日本败类"利欲熏心所致；中国人面对西方和日本的侵略，不应以暴抗暴，而需要化解仇恨专力于"自强不息"。

《霍元甲》的这种历史书写，是经济全球化的后冷战时代一个绝好的隐喻。"大和解"的故事情节显然联系着包括日本在内的亚洲市场诉求，同时也或许包含着始终只能在好莱坞电影中出演"功夫玩偶"角色的李连杰，对于华语／中国电影文化的民族主义热情。不过这种和解，却是中国人以"爱你的敌人"式的受虐方式完成的。这显然可以被作为民族主义抨击的对象。不过有意味的是，这部电影并没有激起多少民族主义的抗议，相反，人们从那个圣徒式的霍元甲身上，看到的是"大国民风"。影评这样写道："中国已今非昔比，我们是该终止'雪耻'的呼声了。于是，李连杰在《霍元甲》中为我们讲述了这个时代需要的神话，这个时代需要的霍元甲。……当中国宣称要和平崛起的时候，我们需要通过'自强不息'来赢得世界的尊重和敬畏，而不是以暴制暴去计较上一个世纪的耻辱"[①]。看来，资本全球化、中国崛起似乎在创造着另一种新的国族叙事：它以"大和解"的姿态，化解了20世纪中国作为"落后民族挨打"的民族主义怨恨记忆。

事实上，自2006年的《夜宴》《黄金甲》《霍元甲》之后，中国大片呈现出了不同于前的引人注目的重要叙事特征：它们都将叙事的目光转向了现代中国／亚洲历史，并不约而同地表现出某种对民族主义的借重与"超越"。这表现为《无极》之后的陈凯歌拍摄的《梅兰芳》，艺术与国族之间似乎显示了前所未有的紧密关联，使得这位艺术家始终被有意识地确立为一个民族英雄。不过，也正是京剧（这一带有浓郁国粹意味）的艺术，征服并超越了国族界限：它可以使日本人为之付出自

---

① ［日］川江耗子：《〈霍元甲〉：大国民风》，作者博客：http://chuanjiangrat.tianya.cn。

己的生命；而当梅兰芳艺术生命辉煌的顶点被放到美国百老汇剧场时，那更像是陈凯歌写就的一个关于东方与西方的浪漫的白日梦。《夜宴》之后的冯小刚拍摄了《集结号》，国家最终补偿了那些它曾无意间伤害的个人，这显然可以读作对1980年代以来当代中国"告别革命"的政治情绪中浓郁的怨恨情结的化解。论及2006年后的华语大片与民族主义，显然不能不略提及李安2007年出品的《色·戒》和陆川2009年出品的《南京！南京！》。它们都以不同方式触及中国民族记忆中最敏感的区域：中日战争，尤其是南京大屠杀。不过有意味的是，在《色·戒》里，王佳芝假戏真做爱上了汉奸易先生，似乎性/爱穿越了哪怕最不可穿越的国族界限；而《南京！南京！》则让一个日本士兵做了影片的主人公，那个"没有被妖魔化"/"人性化"的日本兵的困惑和痛苦，似乎承受住甚至盖过了南京城成千上万中国人的尸体。如果考虑到《南京！南京！》乃是大片里第一部官方资金背景占绝对主导的中国大片的话，这种历史记忆的书写方式就更有意味。

可以说，基于不同经济、文化脉络的中国大片，其国族叙事的具体形态也各不相同，不过无论从内部权力关系还是外部国族关系的呈现，它们的共同特征乃是"大和解"。这似乎也是由新自由主义主宰的后冷战时代的"主旋律"。全球流动的资本在以更为现实和强大的力量塑造着新的国族想象。中国大片既是其构成部分，也以它独特的方式在参与着新国族的塑造。它在加固着作为全球市场构成部分的民族－国家的内部凝聚力的同时，又在建构着一个基于全球市场的超民族－国家的普遍人类的幻象。这两种相反相成的叙事张力，与中国电影在其国际化诉求与华语电影业的重组中所形成的多重去／再区域化的再现形态，或许将意味着一个新的中国国族主体的出场。

（原载《天涯》2009年第6期）

文学性与当代性
——解读洪子诚的文学史研究

洪子诚的《中国当代文学史》于1999年出版时，许多人认同钱理群先生的感叹：这本书标志着当代文学终于"有史了"①。显然，这里的有"史"并不是指当代文学此前没有历史叙述，而是指这种历史叙述的有效性。人们常常从字面意义上来理解"当代文学史"这个范畴，而格外强调"当代"与"史"之间的矛盾。但事实上，"当代文学"这个概念最早在50年代后期提出时，就是通过当代文学史的写作来获得命名。这也意味着当代文学史的写作与其"当代性"之间并不必然构成对立关系，相反，有关当代文学的历史叙述总是与文学史写作年代的具体历史语境形成直接的互动关联。因此与《中国当代文学史》的评价关联在一起的问题或许是：在90年代后的历史语境中，怎样的当代文学史叙事是有效的，这种有效性如何形成？对这一问题的回答，既需要从洪子诚个人的学术研究道路加以考察，也需要从其写作的具体历史语境以及与之构成对话关系的文学史叙事模式的变迁角度来进行历史的理解。洪子诚文学史研究在90年代后中国现当代文学界产生了广泛影响，

---

① 谢冕等：《中国当代文学史研讨会纪要》，见洪子诚：《当代文学的概念》，北京大学出版社，2010年版，第221页。

这本身就需要作为特定的历史现象加以阐释。距离《中国当代文学史》的出版又过了10年时间。在这10年的时间中，人们对于当代文学之当代性、文学性及其历史内涵的理解，都发生了许多变化。或许，正是这种变化，为我们更准确地定位洪子诚文学史研究的意义与价值，提供了更为便利的思考距离。

1. 从"文学的历史"到"文学史"

就其在当代文学学科建设中的地位与影响而言，恐怕没有哪位学者比洪子诚更应当被称为"文学史家"了。他似乎从学术工作刚开始的阶段就明确选择了文学史研究，即使在文学现状批评辉煌鼎盛的80年代也是如此。他在80年代出版的第一本著作《当代中国文学的艺术问题》，乃是一本重点讨论50-60年代作家作品与文学现象的文学史研究著作。它的特色在于"将某些批评界关注的文学现象，放在文学史的层面给予梳理、考察"，并"将重要文学问题与对具体作家的分析结合"[①]。这种自觉的历史意识在目光紧盯文学现状的80年代当代文学界看来，无疑是不合时宜的。不过这却似乎确立起了洪子诚文学史研究的基本特色，也就是透过历史的纵深来展开对当下文学现象的分析。如果说文学现状批评，似乎只是批评家与文学文本的偶然相遇和碰撞的话，那么这种把文学现象放入某种历史整体中来加以观察的研究思路，却无疑兼容了文学批评与文学史研究的特色。洪子诚的文学史研究并不是隔断现实而躲进历史，毋宁说现实问题常常是他返回历史的主要动因。这也使得他的文学史研究具有并不那么本分的、难以仅仅被学院的文学史教学所消化的思想特征。他对于文学现实的某种评价与判断，常常是通过进入历史

---

① 洪子诚：《中国当代文学的艺术问题》"自序"，北京大学出版社，2010年版，第3页。

而勾勒出某种问题脉络而展开的。因此，现实问题总是在与历史的参照中被重新定位。他不仅拉出了看似非常当下的文学现象的历史纵深，或许更重要、也是人们常常忘记的是，这种当下与历史的关联性，以及历史脉络自身的意义，都并不是自明的东西，而应当说是洪子诚通过阐释而"创造"出来的。在这里，文学批评是经由文学史研究而完成的，文学史研究的当代性与历史性构成了同一问题的两面。这也成了洪子诚文学史研究的一贯特色。

因为历史视野的介入，这种文学评判又并不同于一般的文学批评。文学批评唯有在批评家相信他的美学观念与历史意识是独一无二的个体创造的情形下才能展开，但拉出问题的前史，则倾向于更强调"个体创造"的有限性和"文学传统"的力量。可以说，这种美学理想或许更接近于白璧德式的人文主义，而非作为 80 年代主流的人道主义；其文学趣味也更接近精英主义而非大众文艺。这一特点在洪子诚的第二本书《作家姿态与自我意识》中更明晰地显露出来。《作家姿态与自我意识》是在 80 年代尚未完全终结的时候，对中国作家们的"新时期"意识做出的自觉反省。这种反省，同样是通过把现状问题纳入到文学史的考察而完成的。它使人们意识到，那自以为的"创新"或"新潮"其实并不新鲜，它们有过怎样的"前史"，或是怎样的历史现象的"原画复现"。书中对"感伤姿态"的剖析，便很有征候性地强调了梁实秋式的人文主义美学观念，以批判那种滥情的自我表现式文学表达。应该说，正是在 80–90 年代转型的历史语境中，在"新时期"意识幻灭的时刻，这种以苛刻姿态剖析 80 年代作家主体意识的文学史眼光，显示出了深刻的历史批判力。"新时期"意识与历史眼光之间的这种悖反关系，也似乎正构成了文学史研究在 90 年代主流化的内在动因。

不过，尽管洪子诚的文学史研究在许多方面都保持了明显的一致性，进入 90 年代后，他对于文学史研究之"文学性"的理解方式却发生了很大的变化。《当代中国文学的艺术问题》和《作家姿态与自我意识》的分析对象其实都是作家。这不只意味着文学创作的主体被理解为作家，而且某种程度上也意味着将"文学的主体"看成了作家，也就是作家的状态决定着一个时期文学的好坏。正是基于这样的考虑，《作家姿态与自我意识》在表达着对新时期文学的失望和对更好的文学的展望时，问题的症结被归结为"创造者的精神结构"和"独立的文学传统的建设"[①]。显然，从这样的思路中，可以看到在90年代的"人文精神"论争中所表达的那种知识分子主体想象，以及与之关联的某种精英主义与道德主义倾向。不过有意味的是，洪子诚90年代展开的文学史研究，却以某种似偶然又似必然的方式，绕开了这一研究思路可能的局限，而形成了新的研究格局。洪子诚90年代后最重要的研究成果显然是《中国当代文学史》。但作为《中国当代文学史》"前身"的《中国当代文学概说》，却可以说大致奠定了洪子诚这个时段文学史研究的基本格局。它的重要思路在《关于50-70年代的中国文学》和《"当代文学"的概念》这两篇重要论文中得到详细阐释，并在《中国当代文学史》中得到调整、深化与推进。而这一写作过程中的主要思路和力图解决的问题，又在《问题与方法——中国当代文学史研究讲稿》中做了较为自觉的理论阐释。可以说，洪子诚最具特色的文学史研究便体现于他90年代后的这些研究成果中。

这种文学史实践的最大特色，首先是在文学史叙述体例上作出的突破。它打破了当代文学史写作的两种主导模式，一种是思潮加文类的描述方式，另一种是作家作品评析式。前者是50年代中后期形成的主导叙事模式。这个时期的诸多新文学史以及当代文学史与现代文学史，都强调对文学进行历史时期的划分，然后先对这个时期的文学思潮和文学

[①] 洪子诚：《作家姿态与自我意识》，第四章"超越渴望"，北京大学出版社，2010年版。

现象进行整体描述,接着再从文类对诸种作家作品现象进行罗列式描述。这种文学史在 80 年代受到的最大诟病在于,它以政治事件作为划分文学时段的依据,而并不讨论文学"自身"的特点。这也是 80 年代以"回到文学自身"为口号力图对这种文学史进行"重写"的主要原因。但"重写文学史"实践带有浓郁的"作品中心主义"色彩,它把文学的全部事实理解为作品,突出"文学性"作为作品自身固有的属性,因此这种作品论式的文学史特别强调研究者依据自身的美学原则而对文学经典进行筛选。在某种程度上,这是一种并不关注"历史"的文学史,更强调文学批评在文学史领域的延伸。比如同是 1999 年出版、某种程度上可以看做是"重写文学史"实践在当代文学史写作上的集大成之作的《中国当代文学史教程》[①],便明显具有这样的特点。而更多的当代文学史教材,既试图容纳 80 年代的新文学观又无法突破 50 年代后期形成的叙事模式,大多采取了一种模棱两可的叙述体例,即在既有的文类加思潮的框架下,纳入重要作家作品的评析。不过,这种叙述体例的问题仍旧在于,它把思潮与文类这种"外在"的描述框架,与作家作品的关系看成是自明的,因此"政治教科书"的框架仍在,而作家作品则成了"排排坐,吃果果"的现象罗列。而洪子诚文学史叙述体例的特点,恰在于他重构并历史化了这两者的关系。

在《中国当代文学概说》中,这种文学史体例的特点被概括为"侧重从文学 – 社会的角度进行,即更多注意文学变迁(包括内部特征的变异)与社会生活诸因素的关联。在具体章节安排上,不采用目前大多数'当代文学史'的作家作品论组合的方式"。洪子诚文学史的特点并不在于"标新立异",而在于能够综合两种文学史叙事模式的特点,并由此形成一种自反性的文学史叙事体例。这种自反性表现在,它表面

[①] 陈思和主编:《中国当代文学史教程》,复旦大学出版社,1999 年版。

上沿用了50年代后期文学史叙述模式的某些基本范畴，比如"当代文学""题材""文类"，尤其是它并没有舍弃对"思潮"的重视。不过，这种沿用是从"内部清理"的角度来"挪用"的，他力图呈现的是这些核心范畴的内在逻辑及其出现的历史条件，它如何建构自身以及在这种建构过程中形成的文学形态①。显然，与其说他"沿用"了这种叙述模式，不如说他把文学史写作变成了对这种文学史叙述模式的历史描述。于是，文学的"外部"，包括文学规范的冲突（50年代后期这被视为"文艺思想斗争"实践）、作家的社会位置、文学传播、体制性的评价体系以及文学资源的控制等，与文学的"内部"即作品的存在方式、经典的出现以及它的构造过程，整体地构成了"文学史"。外部之所以不再是"外部"，比如庸俗社会学或机械反映论，而成为"文学史"的一部分，其原因在于，正是这种文学－社会的历史分析，显示出文学作品的"审美性"与"文学性"其实并不是作品自身所携带的，毋宁说乃是"文学体制"所建构出来的。当文学史叙述的不再仅仅是文学作品的历史，也不再仅仅把文学当成"一定社会的政治和经济的反映"②，而是一个整体性的意义生产与传播过程时，便有了真正的"文学史"，而不再是"文学的历史"。

不过，在洪子诚的文学史研究过程中，这种新的研究思路却包含着颇有意味的内在矛盾。有意味的首先是，对文学"外部"或"社会"角度的呈现，最早在洪子诚那里是以一种价值判断的方式出现的。在《中国当代文学概说》中，洪子诚解释说，之所以没有采取作家作品论的描述方式，是因为"'当代文学'这40年间，虽然出现一些重要的作家、作品，尤其是80年代有令人瞩目的成绩，但是总的看来，成绩较为有限，

---

① 相关思路的阐释，参见洪子诚：《问题与方法——中国当代文学史研究讲稿》，第二讲"立场与方法"，北京大学出版社，2010年版。
② 毛泽东：《新民主主义论》，见《毛泽东选集》第二卷，人民出版社，1968年版，第624页。

特别是50年代到70年代这个阶段"①。也就是说，之所以没有采用作家作品论描述，是因为当代文学尤其是50—70年代缺乏可供描述的经典。而导致这种状况的原因，则被解释为"包括政治、经济、文化的制度性力量的控制、冲击"。因此可以说，在《中国当代文学概说》里，文学体制与文学现象的关系，仍被理解为"外部"与"内部"的关系。这和《当代中国文学的艺术问题》和《作家姿态与自我意识》所秉持的人文主义或精英主义文化观与文学观是一致的。事实上，这也是洪子诚与80年代整个"重写文学史"思潮共享的基本原则。但是这种理解"文学性"的方式，到《中国当代文学史》的写作中却得到了明确的反省，并有很大调整。这种反省是通过对文学史写作者所秉持的文学立场的自觉而展开的："本书的重点不是将作品和文学问题从特定的历史情境中抽取出来，按照编写者所信奉的价值尺度（政治的、伦理的、审美的）做出臧否，而是首先设法将问题'放回'到'历史情境'中去审察"。也正是这一书写原则，使得《中国当代文学史》从80年代的"重写文学史"思潮中分离出来，真正把对"文学性"的理解历史化了。因此，文学史研究的内部与外部被重新描述为："一方面，会更注意对某一作品，某一体裁、样式，某一概念的形态特征的描述，包括这些特征的历史演化的情形"，这无疑是曾经被指认为"文学内部"的那些因素；"另一方面，则会关注推动这些文学形态产生、演化的情境和条件，并提供显现这些情境和条件的材料"，这些曾经被视为"文学外部"的因素，在这里被视为文学形态得以产生的历史条件。可以说，唯有在这时，文学的内部与外部才真正成为了整体；与此同时，文学史写作和写作者个人的美学趣味，也有意识地保持了一种张力。表现在文学史实践中，则是对赵树理、《创业史》、革命历史小说、《红岩》《青春之歌》乃至"文

---

① 洪子诚：《中国当代文学概说》，北京大学出版社，2010年版，第8页。

革"时期的"样板戏"等文学经典的讨论，并不突出文学史写作者对经典的判定与主观筛选，而是揭示出特定的文学体制如何构造出经典的历史过程。

不过，这种对"文学性"内涵的历史化，也并不意味着写作者毫无作为而完全"回到"50—70年代的文学评价体制，而必须意识到写作者与其写作对象之间阐释关系的存在。正是这种阐释关系的存在，使得对"文学性"内涵的历史化，又必然是其写作语境中的当代性行为。因为写作的年代是90年代，因此"回到"是不可能的，进入研究对象的内部逻辑展开"内部清理"，也只能是"增加靠近历史的可能性"；更重要的是，对作为整体的文学史的描述，显然必须被视为一种历史阐释。这种阐释的有效性并不因其作为"历史事实"，而是因其在历史对象与写作者所处的历史语境之间建立起了一种新的"当代性"关联。从这个角度来看，对文学体制的关注，对超越性的"纯文学"观念或"文学本体论"的反省，对文学性内涵历史化的强调，都与90年代语境中对80年代纯文学观的反省联系在一起。同时，研究者们更关注那些制约着作家创作的"外部"因素，比如对媒体的研究、对文学生产体制的研究、对文学接受与评价体制的关注等，又并不意味着回到机械反映论式的庸俗社会学，而是通过强调文学的意义生产作为一个整体的实践过程。这种文化研究式的整体思路，某种程度上成了90年代文学史研究中的代表性研究思路。洪子诚文学史研究则是这一研究思路的"开风气之先者"，也是把这种思路实践在当代文学史写作中的杰出典范。

如何理解文学的内部与外部研究、文学体制与文学经典之间的关系，也关涉到如何理解"文学"与"政治"关系。应当说，"文学"与"政治"的二元论是一个在80年代才被制造出来的思考框架。在50—70年代，不同文学规范的持有者如胡风、冯雪峰、周扬等，他们之间的分歧其实从来就不是"文学"与"政治"的二元对立。正如洪子诚在他的研究中显示的，无论胡风、冯雪峰还是周扬，他们都不是"文学独立于政治"的论者[①]。他们的分歧仅仅在于"文学"应当以何种方式展开"政治"实践。即便是江青等激进派也是如此。而到了80年代，出于对50—70年代激进政治实践的拒斥，不同文学、政治规范之间的分歧被重新阐释为"文学"与"政治"的对立，比如胡风是"文学的"而周扬是"政治的"，或周扬是"文学的"而江青是"政治的"。到90年代尤其是新世纪语境中，当代中国社会与文学自身的变迁使人们开始清晰地看到，那在80年代语境中被划出来的"纯"文学阵地，不过是新的政治实践的领域，只是这种政治实践是以"去政治化"的方式进行的。因此，反省"文学"与"政治"的二元论，便成为新世纪语境下，人们试图重新激活文学介入现实力量的重要理论议题。正是在这样的历史语境中，洪子诚文学史也开始面临着质询。但是，当批评者指责洪子诚所认为的文学史仍旧是"政治压制文学"的叙述模式或没有摆脱"纯文学"的阴影，并粗暴地将其作为文学与政治二元论叙述的代表而加以批判时[②]，他们显然并没有真正读懂洪子诚的文学史。重新思考文学的政治实践能量，显然并不是重新回到那种斯大林式的政治化约论，而应当是探讨如何借助"文学"这个媒介去实践也丰富政治构想。正是在这一点上，洪子诚的文学史并不应当被当成文学与政治二元论的替代品受到批判。恰恰相反，这种文学史在叙述体例上达到的深度，它对文学体制与文学形态之间关联性的历史考察，它对文学自身历史性的思考向度，尤其是它揭示出来的文学具体地被转化为政治实践的历史过程的描述，应当成为我们思考今天历史条件下文学存在方式及其政治实践可能性的重要参照。

[①] 相关阐释参见《关于50—70年代的中国文学》，见洪子诚：《当代文学的概念》，北京大学出版社，2010年版。

[②] 参见韩毓海：《漫长的革命——毛泽东与文化领导权问题》，《文艺理论与批评》，2008年第1—2期。

2. 当代文学史的"当代性"及其历史内涵

洪子诚90年代文学史研究的另一重要突破，乃在于确立了一种关于"当代文学"历史的有效叙事。关键之处在于，它将"当代文学"视为一个历史范畴，一个从40年代开始被设计、规范，通过文学运动而不断生成，在50年代后期得到命名又在"文革"时期的激进实践过程中遭遇困境，而在80年代进入另一个转折时期的历史范畴。显然，这里的"当代文学"并不是"当代的文学"。也就是说，"当代文学"之"当代性"并不被看成是自明的东西，而被视为特定历史语境赋予的内涵，正如"文学性"也是一种只能在具体历史语境中具体地被理解的形态一样。正是在这样的意义上，80年代所谓"当代文学"不能写"史"的争论，尤其是那种"当代事，不成史"的观念，也必须被看作是一种类似于"纯文学"观念那样的政治策略。因为，正是通过将"当代性"与"历史性"对立起来，80年代作为"新时期"的历史性诉求才被充分自然化也合法化了。似乎应该说，所有那些强调自己具有不同于"历史"之"当代性"品格的行为，事实上都应当被视为具有特定历史诉求的政治实践行为。因此，问题的关键并不是什么具有"当代性"，什么不具有"当代性"，而是当我们把"当代性"作为问题提出时，需要意识到怎样的历史转型在发生、新的当代性构造的历史条件，以及隐含在背后的历史诉求到底是什么？显然，80年代中期，当人们强调"当代文学"不能写史时，他们试图强调"当代文学"是"当前的文学"，而当代文学史根本无法包容80年代的"当代性"。不过，人们忘记的是，50年代后期，当"当代文学"作为一个新范畴提出来时，它也正是那时的"当前的文学"。只是50年代后期的"当代性"与80年代的"当代性"完全不同，或者说，提出80年代文学的当代性正是为了否弃50-60年代的当代性。

50年代后期"当代文学"这个概念提出时,其当代性不仅与20世纪中国的社会主义实践、与新中国的建立直接联系在一起,也与全球格局中一种新的政治主体和政治构想联系在一起。"当代文学"被认为是克服了现代文学之"新民主主义"性质的社会主义新文学。作为当代文学属性的"社会主义"并不是一种抽象的意识形态属性,而是由新的地缘政治主体所确立的反现代的现代性内涵。这一新的地缘政治主体即二战后由于欧洲殖民体系的瓦解而出现的第三世界新兴国家。事实上,正是基于同样的前提,英国历史学家巴勒克拉夫确立了不同于"现代史"的"当代史"概念。他所谓当代史乃是"全球的历史观",与19世纪式的西方中心主义历史观的最大不同在于,它将纳入"欧洲之外的世界"[1]。同样,麦克尼尔的世界史、斯塔夫里阿诺斯代表的"全球史",也都出现在同一时间,大致以同样的理由确立了一种不同于欧洲现代性的当代性。因此,50年代后期提出的"当代文学"与"当代性"的历史内涵,应当与作为第三世界国家的中国及其现代化发展联系在一起,其意义只有在全球史的视野中才能被充分理解。而导致这种当代性在80年代失效的原因,一方面是"文革"所标示的中国社会内部的困境,一方面是市场的全球化,使得中国必须进入全球市场才可能有真正的发展机会。因此,"全球化"(当时称为打破"闭关锁国""与世界接轨")、中国如何进入"世界"、与西方尤其是其现代化规范之间的关系等问题,构成了80年代的当代性。文学成了表达也创造这种当代性的重要媒介。但是,正如任何"当代性"表述都会将自身表达为"非(超)历史"的,80年代的当代性同样如此。它是以启蒙主义、世界主义等普泛价值的形态出现的。"重写文学史"实践并不认为自身是"政治"的,相反,它以"人性""现代性""文学性"作为实践的合法性依据。正因为此,

---

[1] [英]杰弗里·巴勒克拉夫:《当代史导论》,张广勇、张宇宏译,上海社会科学院出版社,1996年版。

70—80年代的转折并不被视为特定历史条件的产物,相反,它被视为某种"历史的必然"。这也是80年代"新时期"意识的基本内涵。

从这样的历史视野反观洪子诚文学史的历史叙述,以及这种叙述所透露的90年代当代性理解,将是别有意味的。洪子诚将当代文学史描述为"当代文学"在50—70年代建立起绝对支配地位,和这一地位在80年代受到挑战并削弱的历史过程。《中国当代文学概说》的结构安排是:"上编主要描述这一特定的文学规范如何取得绝对的支配地位,以及这一文学形态的基本特征;下编则揭示这种支配地位在80年代的崩溃,以及中国作家'重建'多元的文学格局所作的艰苦努力"[1]。这里的关键在于如何描述70—80年代"转折"的意义。正如昌切、李杨在文章中指出的,当这个"转折"被描述为"一体化"与"多元格局"的关系时,它透露出的是,这种文学史描述仍旧没有摆脱80年代的"启蒙意识",没有达到将50—70年代文学的"当代性"和80年代文学的"当代性"同时历史化的彻底学术立场[2]。事实上,这种描述中所隐含的价值判断立场也是洪子诚自己所警惕的,因此,到《中国当代文学史》中就略有变化,舍弃了"多元"这样的说法而将下编确定为"揭示在变化了的历史语境中,这种规范及其支配地位的逐渐削弱、涣散,文学格局出现的分化、重组的过程"[3]。不过,在文学史的具体内容上,下编不同于上编的叙述角度,尤其是对文学体制与文学现象之间互动关系的描述方式,使得这种价值判断色彩并没有彻底消除。显然,这在追求"韦伯的那种'价值中立'的'知识学'方法来处理当代文学现象"[4]的洪

---

[1] 洪子诚:《中国当代文学概说》,北京大学出版社,2010年版,第8页。
[2] 昌切:《启蒙立场还是学术立场》,《文学评论》,2001年第2期;李杨、洪子诚:《当代文学史写作及相关问题的通信》,见《当代文学的概念》,北京大学出版社,2010年版。
[3] 洪子诚:《中国当代文学史》"前言",北京大学出版社,2010年版,第15页。
[4] 李杨、洪子诚:《当代文学史写作及相关问题的通信》,见《当代文学的概念》,北京大学出版社,2010年版。第118页。

子诚自己看来，也同样是一种学术上的缺憾。因此，到了2007年，《中国当代文学史》的修订重心就放在了如何描述70—80年代转折，尤其是17年文学体制的修复与重建，以及80年代新主流形态的形成等方面。

　　探讨洪子诚文学史研究如何叙述70—80年代转折的历史内涵，并不纯粹是一个文学史写作技术的问题，而应当说是一个如何理解90年代的"当代性"之历史内涵的问题。显然，在80年代的历史语境中，"当代文学"的确是"没有历史"的，因为80年代正是要通过确立"新时期"的当代性，而否弃50—70年代的当代性。而90年代中国知识界发生的最大争论，也是相对于80年代思想的最大转变，则在如何评价和描述50—70年代历史与文化。一方面是对80年代"新时期"意识的怀疑，尤其是那种理想化的现代化想象的幻灭，使得80年代的当代性要求得到历史化的理解。在这样的意义上，《作家姿态与自我意识》和1993—1995年间的"人文精神"论争是有着深度的契合的。另一方面，市场社会的成型、商业大潮的冲击，尤其是以"全球化"姿态显影的资本全球市场与国际关系格局，不仅击碎了80年代关于"世界"与"未来"的乌托邦想象，同时也要求人们重新阐释以反对资本主义和确立中国作为政治主体尊严的毛泽东时代的特殊意义。显然，无论洪子诚在个人的主观立场上如何看待50—70年代这段历史，重要的是，正是通过他的文学史，50—70年代文学才第一次"有了"可以被描述的历史。在这一点上，洪子诚文学史与"重写文学史"立场的分离，某种程度上曲折地分享着与90年代知识界"新左派"与"新自由派"论战同样的历史意识。正是在《中国当代文学史》尤其是《问题与方法》中，洪子诚对作为"左翼文学的当代形态"的50—70年代采取了某种理解的姿态，"我不是将中国的'左翼文学'看作一开始就站在错误的起点上，而是重新认识其发生的合理性；也不将'现代文学'向'当代文学'的转变，完全看作'外力'强制实施的畸变"①。但是，与那种新出现的激进"新左派"立场相比，洪子诚又强调："我充分理解在90年代重申'左翼文学'经验的历史意义，但也不打算将'左翼文学'再次理想化，就像五六十年代所做的那样"②。如果将90年代的当代性理解为对80年代当代性的反省和对50—70年代当代性的浮现的话，或许正是在这意义上，洪子诚通过对当代文学的历史叙述，不仅确立了当代文学这个学科的合法基础，事实上也使当代文学史研究，这项80年代以来很长时间被视为"最没有学问"的研究工作，进入到中国知识界思想的前沿领域。正是在90年代的历史语境中，确立50—70年代文学与80年代文学历史关联的平衡支点，并由此建立一个相对有效的连贯性叙事，才成为可能。《中国当代文学史》所谓"有史"，应当在这样的层面上被理解。

不过，从今天的历史眼光看来，这种对当代文学之当代性的历史阐释也有其不彻底的地方。首先是，洪子诚文学史尽管相当深入地勾勒出了50—70年代文学"一体化"进程的基本历史轮廓，不过，这种"一体化"之所以产生的历史原因却常常被做了一种非历史的理解。这常常被归结为，作为左翼文学的当代形态，50—70年代文学的建构者那种追求"纯粹化"的倾向所导致的历史结果。如果50—70年代的文学运动在这样的意义上被理解，那也就意味着思考问题的方向常常被引导到某种道德判断的层面。而事实上，对于这种"一体化"展开的内在逻辑和历史原因，应当在更广阔的视野中得到历史化的解释。也许可以说，洪子诚所强调的"内部清理"的思路并没有被彻底贯彻到关于"一体化"进程本身的思考。其次是如何阐释80年代以至90年代文学之新的当代性的具体历史内涵。洪子诚文学史尽管强调70—80年代"转折"带来了新的文学规范，但只是对它们做了一种相对于50—70年代的否定性界定。70—80

---

① 洪子诚：《回答六个问题》，见《当代文学的概念》，北京大学出版社，2010年版，第8页。
② 洪子诚：《回答六个问题》，见《当代文学的概念》，北京大学出版社，2010年版，第9页。

年代的转折到底是如同40—50年代那样的一种既有文学力量关系的重组，还是出现了一种全新的文学规范，这或许是需要深入探查的重要问题。但正因为当代文学史的写作始终是基于特定当代情境而对历史的阐释与建构，因此如果不能重新阐释当代文学两种当代性（乃至90年代或新世纪的新当代性）的历史内涵，以及它们之间的关联性，那么，这种当代文学史就会被视为是不够完整的。

对于洪子诚文学史研究可能存在的问题的揭示，必须在两个层面上被理解。首先需要意识到，洪子诚文学史研究所达到的学术高度并不意味着他毫无立场，而这种立场又并不能完全被今天所谓"左"与"右"的二分所涵盖。洪子诚本人并不隐瞒他自己的文学与思想立场。在回应李杨关于《中国当代文学史》没有彻底贯彻知识学立场时，他这样回答说："出现这种情况的原因是，对于启蒙主义的'信仰'和对它在现实中的意义，我并不愿轻易放弃；即使在启蒙理性从为问题提供解答，到转化为问题本身的90年代，也是如此"[①]。纵观洪子诚文学史研究，无论是80年代的作家研究还是90年代的文学史研究，他其实一直秉持着一种精英主义或人文主义的文化观。这种文化观不能被简单地等同于80年代新启蒙思潮中形成的文化观，而或许是50—70年代作为"19世纪的幽灵"形态存在的社会主义内部的精英文化。两者的差别可以简单地描述为，前者比较倾向于19世纪前期的浪漫主义文化，而后者则倾向于19世纪后期的批判性文化，它与批判现实主义和俄国革命民主主义文学关联密切。这使洪子诚一直秉持着一种精英主义的启蒙立场，强调个人精神的创造性和社会批判性。某种程度上，我们可以由此解释洪子诚对80年代"新潮"的不满；更进一步过度诠释，也可以说他90年代对左翼文学的重新理解，都是在此基础上形成。这种基于知识精英的

[①] 李杨、洪子诚：《当代文学史写作及相关问题的通信》，见《当代文学的概念》，北京大学出版社，2010年版，第118页。

主体立场和西方19世纪思想的文化想象，使他更多地认同于周扬关于建立在19世纪基础上的社会主义文学构想，而难于认同毛泽东在第三世界中国展开的工农兵文艺实践，当然更不用说金庸小说式的通俗文学。显然，这里的问题不仅涉及如何更深入地探讨文学史写作及其写作者立场的关系问题，更涉及如何理解"革命"与"批判"的具体构想与展开方向的问题。

评价洪子诚的文学史研究，或许更关键的问题是，我们能否拥有一部包罗万象、百科全书式的文学史？在我们这个社会分化加剧、知识立场的分化也趋于激进的时代，也许将更多地出现的，会是某一种文学史：左派的文学史，纯文学的文学，或新媒介的文学史。而因为洪子诚文学史在其历史叙述的有效性、史料的完善、文学评价的分寸感，以及叙述语言的精粹等方面所达到的深度与高度，使得不同的立场、不同的文化取向都将向洪子诚文学史索取他们所要的东西，并由此而责难它不够"完美"。可以说，洪子诚文学史构成了我们这个时代当代文学史的研究和写作难于逾越的知识平台。这个平台达到的高度以及它所产生的广泛影响，使得后来者不可能对它视而不见，而需要通过与它的对话乃至挑衅，来完成新的当代性实践。或许，这也是洪子诚文学史研究在今天需要承担的"历史使命"。

（原载《文艺争鸣》2010年第5期）

作为方法与政治的整体观
——解读汪晖的"中国问题"论

一、总体性视野中的当代中国问题

1990年代后期以来，汪晖对当代中国问题的分析和探讨，在知识界产生了广泛影响。很大程度上，正是这些研究造就了他作为思想家（或用他自己的说法"批判的知识分子"）的重要位置。阅读汪晖这些文章，一个突出的印象就在于他跨越学科界限而总体地回应中国问题的能力。或许，以是否跨越学科界限来描述这种总体视野，并不是一种准确的方式，因为汪晖跨学科的目的，并不是为了操演不同学科的语言而展示一种百科全书式的博学，而是因为只有总体性的历史－社会视野才可能全面把握问题的不同侧面。因此，这种总体视野并不是各个学科相加，而毋宁首先需要打破那种19世纪式的西方社会科学分类体制，才可能把握到对象自身的整体性；但这也并不是回到了正统马克思主义那种经济基础／上层建筑的总体论，而是对马克思主义思想运动传统的批判性重构；某种程度上或可将其概括为一种重构的政治经济学视野。这当然也不是说他的研究沦为了一种宏大叙事的构造，而是指唯有在这种总体视野的参照下，对当代情境中具体问题的批判性分析才成为可能。

这种思考特点，格外鲜明地表现在汪晖的三篇重要论文当中。在1997年发表《当代中国的思想状况与现代性问题》①（后文称《当代中国》）之前，汪晖在许多人眼中，还是一位现代文学学科领域的新锐学者，以研究鲁迅和现代中国思想著称。正是在这篇被称为引起了90年代最重要的一场思想论战的文章中，汪晖表现出了杰出的对当代中国思想状况的总体把握能力。他是把80-90年代中国知识群体作为整体的"思想界"来把握的，这个"界"涵盖的不仅是人文学界的研究，也包括了社会科学领域那些产生过重要影响的理论论述。这种研究方式按照一般的学科分类应称之为"思想史研究"。这曾经是80年代的重要研究方式，特别强调的是知识分子与社会问题间的互动。不过，90年代后知识群体在社会结构中位置的边缘化，思想史研究在不同层面上面临着质询，并逐渐沦为学科体制内部的一种专业研究类别，而丧失了80年代的那种冲击力。这一变化曾被李泽厚描述为"思想家淡出，学问家突显"。而汪晖正是以突破思想史研究的内部视野，重新建构思想与社会间的互动关系，来作为他召唤"批判的知识分子"的开端的。在《当代中国》的续篇《中国"新自由主义"的历史根源——再论当代中国大陆的思想状况与现代性问题》（后文称《再论当代中国》）中，汪晖进一步把80年代后期的社会运动，纳入到对当代中国思想的讨论视野中，强调知识界的理论活动与制度创新、社会民主实践间的历史关联。这并不仅仅是一种方法论上的突破，而意味着他不再将讨论的视野局限在知识界内部，更关心从总体的社会关系结构中，来探讨一种批判性的理论/实践的可能性。

某种程度上，汪晖2006年完成的重要论文《去政治化的政治、霸

---

① 刊于《天涯》1997年第5期。收入《去政治化的政治：短20世纪的终结与90年代》，北京三联书店，2008年版。本文讨论的几篇文章均收入此书。文中的汪晖引文如不特别注明出处，均见此书，仅注明页码。

权的多重构成与60年代的消逝》（后文称《去政治化的政治》），可以视为前两篇文章的进一步推进。这三篇文章首先在讨论对象上有着关联性，即它们都把"新自由主义"及其变奏形态的"现代化意识形态"作为批判对象；讨论的都是当代中国问题，所论历史时段的侧重点各不相同：如果说《当代中国》讨论的主体是80年代知识界的"现代化意识形态"及其在90年代的衍生形态，那么《再论当代中国》阐释的则是80年代如何终结与"新自由主义"意识形态在当代中国的起源，而《去政治化的政治》则侧重讨论60年代（即"文革"）的历史意义与80-90年代主流政治形态的形成。就其关注的理论问题和基本批判思路，这三篇文章也有着内在的层层推进关系。如果说《当代中国》主要在意识形态批判的意义上，展开对当代中国思想的内部清理的话，那么《再论当代中国》则力图揭示出隐含在思想问题背后，那个"真正"需要去面对并回应的社会问题，以及知识群体的批判性思想实践如何可能。但是，这时社会问题与思想实践之间的转化关系还没有作为讨论的重心，而这一点则构成了《去政治化的政治》阐释"政治"内涵的基本框架。后者格外突出的是"新自由主义""去政治化"的政治运作方式和全球化语境下中国问题具有"霸权的多重构成"这样的历史特点。它把讨论重心放在阶级、政党与国家这种"短20世纪"的主要政治形态上，进而思考90年代后新的政治实践如何可能。

总之，如果我们把汪晖对当代中国问题的讨论，落实在对这三篇重要论文的考察的话，可以看出，汪晖的探讨始终是在一种总体的历史－社会视野中展开的。某种程度上，这也决定了汪晖把握和回应中国问题所达到的深度、广度以及由此而产生的广泛影响。因此，解读汪晖，首先需要对他这种总体性视野本身做出分析。需要讨论的是，总体性的历史－社会视野在汪晖这里如何可能，它基于怎样的现实问题的判断而提出，这一思路的具体展开过程是怎样的？进而，这是一种过时而老套的"宏大叙事",还是一种新的知识运作与思想批判的路径,即结合中国问题复杂性的理论与制度创新?更重要的是,在怎样的意义上,这种总体视野可以展示一种新的批判性思想／政治实践的可能性?

二、"全球资本主义"与现代性问题

问题的讨论,可以从《当代中国》对80–90年代知识界的诸种思想形态所展开的批判方式入手。就其基本方法而言,《当代中国》表现出了颇为鲜明的"意识形态批判"的特点。正如曼海姆在阐释他的知识社会学研究时所概括的,现代意识形态理论的基本特征在于,通过将对手的思想指认为"不切实际的"而否认其"思想的有效性"[①]。这种批判方式尽管被马克思主义理论尤其是后来的阿尔都塞、齐泽克等人大大复杂化了,不过其基本工作大致是指认出一种思想的"虚假性"及"无效性",并假定一种"真实"而"有效"的思想存在的可能。正是在这一意义上,《当代中国》指认那些形成于80年代的、针对社会主义历史而展开的批判思想实践,不再能应对90年代以来的新的历史情势而沦为了"现代化意识形态"。被汪晖归入"现代化意识形态"名下的,几乎涵盖了80–90年代所有那些一度产生过重要影响的理论论述,比如三种当代马克思主义形态,比如80年代的新启蒙主义、以及90年代衍生出来的诸种人文与社会科学理论形态。这篇文章对当代中国思想批判的广度与深度自不待言,它一经发表即产生的巨大反响本身,就说明了这种批判的"有效性"。在一种重读的视野中,文章的最奇特之处,则是它那种总体地宣称既有思想形态失效的批判方式,那种以"一己"之力挑战"全体"思想界的巨大勇气。一个基本的问题是,如果说90

---

① 参见 [德] 卡尔·曼海姆:《意识形态和乌托邦》,艾彦译,华夏出版社,2001年版。

年代后的当代中国思想几乎是整个地被一种"虚假意识"所引导,那么一种跳出这个"界"外的批判是如何可能的?这也关涉《当代中国》得以展开论述的批判性支点建立何处。

很大程度上可以说,这种批判的可能性基于一种更广大的历史视野的获得,即对"全球资本主义"的指认。《当代中国》把1989年事件视为"历史性的界标",认为此后中国社会与知识界的文化空间,相对于80年代发生了深刻变化。变化的关键在于,社会主义实践的终结和全球性资本市场的成型,已经使中国社会深刻地卷入全球化进程。90年代中国知识界丧失批判能力的关键原因,就在于他们仍旧把"批判视野局限于民族国家内部的社会政治事务,特别是国家行为"(第92页),因此而无法理解和应对跨国资本主义时代中国问题的复杂性。这种通过强调历史变化与知识运作之间的错位关系而展开批判的思路背后,正如台湾学者赵刚指出的,包含着深刻的"新时代"意识:新的时期来了,赶快寻找新语言①。不过,汪晖的这种"新时代"意识与80年代知识界认同并建构"新时期"意识的方式又并不相同。在一种"告别革命"的强烈诉求下,"新时期"思想与文化界特别厌倦那种建立在马克思主义理论基础上的"宏大叙事",尽管人们同样毫不犹豫地使用着另外一套由"时代""世界""民族"等启蒙话语构成的宏大叙事。这使得思想文化的问题常常被理解为"独立"的对象,并将召唤这种独立性作为基本诉求,而无法意识和观察到思想与文化问题据以形成并运转的政治经济学基础。汪晖强调80-90年代中国社会转型的意义,指认"全球资本主义"事实上已经渗透到中国问题的不同层面,恰恰是希望重新建构观察思想/知识问题的社会视野。他首先强调的是,如果知识界无法观察到推进历史发展的基本动力机制,就可能拘囿于过时的思想模式,

---

① 参见赵刚:《如今,批判还可能吗?——与汪晖商榷一个批判的现代主义计划及其问题》,《台湾社会研究季刊》,2000年3月第37期。

而导致"知识"与"社会"的脱节，从而使得实际的社会状况完全滑落出知识界的视野之外。显然，这很大程度上表达出了80—90年代之交政治、经济与社会变迁对于当代知识群体所产生的那种"断裂感""意外感"与"挫败感"。知识群体对社会变迁的无视与无知，被汪晖解释为他们拘囿于现代化意识形态，而无法准确地认知自己的历史位置和历史作用。最重要的一点是，在80年代知识群体的自我意识中，他们一直将自己定位为针对僵化的社会主义国家政权与主流意识形态的"反体制"力量。而汪文通过讨论知识界与80年代改革进程的关系，认为他们的主要历史作用在于为改革提供合法性意识形态，而并没有获得外在于国家体制和现代化诉求的批判支点。当社会的基本组织形态（即市场社会的成型）和知识群体自身的存在方式都因全球化而发生了巨大变化时，曾经的批判思想其实已经变成了新主流权力秩序之一部分并为其提供合法性。正是在这样的意义上，汪晖认为需要"重新确认"批判思想的基本前提：批判什么、用什么来批判、怎样的批判实践才能真正应对中国问题的复杂性。

汪晖把他的批判思想实践确立在："从现代性问题出发"。在他看来，中国思想界认知"现代性"的基本方式，恰恰成了作为推进全球资本主义之主流意识形态的"新自由主义"的构成部分。他把当代马克思主义和启蒙主义都称为"现代化意识形态"的原因在于，它们都把自己限定在传统／现代、中国／西方的二元对立框架内，这种思维模式一方面"援引西方作为中国社会政治和文化批判的资源"，另一方面则以民族国家现代化作为基本诉求，因此无法逾越现代化视野而对现代性本身展开批判。基于这样的考虑，为回应全球资本主义所导致的中国现实问题，首先便需要把"现代性"这一基本范畴问题化。

值得分析的是汪晖如何理解"现代性"的确切历史内涵。他指认出"现代化意识形态"的具体表征，在于它们拘囿于民族国家的现代化诉求而无法展开对全球资本主义的批判,这意味着"现代性"的基本内涵大致等同于"资本主义现代性"。不过有意味的是,他把"毛泽东的社会主义思想"也看作是"现代化意识形态"之一种,因为这种"反资本主义现代性的现代性理论""不是对现代化本身的批判,恰恰相反,它是基于革命的意识形态和民族主义立场而产生的对于现代的资本主义形式或阶段的批判"(第64—65页)。显然,在80—90年代中国思想界,这一关于毛泽东时代的历史判断本身就是极具批判力的,因为在启蒙主义的现代化叙事中,毛泽东时代并不是作为现代历史,而是作为"前现代"的"封建""传统"社会而遭到批判。事实上,这种判断历史的方式正是"现代化理论"的传统/现代二元论运作的结果,它通过把毛泽东时代的另类现代化实践纳入"前现代"或"封建"范畴,而否定其历史意义。在毛泽东时代,"现代化"常常被表述为"革命"与"工业化",而并不是现代化理论所理解的历史内涵。不过,尽管汪晖强调"中国语境中的现代化概念与现代化理论中的现代化概念有所不同",但他在文章中并没有把"现代化理论"这一概念彻底历史化。"现代化理论"形成于50—60年代的冷战氛围中,它是美国社会科学界为了与苏联争夺新兴第三世界国家,而创造出来的一套关于后发展国家的发展范式。可以说,"现代化理论"的现代化概念,是冷战时代,为了对抗包括毛泽东的社会主义思想在内的"反资本主义现代性"范式而被制造出来的。正是通过这一套理论范式,西方国家的现代化历史才被普泛化和非历史化了,并且在70—80年代的转折过程中,被第三世界国家普遍接纳为描述自身现代化进程的某种"全球意识形态"。这也构成了80年代中国把"现代化"视为一种意识形态或价值观,而非理论形态的基本历史语境。因此,在对现代性展开批判之前,或许需要就冷战时代"反现代的现代性"、80—90年代中国知识界的现代化意识形态,与汪晖所强调的"全球资本主义时代"的现代性批判之间的历史关系做更多说明。

显然，使用"现代性"而不是"现代化"这一理论范畴，就意味着对现代历史展开一种超越性的批判，无论这种批判是after（之后）还是post（内在批判）。值得一提的是，"现代性"作为一个批判性／反思性的理论范畴，在西方语境中出现于60-70年代，是在质疑或批判现代化理论的过程中形成的；这也导致了"后现代"范畴的出现。而对当代中国而言，这个超越现代的历史契机，在于"全球资本主义"带来的既新且旧的问题。所谓"新"在于，与以前的资本主义（包括作为其另类形态的社会主义）不同，这个新资本主义的首要特征在于它的跨国运作："灵活累积"的资本的全球流动及其文化运作，使得此前那种把视野局限于单一民族国家内的批判思想处在一种顾此失彼、捉襟见肘的矛盾和困境中。可以说，是"全球资本主义"本身，使得一种超越单一民族国家而观察中国问题的总体性批判视野成为可能和必需。因此汪晖判断说："当代中国思想界放弃对资本活动过程（包括政治资本、经济资本和文化资本的复杂关系）的分析，放弃对市场、社会和国家的相互渗透又相互冲突的关系的研究，而将自己的视野束缚在道德的层面或现代化意识形态的框架内，是一个特别值得注意的现象"（第62页）。而所谓"旧"则在于，这种新资本主义并没有消除现代社会的危机，相反，它使得曾经的"另类"也成为了危机的另一表征："社会主义历史实践已经成为过去，全球资本主义的未来图景也并未消除韦伯所说的那种现代性危机。作为一个历史段落的现代时期仍在继续"（第97页）。因此，随着"全球资本主义"时代的到来，在"现代性批判"的高度上，不仅需要反思社会主义历史实践，而且批判资本主义也成为了迫切的时代问题。可以说，"现代性"批判首先就意味着一种既反思毛泽东时代的社会主义实践、又批判资本主义现代化历史的总体历史批判。

汪晖特别强调的是，反思"现代性"问题的根本目的，在于从诸种以"现代化"为诉求的理论模式与制度拜物教中摆脱出来，从而能够"将实质性的历史过程作为历史理解的对象"。他认为现代性批判要完成的，其实是一种"解放运动"："一种从历史目的论和历史决定论的思想方式中解放出来的运动，一种从各种各样的制度拜物教中解放出来的运动，一种把中国和其他社会的历史经验作为理论创新和制度创新源泉的努力"（158页）。在这样的意义上，《当代中国》中论及的"现代化意识形态"与《再论当代中国》中批判的"新自由主义"，是同样的拘囿于现代化内部视野的现代化叙事。汪晖对"新自由主义"的批判和指认也在此基础上展开。不过，对于曾在80年代作为批判思想的现代化意识形态，与90年代出现的"新自由主义"意识形态，汪晖还是进行了区分，从而把自己视为80年代思想遗产的"批判的继承者或继承的批判者"。"新自由主义"是80—90年代转变过程中，"国家通过经济改革克服自身的合法性危机"而形成的一种新霸权形态。在汪晖看来，90年代中国知识界的真正冲突并不在"新左派"与"自由派"的分歧，而在"不同的思想力量与新自由主义的对峙"。"新自由主义"并不是一种统一的理论形态，而是作为"强势的话语体系和意识形态，它渗透在国家政策、知识分子的思想实践和媒体的价值取向中"（第117页）。也可以说，这是"全球资本主义"的主流意识形态在中国语境中的具体实践与自我表述。但这也并不是说新自由主义就没有自己的理论——80年代末以降出现的"'新威权主义''新保守主义''古典自由主义'、市场激进主义和国家现代化的理论叙述和历史叙述（包括各种民族主义叙述中与现代化论述最为接近的部分）"，都不同程度地参与了新自由主义意识形态的建构（99页）。并且，这种建构常常是以科学与科学主义的理论形态来表述自身的，其基本范畴包括自由市场、市民社会、发展、全球化、共同富裕、私有产权等，其基本理论预设乃在"计划"与"市场"、"国家"与"市民社会"间的对立，并以强调经济与政治的分离以及"自由市场""市民社会"的自我调节能力，作为其政治构想的核心。

可以说，全球资本主义及其新自由主义意识形态，构成了汪晖思想批判的基本对象。对"全球资本主义"这一巨型历史运转机器的把握，使得批判思想实践必然需要一种总体视野。在后来的《去政治化的政治》一文中，汪晖进一步提出了全球化语境中当代霸权"多重构成"的特点，提出应该在"国家的、国际性的（国家间的）和全球性的（超国家的和市场的）三重范畴及其互动关系内"来讨论霸权和意识形态的运作方式（51页）。这也进一步深化了他在《当代中国》一文中主要从历史维度展开的现代性批判，而将批判视野拓展至权力的社会构成维度。显然，如果资本的运转及其意识形态运作是全球性或总体结构性的，思想批判的工作如果仅仅局限于国家行为便无法把握住问题的症结所在。不过，汪晖的总体视野又并不单纯是批判对象的反转。这里所谓的"总体"，并不是简单地用"全球的"或"跨国的"总体范畴来取代此前作为总体的"国家"范畴，而是力图把对这些范畴的分析置于"权力网络的关系"之中，并批判"新自由主义"那种从"单一方向上将自己塑造成反对者"的做法。在他看来，"新自由主义"的真正问题在于它拘囿于"形式主义的理论"阐释，而缺乏对当代中国复杂历史情境的分析与批判能力；其看似激进实则保守的政治立场也正是以此为基础。这可以说是汪晖经由"现代性"问题的讨论而发展出来的一套更为深入复杂的历史研究与理论批判的路径。

三、"形式主义的理论"与"实质的历史关系"

关于如何展开对"新自由主义"的历史批判，汪晖如此描述："我的目的是在新自由主义的理论话语……与社会进程之间建立历史的联系，揭示它的内在矛盾，尤其是它的表述与实践之间的复杂关系"（99

页）。在《是经济史，还是政治经济学？》一文中，他将这一批判思路阐释为探讨"形式主义的理论"与"实质的历史关系"间的关系。有意味的是，这里构成对立的不仅是"理论话语"与"社会进程"，也是"理论"与"历史"、"表述"与"实践"。在他看来，从知识的角度来看，"新自由主义"的最大问题在于它把自己表述为一套从来如此的形式主义的理论／真理，比如它如何看待"市场"，如何看待"市民社会"，如何看待"产权"等。而汪晖展开的批判工作就在于，通过"回到"具体的历史关系和历史过程中，来揭示出这些理论／真理是出于怎样的政治诉求而被建构出来。比如他通过布罗代尔（Fernand Braudel）、博兰尼（Karl Polany）的历史研究揭示出，19世纪资本主义社会"经济"与"政治"的分离，"与其说是一种历史现实，毋宁说是资产阶级社会的自我认识"。因为"经济是镶嵌在政治制度、法律、日常生活和文化习俗内部的活动"，与其说存在"自我调节的市场"，不如说这个"市场"始终是政治安排与社会控制的结果。因此，由所谓"自我调节的市场"所支撑的独立经济运作，并不是一种"历史现实"，而是一种建立在以经济为中心的自然秩序观念基础上的"形式主义的理论"。而恰是这些基本的理论预设，构成了"新自由主义"的核心。

理解汪晖关于当代中国问题的三篇文章，还需要了解他在此前后完成的几篇重要理论文章，尤其是《"科学主义"与社会理论的几个问题》《是经济史，还是政治经济学？——〈反市场的资本主义〉导言》《韦伯与中国的现代性问题》，这些文章构成他"得以展开自己对当代问题的看法的理论视野"[1]。在《"科学主义"》一文中，他针对作为新自由主义经典的海耶克著作，指出那种国家／社会、计划／市场的二元框架，其实根源于一种自然／社会的二元论。"自然"被理解为处于"社

---

[1] 汪晖：《别求新声——汪晖访谈录》，北京大学出版社，2009年版，第470页。

会"之外、并为"社会"实践提供永恒法则的范本。而事实上，对"自然"的理解与控制始终是社会控制的一部分："看不到对自然的无穷征服的过程本身就是一个社会过程，看不到作为近代科学对象的自然已经是有待征服的自然，即一个与社会无关又有待人类社会去征服的领域，就等于放弃了对社会控制机制的理解"（《别求新声》第469页）。他因此而力图拆解新自由主义最根本的理论前提：那种以"科学主义"的方式来理解并塑造"市场"与"市民社会"的基本理论模式，即源自自然／社会的二元论。但是，批判"新自由主义"的二元论，并不是要重新回到整体主义的一元论，而是要将被二元论遮蔽或舍弃出去的那些历史因素，重新纳入历史分析的视野。具体到对当代中国问题的讨论：那种基于科学主义前提的激进市场主义理论，恰恰掩盖了国家与既得利益群体如何借助政治控制而行使的垄断行为；那种私有产权神圣化的观念，也正是把当代中国不公正的财产再分配过程中的既得利益合法化了。在《是经济史，还是政治经济学？》中，汪晖对新自由主义的基本理论论断进行了更系统也更历史化的讨论。借助博兰尼的两个概念即经济的"形式含义"与"实质含义"的区分，他提出，有关"市场经济"／"计划经济"的形式主义描述，无法解释经济体的实际运作，因此，"按照这一站不住脚的描述建构宏观经济理论的基础是极为危险的"。对市场主义的批判显然不应理解为对国家主义的赞美，汪晖要强调的是，看似自我调节的经济运作，其实始终是社会控制与政治运作的结果。因此他提出，要"对经济体的实质性活动"进行描述与分析。这里所谓的"实质"概念，与政治经济学的基本预设一致，指的是"镶嵌在政治、文化和其他历史关系中的经济过程"。追踪这一经济过程所需的政治经济学考察，"并不是社会科学的一门学科，它就是社会科学本身"，或"作为社会科学总体"而存在。因此可以说，相对于西方19世纪形成的社会科学学科分类体制，政治经济学乃是一种"总体知识／历史视野"，它探寻的乃是经济体运作的"实质"或总体的过程。这其实也正是汪晖在用"历史过程"或"历史研究"来批判"形式主义的理论"时,所理解的"历史"的基本内涵。因此他称布罗代尔和博兰尼为"以历史方式探讨理论问题的政治经济学家",而他们的研究则是"以历史研究(实证的)方式进行的理论探讨"。

应该说,汪晖对科学主义的批判、对政治经济学传统的重新阐释,不仅仅是一种理论描述,也是在展示一种批判思路的方法论。事实上,他对中国新自由主义的批判,大致都在这样的思路上展开。由于新自由主义是一种"以经济理论为中心"的意识形态,他格外关注对市场、国家、计划经济与市场经济、经济与政治的关系、市民社会、公共空间等理论问题的讨论。不过,这并不意味着汪晖的政治经济学视野关心的就是经济学问题或政治问题,相反,他认为经济、政治、文化等问题,应该在一种总体的关系视野中展开讨论。在《当代中国》中他就提出,"中国的新马克思主义者"的问题之一,就是没有把经济民主的讨论扩展到文化与政治领域,而"争取经济民主、争取政治民主和政治文化民主事实上只能是同一场斗争"。他由此提出90年代批判的知识分子应该在方法论的意义上探寻"文化分析与政治经济学的结合点"(第86页)。事实上,这种"作为社会科学总体"的政治经济学批判视野,正是汪晖展开对中国问题的分析时的基本特点所在。他一方面针对的是形成于80年代的那种或可称为"文化主义"的批判思路,即抽离政治经济学维度而强调思想与文化问题的独立性;另一方面他也试图通过强调经济运作的"实质性活动",而在普遍关联的意义上打破学科分类体制造成的区隔视野。正是在这样的意义上,如赵刚所敏锐地指出的,"一个包含政治、经济与文化的整体观"才得以被提出。

如果说对"全球资本主义"的关注,使得汪晖力图建构一种超越单一民族－国家和现代化意识形态限定的总体历史视野的话,那么可以说，借助政治经济学传统而关注经济体的实质性历史运作过程，则使汪晖尝试建构一种批判性地考察问题的总体社会视野。显然，这里强调"历史"与"社会"视野的不同，不过是为了表述的方便，并不意味着这两种视野可以分开，毋宁说它们乃是一种具有"解放作用"的总体视野的不同侧面。不过，这种"总体性"的分析框架，尽管借鉴了政治经济学传统，但也并不是要回到建立在19世纪政治经济学和哲学基础上的"总体结构"论。汪晖批评了卢卡奇那种把经济、法律和国家作为"严密的体系"看待的"总体论"，在他看来，卢卡奇的问题在于没有超越民族国家的政治结构，"用单一的社会模式来观察经济活动及其与政治和文化的关系"；同时也没有超越那种源自黑格尔理论的历史阶段论和历史本质主义想象。对这种区分的强调是必要的，这也使得汪晖试图重构的批判性总体视野与黑格尔－马克思脉络上的总体论和大叙事区别开来。但他同时总结道："当代理论的重要任务不是抛弃政治经济学的传统，而是要在当代条件下重构这一传统"（第268页）。他格外重视布罗代尔提出的三层结构，即"日常生活、经济和资本主义是相互区别的历史存在"，并认为这种区分为社会斗争提供了一种"非总体化的方向"。可以说，重构政治经济学的总体视野，并不因为存在着一种类似于系统论那样的社会整体；关键在于，考察实质的经济体运作过程，需要一种超越19世纪式的现代学科体制、也超越以民族国家为分析单位的分析视野，才可能理解并面对"更为广阔的历史本身"。

四、"政治化"实践的"内在视野"

对于理解汪晖思想而言，如果认为总体历史视野的主要作用就在于解构那种"形式主义的理论"，揭示它们的遮蔽性和内在矛盾，无疑并不全面。真正有意味的，也是打破那种制度拜物教式地理解所谓"新左派"与"自由派"对立的地方，在于汪晖思想的某种"反转"或"跳跃"，即将这种历史视野与一种"社会运动的内在视野"结合起来，从而把理论研究转化为一种真正的政治实践。

当他用"实质的历史关系"来解构"形式主义的理论"时，他并不是要一般地讨论"理论"与"历史"的对立，也不是要回到"实证主义"的历史研究，而是思考如何把这一冲突关系转化为一种"解放力量"。他这样阐释道：正如博兰尼和布罗代尔是通过历史研究而展开对自由主义和马克思主义的质疑一样，许多对于博兰尼和布罗代尔历史描述的追问，"也是从实质性的历史关系出发质疑理论构架的解释力"，因此可以说，"实质与形式的区分本身就构成了一个不断颠覆的动力"（第272页）；但是当这种针对既有形式主义理论的新的实质历史视野与一种社会运动的取向关联在一起时，实质与形式（也包括事实与价值、历史与规范尤其是理论与实践）之间的二元循环关系就被打破了。马克思对这一困境的克服具有示范意义，即通过把理论"从解释世界转向改造世界"而打破二元循环关系。——汪晖在这里要说的是，"实质"并不真正是实证主义意义上的历史事实，而是另一种新的理论建构；不同于之前那个"形式主义的理论"的地方就在于，这是在一种"实质性的历史"而非理论的自我预设中所展开的理论建构，因此它将导向一种真正"自觉"的、同时也将是"民主"的实践的可能。汪晖举了布罗代尔关于"解放市场"的例子来说明这一转向如何可能发生。表面上看，布罗代尔"解放市场"的构想与新自由主义"自由市场"的表述完全一致，但其政治诉求却"正与之相反"。"因为布罗代尔的政治经济学视野击溃了自我调节的市场的神话、展示了经济与政治之间的关系，不会也不应落入那种彻底的'自我调节'的想象之中。在这里，一种关于市场的民主制度的思考正在诞生"（第274页）。同样的理论建构，在新自由主义那里是将其政治与经济垄断合法化的借口，而在政治经济学的批判视野中，则能够转化为民主制度的批判性构想，因为这将是在实质性的历史关系中展开的实践。汪晖因此提出，"一种实质性的历史只有在实质性的社会运动之中才能真正展开"。

理解汪晖思想在这里的"跳跃"无疑是重要的，他由此而将一种抽象的"理论"／"历史"之间两难关系的论辩，转化为一种理论／实践的可能性探索。也正是由此出发，汪晖重构了"政治"这一核心范畴的基本内涵。

这一重构是通过将"实质性的历史"转化为"社会运动的内在视野"而完成的。在这一转化过程中，"社会运动"实践构成了重要环节。应当说，如同如何理解经济民主一样，汪晖对社会运动的重视也是在批判新自由主义关于"市民社会""公共空间"的形式主义理论过程中形成的。作为新自由主义政治构想的重要组成部分，"市民社会"与"公共空间"理论将国家／社会看作权力关系的两极结构，并认为通过市场的自我运动将"自然"地导致民主社会的实现。汪晖认为"市民社会"理论的问题，正如"自由市场"理论一样，在于"没有清楚地区分规范式叙述与历史进程之间的关系"，它"将理论的诉求与实际的历史进程等同起来，以至把不平等的市场过程视为通达民主的自然进程"。当代中国的"市民社会"本身就是由国家力量推动而形成的，并形成了政治精英与经济精英合二为一的社会结构，因此所谓"市民社会"并不能构成制衡国家的力量；相反，二者在许多时候是互相重叠的，并常常联手对抗真正的社会保护力量。"市民社会"理论关于民主的构想，是以扩大国家与市民之间的距离为诉求的，但中国具体情境中的问题却正需要建构大众参与的民主实践来制衡国家与利益集团的专制与垄断。因此，这种去政治化的理论构想与中国的政治民主实践本身几乎是背道而驰的。汪晖在论述这一问题时，特别提到崔之元等提出的以普通公民参与为核心的国家、精英与大众"三层结构"的构想，即强调如何通过把民众的诉求转化为国家政策，从而抑制新的贵族制度以及国家与利益集团的二元联盟。这种民主构想的基本前提在于："普通公民通过社会运动、公共讨论等形式在不同层次推进关于公共决策的公开讨论"（第132–133页）。汪晖认为这是一个"特别重要的中间环节"，因为只有在社会运动的内在视野中，理论实践与制度创新之间才能形成真正的互动关联。

汪晖在《再论当代中国》中推进对当代中国思想状况的讨论时，一个最大的变化，便是将社会运动纳入考察视野。他不认同那种把1989年的社会运动解释成知识分子对抗政府的定型化阐释，而认为这是一场针对改革过程中出现的社会问题的自发性社会保护运动。汪晖特别强调促使1989年社会运动发生的历史条件及其基本诉求，正在于中国城市改革过程中不公正的财产再分配过程而导致的社会抗议。但是这种"自发"的社会抗议活动提出的问题，非但没有在进一步推进的市场改革中得到解决，反而被合法化了。中国的新自由主义正起源于这一困境并垄断了对这场社会运动的历史阐释。更值得注意的，是汪晖对知识群体在这场运动中所扮演的历史角色的分析。他认为知识群体无法历史地理解自身与这场社会运动之间的关联，才是导致90年代批判思想失效的关键。由于缺乏对80年代社会运动的实质历史关系的理解，也缺乏与这种历史理解关联在一起的政治构想和自觉实践，因此尽管社会运动发生了，却并没有转化成自觉的民主实践。在这里，汪晖格外强调的是社会运动如何能够转化成政治民主实践的可能性。在他看来，社会运动在具体的历史条件下发生，和社会运动的参与者如何将抗议活动转化成政治民主斗争，前者并不必然地导致后者，将两者关联在一起，需要一种"政治化"的过程。

这也构成了汪晖在《去政治化的政治》一文中关注的核心问题。这种讨论是与检讨当代中国的60年代（即"文革"）的历史遗产直接关联在一起的。与一般的看法相反，汪晖认为导致"文革"失败的原因并不在于"过度政治化",而在于政党政治自身的"去政治化"。他将20世纪中国革命的主要特点概括为政党政治的实践,这种实践的关键在于"阶级"范畴的重要位置。如同博兰尼关于经济的形式概念与实质概念的区分,汪晖将阶级区分为"结构概念"与"政治概念",前者指的是由生产方式、经济地位等指标决定的客观范畴,而后者指的是"一个从运动的内在视野出发才能展示其内涵的概念,即阶级是一个过程——一个形成阶级的过程、一个将阶级建构为政治主体的过程"(第25页)。基于这样的区分,汪晖重新讨论了政党与阶级的关系,进而讨论了中国革命主体的锻造问题。他认为农民成为中国革命的主体,"与其说源自一种结构性的阶级关系,毋宁说源自一种导致这一结构关系变动的广阔的历史形势,一种能够将农民转化为阶级的政治力量、政治意识和政治过程"(第25页),"斗争与转化是这一政治概念的两个相互关联的环节"(第33页)。——尽管汪晖在这里对"政治"的讨论,是在针对20世纪中国革命历史的反省中提出的,不过,也可以理解为他对"政治"内涵的一般探讨。他格外强调的是政治实践中的理论建构与主体意识的重要性,即"政治化"的实践过程。

理解政治概念乃是"一个在主观能动作用下产生的主客观统一的领域",必须与汪晖所谓"一种实质性的历史只有在实质性的社会运动之中才能真正展开"关联起来。在突出阶级的政治范畴的主观性时,他一直强调的是这种主观性不能脱离结构性的阶级存在,而必须是一种既超越具体阶级的自我认知、又能在更大的结构关系中锻造出新主体的"综合视野"。这意味着,首先必须超越那种经验主义式的理解阶级构成与阶级意识关系的思维模式,强调阶级意识是由自觉的政治化实践赋予的;但这也并不是说阶级意识的获得是纯粹主观的行为,而需要在一种更能把握"实质的历史关系"的综合视野中才能完成。正是在这里,政治经济学的总体视野与具体的政治化实践关联起来了。或许可以参考曼海姆在他的知识社会学理论中提出的"特定意识形态"与"总体意识形态"的区分①，来理解这一思路。所谓"特定意识形态"指的是特定历史情境中的个人出于利益动机的自我认知，比如一个工人的爱好、兴趣或生活习惯；这或许接近于汪晖所谓阶级的结构概念下的自我意识。而"总体意识形态"则是在社会总体关系结构中所创造的一种历史主体意识，比如工人所具有的"无产阶级"世界观；这或许接近于汪晖所谓阶级的政治概念下的阶级意识。可以说，曼海姆讨论的是如何塑造一个具有总体社会视野的政治性主体，他认为正是这种主体的存在，"乌托邦"实践才是可能的。50年代美国社会学家米尔斯，进而提出了"社会学的想象力"，强调要把具体环境中的个人困扰和社会性的总体话题关联起来②。这一社会理论之所以能够成为激进民主实践的重要口号，正在于它以一种新的方式把握住了个体与总体、乃至理论与实践之间辩证而非二元对立的关系。汪晖对于"政治化"实践的思考，于此也有相通之处。

　　汪晖较为详细地阐释了农民阶级如何"被锻造"为革命主体的问题。如果说革命政治"鼓励通过斗争获得主体性的转化"，那么使农民成为革命主体的就并不是一种结构性的阶级关系（比如农民与地主的关系），而是一种"全球性的、帝国主义的政治－经济关系"所决定的中国社会革命的动力和方向。这是一种比具体的农村阶级关系更"实质"的历史关系，而农民却无法通过自身的结构性阶级存在意识到这种历史控制因素。因此可以说，正是毛泽东勾勒的"世界性视野"，将农民"创造"为革命主体。这也正是"政治化"实践的具体内涵。不过有意味的是，在将农民转化为革命主体的过程中，更关键的问题应当是"谁"在推进这一政治化进程。这也涉及汪晖提及的政党与阶级的关系问题。汪晖强调，"'使无产阶级形成为阶级'并最终实现'推翻资产阶级的统治，

---

① 参见［德］卡尔·曼海姆：《意识形态和乌托邦》，黎鸣、李书崇译，商务印书馆，2000年版。
② ［美］C. 赖特·米尔斯：《社会学的想象力》，陈强、张永强译，北京三联书店，2001年版。

由无产阶级夺取政权'这一使命",才是决定政党性质的关键所在（26页）。这是一个相当有意味的"无主句"。如果说正是政党的政治化实践使"农民"成为"无产阶级",那么应当如何理解政党与知识分子的关系？虽然美国社会学家古尔德纳那种将知识分子视为"新阶级"的理论阐释是成问题的[①],但这并不意味着政党政治实践与知识分子的关系是自明的,因为政党仅仅是一种政治运作的"形式",而其具体实践最初往往是由知识分子推动的,尽管纳入政党之后这些人不再叫"知识分子"。这里的关键问题在于,作为推动"政治化"实践的主体的知识分子,在这一实践过程中到底处在一个怎样的历史位置？进而,如何理解"政治化"实践与"批判的知识分子"之间的一般关系？这一点却没有在《去政治化的政治》一文中得到明确讨论。某种程度上,这也正是由其"内在批判"的思路所决定的。就汪晖设定的理论实践、制度创新与社会运动之间的互动关系这一政治目标而言,"批判的知识分子"不应被理解为某一结构性的社会群体概念,而应被理解为一个有机地结合到政治实践中的主体范畴。强调实质性的社会运动才可以展现实质性的历史,意味着一种总体的批判思想视野本身就是历史创造的一部分,并构成了社会运动的动力所在,在此基础上形成广泛参与的民主实践才是可能的。在这里,"综合视野"不是一种外在的理念输入,而是"政治化"实践的起点,一个创造出政治主体的自我"培力"过程。也正是在这里,汪晖对政治经济学总体视野的重构,由"理论"转向了"实践"。

或许可以说,汪晖对以"普遍联系"作为基本方法的总体性视野的强调,意在探寻一种"作为方法和政治的整体观"。这种"整体观"既不同于历史本质主义的宏大叙事,也与作为"形式主义的理论"的知识建构相区别。这首先是基于全球化时代中国问题的复杂性与独特性而展

---

① [美] 阿尔文·古尔德纳:《新阶级与知识分子的未来》,杜维真等译,人民文学出版社,2001年版。

开的一种批判性思想实践。作为"方法",它能够帮助人们面对"广阔的历史本身",并总体地把握自己存身其中的历史机器如何运转;作为"政治",则是唯有具备这样的视野,人们才能对那些结构性的监控力量(诸如资本主义、学院体制、社会垄断集团等)保持着警醒和批判力,从而使得民主实践成为可能。在一个批判性知识实践越来越被拘囿于学院体制内部的时代,在一种"去政治化"的总体氛围中人们越来越难以凭借自身经验去把握权力机制的总体轮廓的时代,这种总体性视野或许是尤为必要的。它首先在拓展着人们"社会学的想象力",那就是:在广阔的历史-社会视野中理解自身的存在,并将这种理解转化为创造历史的动力。

2010年2-3月初稿,4月改定

(原载《天涯》2010年第4期)

"今日批评家"笔谈·文学批评的"想象力"

对我来说,参加今天这样的以"70以后批评家"为主题的会议,是一次新鲜的体验。一方面,我的专业虽然是中国当代文学,但我近些年主要从事的大致是文学史、思想史研究以及当代文化现象批评,比较少参与当代文学批评,所以参加这方面的讨论也不多。另一方面,参与会议的都是70年代出生(包括比我们更小的80后)的同龄人,这种会议对我也是第一次。

首先我想谈谈对"70后"的看法。我记得在1990年代后期我还在读研究生的时候,文坛就提出过"70后作家"这样的提法,不过那时候我很难在同龄作家作品中找到"共鸣"的感觉。这可能与文学创作和文学研究之间的差别有很大关系吧。但在很长的时间中,我都认为"年龄"并不是一个有意义的范畴。同龄可能造就一些相似的社会经历和经验,但是更重要的是你对待这些经历和经验的范式,以及是否能造就共通的文化记忆与历史态度。只有在后一种意义上,谈"代"的认同才是可能的。不过最近几年,关于"70后"这样的说法,我的态度有所改变。一方面,我在许多同龄人比如刘复生、梁鸿、刘志荣、张念、李遇春等的研究与写作中,读到了某种熟悉的历史经验和较为相近的文化态度;另一方面,随着年龄和社会地位的改变,我也开始不断地反省自己如何成为了今天的我。我们现在已经走出青春期、也算是人到中年了吧,看待自我的方式不再那么自恋和自我中心,而更关注自我与历史的关系,更多地意识到"历史"如何在自己身上发生作用。这也意味着更关心你置身的历史结构与社会结构,关注与你一起生活的同时代的人们,关心我们的社会生活被组织在一起的基本方式,其中可能包含的种种权力关系,并去思考"更好的"生活如何可能。正是在这样的意义上,自我认知与历史态度关联在了一起。而且由于我们所从事的,主要是文化批评与知识生产的工作,当"历史"以这样的方式进入我们的视野时,它又不仅仅是一种生存态度,而与我们所从事的职业与知识实践密切相关。

不过尽管如此,以"我们"的口气来谈论"70后"批评者,仍旧是一种很可疑也很专断的方式。我更愿意将我在这里谈论的对于"代"的理解,视为一种个人的但却是历史的体认。历史感正是在对自我经验的反省中浮现出来的。应该说,这种理解自我与历史的关联方式也是很有"70后"特色的。要说"代"的话,我们大概都是些天生的个人主义者。我们确实享有比我们年长的那几代人多得多的个人生活的自由,而"自动"地进入我们的主观视野的,也往往是诸如"个人""日常生活""自我"这样的范畴。不过,我们关于历史和社会的理解,却常常因此而变得格外萎缩。但这并不意味着我们真的就生活在社会与历史之外。我们每个人的具体生活可能千差万别,不过作为在1990年,度过自己青春期的一代人,我们可能共享着两个重要的历史因素。其一是"学院"。和此前的批评家们相比,今天在座的几乎每个人都是学院中人。我们这个年龄段的人进入大学的时间,正是80年代终结、90年代延伸至今的时间,是中国的学院体制成熟并扩张的时间。科班训练不仅造就了相似的青春记忆、社会阅历,而且也大概拥有相似的知识结构,比如说相对规范的学科训练与专业知识。而且因为我们的职业与工作乃是这种学院生活的延伸,因此,学院、知识生产几乎就是构成我们历史"血肉"的那些东西。另一是"媒体"。1990

年代以来的时间,也是中国大众文化工业逐渐成熟,媒体日渐成为渗透至生活各个层面的时期。比如我记得90年代后期读博士的时候开始,电脑普及、网络成为媒体新贵、网络文学和文化成为了某种日常生活的一部分。从这样的意义上来说,我们的"社会"生活被组织的方式,是与媒体分不开的。但是,"学院""媒体"本身并不构成问题,问题在于我们看待它们的方式。这既然是构成我们生活的基本组织形态(这当然不是说在"学院"与"媒体"之外,就不存在其他的社会组织形态),人们常常采取的态度就像是鱼在水里而不觉得自己是在"水"里。要意识到"水"的存在,需要某种"社会"或"历史"的视野。

这几年我自己一直关心的,是如何具有"社会的想象力"这样的问题。简单来说,就是关心"社会"的总体组织形态与我们个人的关系,它如何运转,我们在其中的位置,以及我们在怎样的意义上可以介入这个社会过程。这也意味着需要一种比"学院""媒体"本身更大的视野。我想把它描述成一种"既内且外"的视野、眼光和意识。一方面需要意识到你在怎样的社会组织形态中生活、工作与思考,另一方面需要知道这个社会的总体关系如何被组织起来,这样你才可能对自己的位置有一个比较准确的判断,对于自己能做什么和要做什么有比较明确和清醒的意识。比如说对"媒体",有两种比较典型的态度。一种是乐观主义的,像加拿大理论家麦克卢汉理解的那样,把媒体看做我们身体器官的延伸,它们可以帮助我们看到我们看不到的、听到我们听不到的、甚至想到我们想不到的。这种乐观主义的态度在90年代中国是比较普遍的。而到今天,人们或许更多地意识到媒体本身如何作为一种专制性或垄断性的力量,在很多时候,不是我们在说它,而是它在"用"我们,甚至是它在"操纵"我们。在这两种态度之外,或许我们也可以在了解媒体机制如何运转的同时,在媒体中找到一些有机的空间,将它转换成发出我们声音的通道。又比如说对"学院",在80—90年代的一段时间中,它一直被视为不受"政治"干扰的"纯粹学术"的领地,今天我们自然知道它如何作为一个知识-权力机器而存在。但这也并非意味着我们不可以历史地把握这个机器的总体形态,在其中寻找有机的空间,尝试转化并实践一种批判性知识生产的可能性。

显然,这种"既内且外"的视野本身也仍旧只是尝试一种可能性,某种可能的历史态度。在我的理解中,这也是一种"历史的想象力"的源泉。我觉得理解我们置身的历史与社会现实,在许多时候并不是可以通过沉浸在个人经验、自恋式的自我关注或个人主义的声明中就可以做到的。相反,在个人与社会、经验与历史之间,常常需要一种总体性的视野才能到达。"想象力"在这样的意义上,不是没有目标和边界的奇思怪想,而是把握我们置身其间的历史与社会的能力。我们今天的会议主题叫"全媒时代的文学批评"。在我看来,这里面包含的两个关键词,一个是"时代",一个是"批评"。"时代"是一种很大很抽象的东西,某种总体性的认知和判断,而"批评"是一种很具体的东西,包含着个人的态度和实践方式。我认为这两者从来就不能完全分开。因为你如何从事批评,哪怕是规规矩矩、老老实实地在完全专业主义的意义上进行的知识操作,也会包含着某种对于"时代"的基本判断;而同时,"时代"这个范畴所打开的,恰恰是一种想象的空间,它使得无数的个人的批判实践成为可以交流并被理解的行为。

由此我想简单地谈谈我关于文学批评的基本态度。如果我们不把"批评"理解为对当下作家作品的评论,而将它理解为一种宽泛意义上的批判实践行为,那么无论是文学史研究还是文学现状批评,都可以纳入到文学批评的范围内。90年代以来,人们常常谈论的是文学(也包括文学研究与文学批评)的"边缘化"问题。"边缘化"这种描述方式本身是很可疑的,因为它隐含着一种关于"中心"的想象,并且常常把问题带到关于文学如何重新回到像80年代那样的"黄金时代"的讨论层面上去。不过，"边缘化"这个词至少告诉人们，文学所能覆盖和想象的范围缩小了，有很多东西不再进入它的视野，成为了它的"外部"。强调文学批评的个人化、趣味化、非历史化，待在文学的小世界、文学研究专业的小范围内当然是正当的、可行的，但是这里的问题不仅是鱼在水里看不见水，或许同时还有鸟在笼子里却觉得自己是自由的。这包含了不同层面的问题：对于文学史的研究而言，这种审美主义的文学批评忽略的恰恰是曾经在"文学"这个范畴之下聚合起来的广大的历史内涵与情感能量；而对于当下文学批评而言，却意味着否定了重新复活文学力量的可能性。在这里，或许同样需要的是一种"既内且外"的视野：如何可以在一种更大的视野中重新理解文学的位置？

在我的理解中，那种专业主义的、纯粹审美主义的文学批评实践，仅仅是一种"内部"行为。它把文学批评变成一种趣味（及其同好者）的自我欣赏，并且无法看见这种批评行为是如何受到学院体制、主流知识体制的制度性保障的。因此，首先需要一种"跨出"文学的社会性视野。比如说需要去了解在90年代以来扮演了极其重要的社会角色的社会科学的基本情况，如历史学、人类学、政治学、社会学、经济学等。不是因为这些学科取代了文学的中心位置因而值得关注，而是因为90年代以来中国社会的基本组织形态及其想象方式，正是由这些学科的知识所提供的。在某种意义上，可以说80年代文学其实是一种"总体性文学"。这个时期的文学包含着对社会整体的理解，它的背后是与"现代化"相关的社会科学的新观念，但是这种新观念是通过文学这个媒介来传播和推进的，而文学批评在其中扮演了极其重要的角色。90年代以后，专业化的结果，文学与批评不仅丧失了中心位置，也丧失了总体视野。因此，需要了解相关学科的知识实践，尤其要了解社会科学的基本叙事，以及背后的社会构想。不过，强调文学研究者应该具有跨学科视野，并不是把别的领域或学科的东西搬到文学研究和文学批评里来，然后你还是你我还是我，而是希望由此获得一种包括文学在内的总体社会视野。当然，这是一个还需要深入辨析的问题，而且强调文学具有"总体性"视野也并不是重申那种"文学中心论"的老调。我只是说，在这种总体格局中理解"时代"与文学的关系，重新思考和定位文学批评的位置，寻找文学的、有限的、但却是有生命力和介入力的批评实践方式，才是可能的。

在这样的基础上，也许需要重新理解文学本身所具有的力量形态。文学在想象、构想、扩散一种理想观念方面，具有无可取代的作用。它可以转化人心，变成一种可见的社会力量，因为它作用于人的情感、感性、乃至无意识。即便在所谓"全媒"时代，文学也仍旧扮演着不可替代的重要角色。网络文学的兴盛、影视与文学的互动，甚至整个文化工业中叙事能力的匮乏等，都从不同层面表明文学仍在某种意义上构成这个时代"想象力"的基本源泉之一。不过，文学的这种能量常常不是"自明"的，而始终处在与文学批评的紧密也紧张的互动关系中。文学批评既是一种对文学的命名、阐释，也是一种再创造，或与文学创作居于同一水平的"创作"。英国批评家伊格尔顿曾讲过一个关于文学的寓言："我们知道狮子强于驯狮者，驯狮者也知道这一点。问题是狮子并不知道这一点。文学的死亡也许有助于狮子的觉醒——而这并不是不可能的"。我认为他用"驯狮者"和"狮子"来比喻批评者与文学的关系，是一种相当准确而又充满着感召力的理解方式。他所谈论的"文学的死亡"，指的是对一种审美主义与专业主义的文学观念的反省和自我批判。可以说，这样的问题在今天的中国也是存在的。在今天讨论文学批评与时代的关系，也就是讨论一种重新复活文学力量的可能性。而其中的一个关键因素或许在于，作为"驯狮者"，你可能具有怎样的历史批判的能力、理解社会的能力和想象一种更好的生活的能力。

（原载《南方文坛》2011年第1期）

重返80年代，打开中国视野
——贺桂梅访谈录

徐志伟（哈尔滨师范大学教授）：让我们从您近年来的主要研究对象"80年代"谈起吧，目前谈论80年代似乎已经很流行，您觉得学界现在热衷于谈论80年代的原因何在？

贺桂梅："80年代"确实是我这些年关注的一个核心话题。我去年出版的《"新启蒙"知识档案——80年代中国文化研究》，是花了比较多时间完成的一本讨论80年代思想、文化和文学思潮方面的书。

关于这本书，与现在的80年代研究热，我想还是应该做一些区分。这本书并不是我最近几年才开始做的，而是从1998年前后准备博士论文写作时就开始了。当时选定的论文题目是"80年代文学与五四传统"。这篇博士论文在2000年的时候写完了，但我自己一直很不满意，于是就推翻原来的思路重新做了一遍。这是我这些年一直关注80年代研究的个人原因。

我感到不满意的地方，是我在讨论80年代文学与五四传统时，一直有一个潜在的思考框架，认为80年代文学的核心话题都是从五四传统中衍生出来的。在后来的研究与思考中，我觉得首先需要对80年代与五四的关系作历史化的处理，讨论两者的同一关系怎么被历史地建构出来，80年代的文化实践为什么需要借重五四传统的合法性。另一方面，我也发现，80年代有其自身的复杂性和丰富性，并不能完全用五四传统加以统摄。即便是"文学性""人性""现代""传统"这些看起来很五四的话题，在80年代的具体内涵已经发生了变化，是由"80年代中国"这个特定的时间和空间场域中，不同的思想与文化资源构造出来的。更重要的是，我发现，80年代谈论的"五四传统"以及"现代化""民主""自由""人性"等范畴，与五四时期中国语境中对于这些范畴的理解并不相同，实际上是一种由60年代美国社会科学界塑造出来、并在70-80年代发展为某种全球意识形态的"现代化理论"。80年代的新启蒙思潮，不管有意或无意，都与这种新的知识范式／意识形态关系更密切。五四传统只不过在这个认识论"装置"中得到了重新阐释而已。如果不去关注这个"装置"，而只关心在这个装置里面的五四表述，大概就只能说是舍本逐末、还是在"新启蒙"的历史意识内部谈问题。

意识到这些问题后，我把研究重心放在了80年代，侧重在新启蒙思潮对"人性""现代性""传统""文学性"等表述方式本身的历史分析上，考察其特定的知识谱系与意识形态。这看起来是远离了最初"80年代文学与五四传统"那个题目，但其实问题意识还是一样的，就是想知道80年代表述"人性""现代""传统""文学性"的那些知识、那些思想资源，是从哪里来的，在80年代特定语境中作了怎样的改写和重构，并构造出了怎样的意识形态叙事。

这大致是我自己从事80年代研究的过程和思路的变化。

关于"80年代"如何成为了学界热衷谈论的一个话题，在我的理解中，有许多社会与文化心理以及历史语境方面的原因。

其实，80年代并不是新世纪这些年才成为核心话题的。80-90年代之交后，知识界的历次论争和重要话题，都与如何理解80年代及其启蒙意识密切相关。比如《学人》集刊关于"学术规范"的讨论、比如"国学热"及"激进"与"保守"的讨论，比如"后新时期""后现代"论述，特别是关于"人文精神"的大讨论，以及迄今仍在展开中的"新左派"与"新自由派"的论争等，如何理解"80年代"都是其中的核心问题。不过，这些讨论常常是以"论战"或"论辩"的方式展开的，在肯定或否定、有意义或无意义等价值判断层面有基本的分歧。在这种情形下，我觉得格外需要首先去厘清"80年代"展开的具体历史过程以及它通过怎样的知识表述建构自身的合法性。

90年代关于80年代的论辩，主要是在知识界内部展开的，而当前的80年代热，却是一个扩散到不同社会层面的话题。比如在社会心理层面上，现在对于80年代的想象和关注的热情，带有很强的"怀旧"色彩。当80年代可以成为"怀旧"对象时，就说明人们意识到"80年代已经过去了"，因此可以站在一种新的关于现实的感知和对历史的重新确认的位置上"回过头"来看80年代。这种社会心态的形成，当然与当下中国经济"崛起"，以及90年代以来中国社会的巨大变化密切联系在一起。可以说，今天的"80年代热"，是带有距离感的、对80年代的重新认知。如何认知80年代，也与如何判断、叙述中国社会的现实紧密相关。比如，如何看待中国的经济崛起，有人认为这是"告别革命"的结果，有人则认为正因为有了毛泽东时代的"革命"，80年代的改革才能有今天的成果。又比如，怎么看待今天中国社会中存在的阶层、阶级分化，有人认为这是因为80年代的"民主"诉求没有被实践，而有人则认为需要在批判80年代西方式民主实践的基础上重新思考"民主"的真正涵义等等。

可以说，在今天，"80年代"一方面成为了一段可以被称为"已经过去"的历史，同时如何评价它，又是人们理解当下现实的一个关键。在这种意义上，我认为目前出现"80年代热"是特别值得关注的。

徐志伟：您如何评价已有的关于80年代的研究成果？

贺桂梅：目前关于80年代的研究还在展开过程中，而且涉及不同领域，我只能就我个人的有限观察谈一点看法。

在思想史研究或知识分子研究的意义上，有两本书引起了颇为广泛的关注：一本是2006年出版、由查建英主编的《80年代：访谈录》，一本是2009年出版、由北岛、李陀主编的《70年代》。这两本书通过访谈或回忆录的形式，记载下了80年代文化变革的参与者们的一些回顾、回忆和历史思考。这些作者和受访者其实是一个特定的群体，也就是80年代的"新生代"文艺家与知识群体，80年代（尤其是中后期）文化变革的主力。他们以历史"当事人"的口吻，讲述了自己在特定历史情境下的经历与思想状态，以及参与重要文化事件的过程。这些为今天重新理解80年代，并借此去感知当时的历史氛围乃至情感结构，提供了特别重要的史料。另外，叙述者在80年代所处的不同位置、采取的不同态度，以及今天反思历史的不同立场，也为人们理解80年代思想和精神气质的复杂性，提供了弥足珍贵的观察视角。我感兴趣的是，他们的一些叙述还带有比较浓的属于80年代的历史意识，有对于一个"辉煌时代"的怀旧感。作为个人的历史记忆，这无可厚非，但对于历史研究而言，恰恰是这种"意识"本身，成为了需要探究的对象。

在文学研究领域，我对王尧所做的口述史，蔡翔、罗岗、倪文尖等人的80年代研究印象很深。特别是程光炜老师，带领他的学生们进行了多年的80年代文学史研究，并联合其他的老师（如李杨、李陀老师等）在刊物上组织研究专栏、出版相关的研究丛书，非常引人注目。他们对"80年代文学"重新成为文学研究界的重要话题，都起了很大的推动和引导作用。这些研究工作带有重新审视80年代文学与历史的意味。作为80年代"现状"的新时期文学批评，曾经是当代文学研究的中心。90年代中期以后，当代文学史研究主要集中于对50—70年代文学史的讨论，同时，对当代文学现状的关注，转向了90年代以来的文学实践，80年代文学研究逐渐"冷落"。新世纪再度将研究的焦点集中于80年代文学，一方面是将其明确地指认为"历史"，是文学史的一个构成部分；另一方面，正因为之前关于80年代文学的研究与批评构成了当代文学学科的体制性力量。因此，"重新开始"也需要有一个自反性地审视这个体制自身的问题。新的研究不仅仅集中于重新解读文学作品，对研究者的研究语言和文学史叙述的反思，对文学体制的历史性呈现，也变成了这个时期研究的重点。另外，由于对当下文学现状采取的不同态度，如何重新评价80年代文学的历史意义，如何看待文学与政治的关系，如何看待80年代的"现代派"迷恋，如何重新评价现实主义文学传统等，也得到了较多讨论。

还值得一提的是，目前进行80年代文学研究的人，不仅有程光炜、蔡翔、李杨等80年代文学的亲历者，也有在90年代以来的学院训练中成长起来的新一代研究者，他们几乎是"天然"地带着距离感来看待80年代的。因此，历史的复杂性、个人经验的倾向性和学术研究的客观性之间，形成了颇为有趣的对话关系。不过，文学研究的丰富性也正因此而显现出来。

徐志伟：您研究80年代的基本出发点或问题意识是什么？

贺桂梅：我的研究集中关注的是80年代中期（大约1983—1987年间）形成的"新启蒙"思潮。从六个文学与文化思潮着手，基本上是在跨学科的视野中展开的某种宏观性知识清理。80年代知识界如何想象与叙述"人性"、"现代性"、"传统"与"中国"、"文学性"，构成了我讨论的重心。我认为，正是基于对这些核心范畴的理解，形成了某种我们可以称为"80年代历史意识"的共同倾向。如果缺乏对这些总体性的知识结构和历史意识的清理，很难突破80年代研究的既有框架。

我研究的一个基本出发点，可以说是想将80年代"历史化"。"历史化"的意思，不是简单地宣判"80年代过去了"，而是在一种更大的历史视野和新的现实问题意识中，来重新定位和理解80年代。

80年代在当代中国历史中占据了极其重要的位置，也可以说这个时期塑造了当下中国知识界的基本话语方式。在很多时候，我们谈"20世纪"、谈50-70年代的社会主义历史，甚至我们怎么谈90年代以来的当下中国社会，其实都是在80年代塑造出来的"话语装置"里面来谈的。有越来越多的历史与现实经验，使人们意识到20世纪、革命与当下中国，并不像80年代理解的那样，而有其自身的复杂性。因此，如何跳脱80年代历史意识、批判性地反思80年代的知识体制，就成了一个值得探究的学术与思想问题。我想做的，是一种批判性的自反工作，即那些我们今天视为常识、真理或价值观的东西，是怎么被构造出来的，它回应的是怎样具体的历史语境。这可以说是我的基本问题意识。这后面包含着我对80年代的基本历史判断和对当下知识状况的现实判断。

徐志伟：在您的一篇文章中，有"重返80年代"这样的表述，在您看来"重返80年代"是如何可能的？

贺桂梅：关于"重返"，首先要考虑的是重返"到哪里"去？人们常用"回到""历史现场"这样的说法，强调一种带有质感的历史氛围与情境，要求呈现出那个原初场景的复杂性，以及某种"客观性"：你不能随心所欲地"乱写"历史。但是"现场"这样的词，只能说具有一种关于何谓"历史"的理解导向上的"规范"性，而不能说存在着一种像客体那样自明的"事实"。因为即便在那个"现场"中，由于所处位置的不同，各人看到的东西、理解到的东西是不一样的。更重要的是，这个"现场"需要被"说"／叙述出来，它的意义才能为人理解，而怎么说、由谁说、什么时候说、在怎样的情境下说、纳入怎样的意义系统里面说,这些都将导致"现场"的面貌是很不一样的。因此,要充分地意识到所谓"历史现场"的叙事性和建构性。

其次是"从哪里"重返?"重返"的"重"字揭示出的是研究者的当代立场:无论如何"客观",研究者总是在他／她置身的当代语境和意义系统里面来看待过去那段历史的。有的研究者把自己的研究视野普泛化,认为自己讲的就是"事实"与"正确的历史",这就缺乏对自身书写立场与书写语言的有限性的反省;还有的研究者则认为,反正像胡适说的那样,"历史是任人打扮的小姑娘",我想怎么说就怎么说,这就取消了关于"历史现场"的某种在约定俗成中逐渐形成的规定性理解。

我自己理解的"重返",是在"当代性"与"历史性"的对话关系中展开的。一方面需要充分理解生活在那段历史之中的人们的"内在视野",也就是那个时期形成的主导叙述和意义系统,另一方面研究者要对自身的当代立场和当代视野具有理论自觉,"重返"的过程,就是当代立场与历史的内在视野不断地对话、协调、再阐释的过程。一种可取的"重返",真正需要形成的是在当代视野中能够被人们接受的历史阐释,当代性赋予其"新"意,但却不是随心所欲的。如何协调不同层面的意义系统间的对话关系,构成了"重返"的不同方式和路径,也是研究者发挥"主体性"和创造性的地方。

我采取的基本研究方法,我称之为"知识社会学"。我不能说已经很好地解决了在"重返"的过程中面临的各种问题,但希望把当代视野、历史的规约性与我个人的阐释力这三个方面比较好地结合在一起。

关于"知识社会学"的方法,我在书中也做了一些说明。我特别关心的是它关于"视角"的论述。曼海姆把知识社会学界定为"一种关于思想的社会存在或存在条件的理论"。意识到"思想"与其"社会条件"之间关系的存在,是以一种"超然的视角为预设前提"的。这也就是说,你需要站在某个历史结构的"外面",才能看清一种知识或思想如何确立其与"社会存在"的关系,不然,你可能会觉得那些知识和思想都是"从来如此""天经地义"的。但是要把一种思想与其社会语境的关系尽可能客观地揭示出来,还需要理解其"内部"的视野。这可以通过深入地理解不同性质的历史文本,特别是它们具有的意义表述方式与内在逻辑而达到。曼海姆所谈的"总体意识形态"与"特殊意识形态",启发我去对历史研究的当代性、历史性及其对话关系进行理论性思考。

关于"知识社会学",我并不认为存在一种本体论式的研究路径,我关心的只是它提示的一种研究思路。我想用这个说法,和一些研究思路区分开来。比如"思想史研究"。思想史研究一般探讨的是某些基本观念、核心范畴的演变,研究者常常站在某种价值主体的立场上看问题,但却不能对使用这套知识的主体本身进行历史化的自反性思考。这基本上是一种在确认了何谓"知识分子"这个主体意识的前提下展开的批判实践。而知识社会学的独到之处,在于它能够在一种总体性的社会结构视野中来观察知识主体的特殊位置,并对知识主体的"特殊"视角与这种"总体性"之间的关系,做出有效的自反性的理论说明。我强调"知识社会学"与"思想史"研究的差别,是想突出一种"社会"视野,强调作为一个社会群体的"知识分子"的有限性,并在承认这种有限性的前提下,讨论知识与思想实践的力量。说到"知识社会学",我也想将我在书中使用的这个概念,与中文语境中人们一般对它的理解区别开来。我们一般说的"知识社会学",主要集中在知识分子群体的研究,比较偏向于社会学方面,关注一个知识群体的社会行动方式。但我的分析重点,放在知识与权力体制的关系上。一方面,我想说,那些在80年代被称为"真理""价值""信念"的东西,都必然借助一定的知识形态才能被表述出来;另一方面,这些"知识"虽然在当时的人们看来是那么"自然而然"、那么"充满血肉感",但它总是在一定的历史语境中被建构出来的,而如何建构、如何被人们自然地接受,则是一个时期的知识体制与权力结构塑造的结果。

徐志伟:在对80年代知识谱系的清理、反思过程中,您个人站在怎样的位置上?

贺桂梅:我采取的这种研究方式,可能会遇到一些质疑。比如我遇到一些80年代的亲历者,他们说我的书对80年代采取的分析方式,理性的味道太浓,太"知识""考古"了。我明白他们的意思,大约指的是对80年代缺少感性的体认和历史认同。这就涉及到你问的"我个人"站在怎样的位置上来做80年代研究?

就个人经验来说,80年代正是我读中学的时间,我还能以不同方式切身地感受到那个时代的总体氛围。比起那些亲身参与80年代变革的年长者,我们这些"70后"可能像是80年代的"局外人";但是比照"80后"或"90后",我又深深地意识到自己怎样浸淫在80年代主流文化里面。我在一篇文章中也说过,我1989年来到北大读书,正赶上一个特殊的时间,那时北大校园的氛围已经和80年代很不相同,当时常有一种"没赶上好时候"的遗憾。不过,我的知识结构与思想气质,更多地还是被90年代的北大塑造出来的。就阅读经验和思想体验来说,我很快就"越过"了80年代流行、我个人也曾经十分热衷的萨特、加缪的存在主义哲学,"越过"了当时流行的刘小枫等人的"诗化哲学",也在"人文精神"论争中仔细琢磨"反思启蒙"的含义。可以说,90年代的北大校园让我吸纳了许多80年代主流知识之外的批判理论,比如"女性主义""后殖民主义""后现代主义""解构"理论、西方马克思主义理论等。而且,可能因为身在北京和北大的缘故,我对90年代知识界的论争会有更多切身的感性体认。比如现在我还能想起,当年我们一些博士生,常常在饭桌上为了知之不多的"新左派""自由派"争得面红耳赤,甚至不欢而散。这种知识结构和思想氛围,可能使我能更多地接触到"新启蒙"之外的东西。

我有一个关于"新启蒙"思潮的基本历史判断:我认为"新启蒙"并不能全部地涵盖80年代文化,从70年代后到80年代中期,有一个从"思想解放运动"到"新启蒙"的变化过程。"新启蒙"大致描述的是80年代中期形成的颇为松散的主导性知识表述,它基本上被"现代化范式"所统摄。这种思潮在80年代后期的时候,其实已经有内在瓦解的趋向。但80-90年代之交的社会与政治变动,赋予了这一思潮以"悲情"的合法性,并使其在90年代逐渐成为一种主流知识。这种主流化,指的是成为"常识"层面的意识形态,和在知识生产体制层面上的中心化。相对来说,我在90年代的北大校园接受的批判理论,则是边缘性的和特异性的。当我说90年代的批判理论会帮助我从"新启蒙"主流知识体制中摆脱出来,采取一种批判的距离来看待它,指的是这样一种情形。

"新启蒙"知识在80年代是具有很强的批判力的,但正是在90年代以后的历史语境中,在它丧失了现实批判性的时候,却成为了一种普遍的"常识"。对这套知识的学术分析,常会被视为对一种普遍价值观的质疑:你说"人性"是被历史地建构出来的,难道你要"反人性"吗?你说80年代的"现代化"想象与一种全球性的后冷战情境相关,难道你认为"落后"的"传统社会"就好吗?这些质疑方式本身,表明人们内在地接受了80年代塑造的这套新知识,认为它是天经地义的真理、信念与价值,而没意识到在50-70年代,或许人们并不是这么理解"人性""现代化"的,但那并不意味着他们就是"非人的"或"不现代的"。因此,需要历史地理解一个时期的知识/权力体制如何将特定的"知识"塑造为"真理"。这不是在提倡一种相对主义价值观,更不是文化/价值虚无主义,而是在理论和精神气质的层面上对于"启蒙"的重新认知和实践。

"启蒙"是80年代的主题词。但是，从康德那里引申出来的这个"启蒙"，它与"批判"之间的关系并没有得到过很深入的理论性探讨。康德把"启蒙"界定为"人类脱离自己所加之于自己的不成熟状态"，但福柯说，康德对批判的理解本质上是"从知识的角度提出来的"，因此启蒙的问题总是滑向知识的"真"与"假"的问题。福柯认为"批判"应当描述"一种知识－权力关系"，"启蒙"则相应地被界定为"一种我们自身的批判的本体论"，一种"精神气质"和"极限体验"。这是对我们为什么是这样的人、我们为什么这样思考或说话，我们为什么这样行事而展开的自我批判。它首先意味着去反思我们如何被历史地塑造出来，在这个前提下，才能恰当地思考"自由"的可能性路径是什么。

很大程度上，这也是我尝试去实践的一种新的批判方式。对80年代知识体制的批判性分析，并不是把自己从历史中"摘"出来，"远距离"地进行一种学院式的知识操作。相反，我把这种历史清理视为一种理解我们从哪里来、如何被塑造，并思考我们"可能"到哪里去的批判方式。因此，不能把"个人"在研究工作中的位置，仅仅理解为感性的个人体验和个人风格，福柯意义上的"启蒙"提出的是更高的要求。我的做法是，不是简单地认同80年代提出的"人性""现代性""文学性"等价值观，而是去分析这些价值观如何以知识的方式取得合法性，并关注在这个历史建构过程中那些被粗暴地遮蔽、排斥因而丧失了合法性的偶然因素。也正是在后种意义上，历史地思考改变今天状况的路径才具备可能性。我认为，这种分析方式，在"精神气质"上，并没有远离80年代，甚至只有以这种的方式重新实践"启蒙"，才能真正继承与发展80年代的思想遗产。

徐志伟：对"80年代"的拆解过程也是对"50-70年代"的解放过程，

对吧？那在你看来，我们今天该如何重建理解"50—70年代"的理论视野？

贺桂梅：这涉及到如何理解"80年代"与"50—70年代"的历史关系。我想这个问题需要区分出三个层次：第一是，80年代知识界的"主观"历史意识如何看待50—70年代；第二是，80年代的变革过程与50—70年代的革命历史之间"实际上"是一种怎样的关系；第三是，如何在跳出80年代的意识框架之后，在今天的历史语境下，来重新讨论50—70年代的历史意义。

我们现在经常说，80年代是一个"告别革命"的年代，是在批判、反思和拒绝50—70年代革命的基础上展开的文化变革。这是就第一个层次而言的。也就是，在人们"意识到"的层面上，80年代的"思想解放""新启蒙""重写历史"等，都是针对50—70年代的革命实践而言的。这种"断裂"的历史观背后存在着一种二元对立的价值判断：50—70年代是"前现代的""封闭的"、暴力的乃至专制的历史，而80年代则是追求现代化的、开放的、民主的新时代。由此，对"人性"的呼唤、对"文学性"的倡导、对"现代性"的召唤等，才成为可能。显然，这种看待80年代变革与50—70年代历史的方式，在今天的中国知识界仍旧影响深远。

不过，如果我们去关注80年代文化变革的具体过程和方式，就会发现，"断裂"的历史意识仍旧是在"延续"的历史关系中展开的。比如说人道主义思潮讨论"人性""异化""主体性"等问题的方式，其实是50—70年代已经建构出来的，是内部的思想资源在"边缘"与"中心"位置上的反转。又比如，80年代现代主义文学思潮与20世纪西方现代派文艺的关系，揭示出的是文学界如何通过将社会主义文化体制指认出的"他者"转化为"自我"的方式，来完成其创新实践。即便是"文学"与"政治"的二元框架，也是50—70年代反复争论的核心话题。

从这样的角度来看80年代与50-70年代的关系，可能会发现"断裂"的主观诉求，常常是借助延续性的历史结构来完成的。但是，这当然也不是说"80年代"与50-70年代之间实际上不存在"断裂"的关系。一方面，对"现代化"的强烈诉求，以及80年代中国总体地力求"融入"西方市场体系的社会变革，导致的是对"现代"的全新理解。我在书中不同的章节，特别着力地分析了80年代的"现代化"想象与叙述与"现代化理论"的关系。现代化理论范式如何理解第三世界国家的现代化进程，如何理解"传统"与"现代"的关系，如何理解"落后国家"与"发达国家"及"世界"想象，如何理解"人"的现代化标准等，都潜在地制约着80年代知识界想象和叙述"新时期"的方式与视野。这套历史叙述与世界想象，与50-70年代主导的"革命"范式是很不一样的，真正的认识论上的"断裂"发生在这里。也就是说，基于不同于50-70年代的基本历史情境（与西方世界"对峙"还是"融入"），在历史意识与思想资源等不同层面上，塑造出了80年代的新的"主导"或"统合性"文化。

考虑到这些不同层面的因素，在今天重新理解50-70年代历史，一方面要打破80年代塑造出来的那种二元对立的意识形态框架，另一方面，也要打破那种在谈论80年代与50-70年代这两个历史时期的关系时，总是自觉不自觉地采取的非此即彼的思路。反思80年代就是要回到50-70年代甚或"回到文革"，肯定80年代就是要"告别革命"，这种非左即右的思路，就是其表现。我认为需要在更大的历史与理论视野中，来探讨这两个历史时期实际上达到的历史效应和各自的主导文化，以及它们之间既非简单断裂也非简单延续的复杂关系。

在今天如何重建理解50-70年代的理论视野，也是一个全面地反思当代中国历史的契机。这涉及到如何反省80年代式的现代化理念，如何更为历史化地理解50-70年代的社会主义实践，更重要的是，如何在全球资本主义历史中理解第三世界国家的"社会主义"与现代化道路的关系，如何理解社会主义理念在今天的意义。

徐志伟：在"80年代"，除了"新启蒙"知识以外，还有没有另外的知识脉络？如果有的话，您如何看待它们的价值？

贺桂梅：当然，除了"新启蒙"知识之外，在80年代还存在别样的思想脉络，我所谈的主要是80年代的"主导文化"。

关于这一点，我想也需要做一些解释，就是如何理解"主导"这个词。我在一定程度上借用了杰姆逊的概念，他在谈论西方60年代的时候说，"只有在某种程度上先搞清历史上所谓主导或统识（hegemonic）为何物的前提下，特异的全部价值才能得以评估"，这个"主导"指的是"就那基本情境（不同的层次在其间按各自的规律而发展）的节奏和推动力提出一个假设"。80年代中国的基本情境，大致就是要"融入"西方主导的全球市场体系，并改革50-70年代形成的国家体制。"断裂"意识、"告别革命""创新"诉求，都是对这个基本情境的回应。但是，强调"主导"，并不是说80年代思想文化的不同方面就是"有机统一"的。一方面，这种"主导"是一种基本的社会"情势"，共通的历史意识；但另一方面，这种"势能"和"意识"的展开，总是在各自的文化传统、知识脉络、社会关系结构中展开的，这种实践并不是"同质"的。

具体来说，"80年代"首先就存在着阶段性的文化特征。比如70-80年代之交这个时段的"思想解放运动"，和80年代中期的新启蒙主潮，以及80年代后期"新启蒙"的内在分化等。就知识形态来说，除"新启蒙"知识之外，社会主义文化在80年代也自有其复杂性。我们一般谈论的是所谓"正统"的、以国家话语出现的社会主义文化，但其实在70年代后期，以及后来被称为"地下"民主运动中，也存在别样的社会主义文化实践；即便是以国家主流话语出现的社会主义文化，在与"思想解放""新启蒙"对峙中，它们的形象和理论意义某种程度上也被漫画化了，其复杂性需要更为细致的辨析。

另外，在"新启蒙"知识内部，其与现代化范式的关系也是复杂的。比如"文化热"中甘阳等人"对现代性的诗意批判"，他们主要借重的是批判资本主义现代性的现代主义哲学与思想资源，并开始对"现代"抱持一种既认同又犹豫的态度。我读到一种观点，提出甘阳他们这个脉络的思想其实是"反现代"或"批判现代"的，不能用"现代化范式"概括。我觉得，重要的并不是他们用了什么样的思想资源，而是他们怎么翻译、阐释和"调用"这些思想资源。如果把他们对西方现代哲学所做的翻译与研究工作，和他们对"现代化"的理解，尤其是他们所秉持的现代想象对照起来，可以看出他们当时并没有真正逾越现代化范式的视野。历史研究需要关注的，恰恰是这种错位、悖谬及其发明出来的创造性整合形态，关注它们与现代化范式之间那种看似游离实则更为内在化的独具意味的历史形式，而不是简单地做一种是或否的价值判断。

徐志伟：经由对"80年代"的清理和反思，您对"中国道路""中国模式"等问题有什么新的看法吗？

贺桂梅：如何理解"中国道路""中国模式"等是现在思想界争论的大问题。这和新世纪以来中国经济的"崛起"密切相关，一方面是"中国"在全球格局中的位置变了，另一方面，所谓全球化从来不是中国的"外部"，它也带动了中国内部的社会组织方式，包括社会阶层分化、族群认同与边疆关系、中央与地方的权力格局、城市与乡村及东部与西部等区域关系的变化。在这种全新的历史语境下，重新思考何谓"中国"，如何评价中国的现代化道路，都是至关重要的现实问题。

我所做的研究只是非常粗浅层面的工作，这大致是一个"跳出来"和"打开"的过程。我觉得很多人是在80年代形成的这套知识体制"里面"谈问题,背后有一系列同构的二元对立,如传统与现代、中国与西方、国家与市场、专制与民主等。用这一套知识来谈中国问题,大概就只能在一种启蒙主义的思路上,把西方式现代、市场和抽象的民主概念作为讨论问题的规范,并以此指责中国"不现代""不民主""不人性",而不能在反思这些范畴的前提下,结合中国社会和历史的实际情况,来针对性地提出创造性的解决思路。

"打开"80年代的知识体制,可能获得更为开放、更复杂的历史眼光来理解80年代、理解当代中国的历史,乃至整个近现代以来中国的现代化道路。比如,如果我们并不把今天中国的经济成就理解为仅仅是80年代"改革、开放"的结果,而认为它与50—70年代的社会主义实践构成同一现代化过程的不同侧面,可能看待当下中国社会问题的方式就会发生变化。在今天,中国的主体性(包括政治合法性、历史道路、文明形态、文化系统等不同层面)变成了一个广受瞩目的问题。讨论这种独特性,并不是要说明中国如何永远是世界史的一个"例外",而是要讨论中国如何可以作为一个文化与政治的主体,创造性地回应当下中国社会面临的现实问题。国家主权与全球政治经济结构、社会公正与真正的民主实践、文化自觉以及新的价值认同,都需要在这样一种问题意识下展开。这种思路,在80年代新启蒙知识体制里面,是无法被问题化的;而一旦80年代的知识体制与思想实践被放置在这种新的历史视野中加以思考,它在当时的历史与全球格局中如何创造性地确立中国主体性的方式,无疑也可以成为我们今天思考"中国道路"问题时的重要参照。

徐志伟:您如何理解人文学术在今天社会的价值?

贺桂梅:相对于文学在80年代的中心位置与人文学者的活跃程度,90年代以来,人文学术总体来说是趋于"边缘化"的。也可以说,在

90年代以来的知识界，社会科学逐渐占据了主导位置。这可以从许多具体的原因上去解释，比如学术"与国际接轨"的影响，比如专业化的学科知识体制的完善等，但我认为最重要的原因在于，80年代通过文学、艺术与人文学术所表达的核心理念和价值观，其实背后有其社会科学的依据，大致可以称为一种现代化范式。但在当时，人们并不认为他们对人性、现代化、民主、传统等的理解，是一种理论形态，更不认为那只是一种特定的知识，而认为那是一种普适的价值观。到了90年代之后，一方面，中国主流社会的发展，就是按照那套看起来很客观的社会科学理论展开的。如果说80年代文学、艺术以及人文学术是在宣扬、扩散和传播这套理念的话，那么90年代之后却是实打实的社会实践了。文艺与人文学术本身就构成这个社会进程的一部分，它可以支持或反对、肯定或否定，但要跳出来批判性地介入社会发展，却需要对整个知识体制进行反省。另一方面，90年代后社会现实的展开却与人们曾经预期的"现代化蓝图"有很大的不同。因此，当人们对这些共享的价值观和信念发生分化和怀疑的时候，追根溯源地讨论那些价值观背后的理论预设和知识脉络，就成为了需要面对的问题。90年代中国知识界的多次争论，以及人们常常说的"分化"，其实是基于何谓"社会""国家""市场""民主"等这些社会科学的基本范畴展开的。

这意味着首先要意识到社会科学知识本身的叙事性和意识形态特性。这种常常被人们认为是"客观的""科学的"知识，其形成历史与组织方式也是有其意识形态导向的。比如如何理解"现代化"，社会科学家们提出了一系列的"指标"，用以衡量一个第三世界国家是"发达的"还是"不发达的"。但是，如果去深究，就会发现这些所谓"标准"，其实是依照西方国家（更确切地说，是二战之后的美国）的历史与现实提炼出来的。我并不想把问题简单化，认为社会科学都是一些意识形态虚构，而是想指出，一是今天我们所谓的"社会科学"确实是伴随资本主义全球化过程而发展起来的,它本身就是现代民族国家体制的一部分,另一是社会科学知识都包含关于何谓"好社会"、何谓"国家"等的特定理论预设和认知前提,其叙事性就隐含在这些前提之中。

意识到这些特点,可以帮助我们重新理解人文学术的意义。不能说社会科学是客观的科学的知识,而人文学术是主观的价值观的知识,不如说这种区分本身就是现代知识体制内部的分工。最重要的可能是如何反省和变革整个现代知识体制。90年代其实已经发展出了一些这样的研究思路,比如文化研究、思想史研究、社会人类学、历史社会学、政治哲学等,大都强调一种跨越学科边界的整体性视野,强调理论性的自反能力和社会介入的问题意识。文艺、人文学术的"特长",如果是想象力、对叙事媒介的自觉和对主观世界的关注的话,那么需要在重新思考何谓"世界""社会""中国"等这些看起来很"不"人文的问题的前提下,来重新确认世界观、价值观与认识论前提,并以此激活自身的力量。我想,这也是人文学术的价值所在。

徐志伟:最后再谈谈您现在的工作吧,您现在对现代文学研究有没有新的设想?目前有哪些新的研究计划?

贺桂梅:我现在比较集中地做的一个研究课题,是讨论当代文学"民族形式"的建构。这也是从我的80年代研究中发展出来的一个题目。我在做"寻根"思潮这一章时,觉得最难处理。一是50-70年代的"民族形式"与80年代的"寻根"这个过程是怎么转换的,另一是如何理解在文学创作、美学史、民族史、考古学、大众文化等不同层面存在的重新想象／叙述中国的动力和方向。这使我意识到,当我们谈论"中国当代文学"时,其实常常只关注"文学"与"当代",而以为对"中国"的理解是自然而然的。但实际上,如何理解"中国",才真正决定着"当代性"与"文学性"的建构方式。所以,我会把研究的重心一段时间都放在"中国"叙述上。这好像是一个在目前的现当代文学界比较时髦的题目吧。我希望能提出一些有意思的思路。比如我不想掉在"民族国家"叙事里，用一套民族主义知识来解释这个问题，也不想完全把民族主义叙事与社会主义叙事对立起来，而想在某种全球结构和比较长的历史视野中，考察不同层面的力量如何将特定时空关系中的"中国"塑造为一个文化与政治主体。

我现在还比较关注的一点，是希望将分析的重心，更多地放在文学上。我这里所说的"文学"，理解得比较宽泛，它固然主要指以前我们所说的文学创作，但也想涵盖电影、戏剧以至大众文化等诸种文艺表述形态。熟悉当代文学历史的人都会知道，在1940—1970年代，当代文学不叫"文学"而叫"文艺"，它涵盖的范围比我们今天所理解的"文学"要宽泛得多。我们今天把"文学"缩小到对文学创作的理解，其实是80年代的"纯文学"实践的结果。我关注的"文学"比较接近"文艺"这种说法。

另外，也是考虑到我的80年代研究，主要讨论思潮、理论与核心范畴，想的是打破不同学科和研究领域之间的界限，从"知识体制"这样的角度相对宏观地研究80年代，而对文学文本的分析部分比较薄弱。如果能够在一些章节深入到文学文本内部，我觉得这样的讨论可能会深厚一些。这也使我反复思考文学的"位置"到底在哪里。我不认为文学是"个人的""感性的""形象思维"的，也更不认为是"纯审美的""非政治的"。拆解纯文学的知识体制，反思当下的学科体制建构等，就是要不断地揭示出文学的历史性与政治性。但是"文学"独特的地方，也正在于它是作用于人的感性和想象力的，并以整体性的方式叙述"客观性"的世界结构与人的"主观世界"之间的关系。某种程度上可以说，重新瞩目于"文学"，也就是瞩目于人创造世界的能力。我们需要在具备某种世界史和社会结构的整体视野之后，来重新思考和探寻"撬动"

世界的支点。因此，在文学扮演了如此重要角色的 20 世纪中国，如何从一种新的整合性视野中来重新理解文学的位置与意义，我想是特别值得思考的问题。我以前用"走出去"和"再回来"表述这个过程，我想不太准确。这个"再回来"，不是重新"回到文学"，而是关注整个的社会结构、文化体制和意义表述过程，其中，文学／文艺如何发挥历史作用。

（原载《现代中文学刊》2012 年第 3 期）

超越"现代性"视野：
赵树理文学评价史反思

在20世纪中国文学史上，赵树理是一个引人注目的"暧昧"存在。这种暧昧性，直接地表现为各个时期对赵树理文学评价的不稳定性和评论尺度的内在分歧。这也使得赵树理的文学史形象常常是模糊的与不确定的：在一些评论家的眼中，赵树理不过是一个"土"得掉渣的农民作家，而另一些评论者则可能认为，正是这种"土"本身却是极为"现代"的产物。一些人认为赵树理不过是40–60年代政治文学运作的产物，而另一些人却可能认为正因为对抗这一政治运作才导致了他的悲剧命运。一种观点认为赵树理只不过是偶然的历史契机造就的宣传家，和执著于过时的保守观念的旧式农民作家，而另一种观点可能认为在"宣传性"与"固执"之间，赵树理自有其独特的文学创造……

人们总是能轻易地指认出他的文学"是"什么但同时又意识到他"不是"什么，能够批评他"不是"什么却又意识到他"也是"什么。所有价值判断所无法涵盖的剩余物，并不总是表明赵树理文学是某种"不成熟"的产物，而有另一种可能性存在，那就是借以做出这些判断的理论框架本身可能存在问题与限度。所谓"削足适履"，也就是赵树理文学具有着超出这些理论框架的丰富内涵。赵树理之不断被命名而又反复地不能得到命名,显示的或许正是这种可能性。赵树理文学的暧昧性,不仅表明中国现代文学评价尺度的内在不统一,更显示出了其自身的丰富性与无法被单一现代性想象所涵盖的复杂性。正视赵树理文学评价的暧昧性,将其作为一个"问题"来看待,某种程度上意味着返观并思考现代中国文学的另一种历史可能性:我们可否想象一种别样的"现代""文学"?

问题的讨论,可以从赵树理文学的评价史,即各个时期具体的也是历史的批评实践开始。

1. 赵树理的"新奇"性

1940年代,当赵树理带着《小二黑结婚》《李有才板话》《李家庄的变迁》等作品出现在中国文坛时,人们用以评价他的最重要语汇,大约就是"新奇性"及其出现在文坛的"突然性"。周扬在那篇奠定了赵树理基本文学史地位的重头文章《论赵树理的创作》中,称赵树理是一个"新人",一位"具有新颖独创的大众风格的人民艺术家"①。郭沫若则把赵树理和他的作品看作是"一株在原野里成长起来的大树子",与那些"庭园花木"相比,"它根扎得很深,抽长得那么条畅,吐纳着大气和养料那么不动声色地自然自在"②。作为赵树理同代作家的孙犁,在1979年写作的回忆文章中,则干脆用"陡然兴起""时势造英雄"来形容赵树理出现的突然性③。

用"新奇"与"突然"这样的语汇来评价赵树理文学,这本身就包含着暧昧的张力。一方面,人们用这样的语汇来表达一种欣喜,好像期

---

① 周扬:《论赵树理的文学创作》,《解放日报》,1946年8月26日。
② 郭沫若:《读了〈李家庄的变迁〉》,《文萃》第49期,1946年9月26日。
③ 孙犁:《谈赵树理》,《天津日报》,1979年1月4日。

待许久的事物"突然"被一个不知名的新作家所实现。周扬在赞扬与提携赵树理这样一个"新人"时,称赞他"在成名之前已经相当成熟了",他的出现"是文学创作上的一个重要收获,是毛泽东文艺思想在创作上实践的一个胜利"。孙犁在时隔30年后则这样写道:"我当即感到,他的小说,突破了此前一直很难解决的、文学大众化的难关"①。茅盾的评价略显犹豫,他一边赞美《李有才板话》和《李家庄的变迁》创造了一种"新形式",是"走向民族形式的一个里程碑",但同时,他也有所保留:"虽然我不敢说,这就是民族形式了"②。不过,就在茅盾发表这番言论的第二年,在晋冀鲁豫边区文联召开的文艺座谈会上,赵树理的创作路径被推崇为样板性的"方向":这次座谈会的结论以"向赵树理方向迈进"为题发表在当时的《人民日报》上③。

与"不期而遇"构成张力的,是"新奇""陡然"这样的语汇,同时隐含着赵树理文学在中国文坛出现的"突发性""偶然性"和"不连续性"。也就是说,赵树理文学无疑是"新"的,但他却并不是中国现代文学发展"必然"的和"内在"的产物,而携带着相当多难以指认或标准之外的"剩余物"。正是这些剩余物的存在,导致对赵树理评价的种种分歧。

多种赵树理传记都会提到,赵树理成名之前,与抗战期间的太行山区文联主流观念之间存在紧张关系,这也导致了他的成名作《小二黑结婚》发表过程的曲折和艰难④。即便在赵树理作为解放区"明星"作家

---

① 孙犁:《谈赵树理》,《天津日报》,1979年1月4日。
② 茅盾:《关于〈李有才板话〉》,《解放日报》,1946年11月2日;《论赵树理的小说》,《文萃》第2年第10期(1946年12月1日写),见《中国当代文学研究资料·赵树理专集》,福建人民出版社,1981年版,第379—380页。
③ 陈荒煤:《向赵树理方向迈进》,《人民日报》,1947年8月10日。
④ 参见董大中:《赵树理评传》,百花文艺出版社,1986年版;戴光中:《赵树理传》,北京十月文艺出版社,1987年版;山西省史志研究院编:《赵树理传》,当代中国出版社,2006年版。

亮相于第一次文代会的前后，关于《邪不压正》引起的争议仍在继续。如果考虑到在新中国政权建立的当时，"解放区文艺"被认为是"自觉地坚决地实践了"《讲话》的方向，并且"深信除此之外再没有第二个方向了，如果有，那就是错误的方向"①，那么，竹可羽等人依据"社会主义现实主义的创作原则"，指出赵树理小说没有揭示出"历史的本质""人物创造，在作者创作思想上还仅仅是一种自在状态"的批评②，就显得意味深长。

此后，即便在1950年代赵树理被授予"语言艺术大师"这种崇高称号的时候，人们还是不忘记同时提醒他存在着这样的问题："对矛盾冲突的描写不够尖锐、有力，不能充分反映时代的壮阔波澜和充分激动读者的心灵"③，对人物的思想描写和社会主义改造斗争的表现没有达到"应有的深度"④。这几乎也成了1949年以后，当代文坛关于赵树理文学评价的一个定论，以致中央领导也需要特别地安排赵树理的读书活动："胡乔木同志批评我写的东西不大（没有接触重大题材），不深，写不出振奋人心的作品来，要我读一些借鉴性作品"⑤。但到了1960年代初期，随着文艺政策的调整，特别是在大连农村题材短篇小说创作座谈会上，赵树理的作品又得到高度评价，被称为"铁笔""圣手"。但这种评价的转移，并不意味着赵树理的改变，而是在"现实主义深化"这一理论命题下人们评价标准的变化。这意味着曾经被视为"缺点"的赵树理文学的某些构成要素，这个时期又被认为是值得重视的批判现实

---

① 周扬：《新的人民的文艺》，见《中华全国文学艺术工作者代表大会纪念文集》，新华书店，1950年版。
② [日]竹可羽：《评〈邪不压正〉和〈传家宝〉》，《人民日报》，1950年1月15日；《再谈谈〈邪不压正〉》，《人民日报》，1950年2月25日。
③ 周扬：《建设社会主义文学的任务——在中国作家协会第二次理事会议（扩大）上的报告》，《文艺报》1956年5—6期。
④ 俞林：《〈三里湾〉读后》，《人民文学》，1955年7月。
⑤ 赵树理：《回忆历史，认识自己》，见《赵树理文集》第4卷，工人出版社，1980年版，第1830页。

的文学品质。

可以说，不同时期文学规范的转移导致了评论界对赵树理文学的不同评价。而有意味的是，这些不同的评价，却是以对赵树理文学的某种一致判断作为前提的。

2．"社会主义""现实主义"及其外

在40—60年代的主流话语框架中，在左翼文坛批评话语内部，赵树理评价的暧昧性实则突出的是"社会主义现实主义"——这一源自前苏联、而被中国文坛视为创制社会主义文艺的最高理论原则——自身包含的两义性与摇摆性。正如佛克马指出的，"社会主义现实主义"本身即是一种"折衷方案"，意思是"既要描写那些可以被看作是现实的东西也要描写那些还不是现实的东西"；侧重其中的"现实主义"成分还是"浪漫主义"成分、作家是作为"观察者"还是作为"教育家或宣传家"，"不同情况有不同的回答"[①]。也就是说，从"浪漫主义"（"社会主义"）这一维度还是从"现实主义"这一面向，即便是同一对象也可以有不同的评判结论。这一创作设想在1930年代即引入中国左翼文坛，在1953年亚洲冷战格局明朗化而中国向苏联"一边倒"的情形下，则被确定为中国文艺创作和批评的"最高准则"[②]。竹可羽式的主流批评和60年代初期对赵树理的重新肯定，正是将这一理论原则引入当代文学批评实践的两种不同后果。

在80年代以来的许多研究中，竹可羽式的批评（其极端形态表现为1959年武养对《"锻炼锻炼"》的激烈否定），常常被视为"极左"文艺路线对赵树理创作的恶意歪曲和武断指责。但是，如果我们并不采

[①] 佛克马、易布思：《二十世纪文学理论》，林书武等译，北京三联书店，1988年版，第103—109页。
[②] 朱寨主编：《中国当代文学思潮史》，人民文学出版社，1987年版。

取一种辩护式的研究姿态,即在批判"极左"路线这个前提下把研究作为回护赵树理文学价值的方式,而是进一步观察两种分歧的内在理路的话,可以发现,40年代关于赵树理的"发现"和"命名"已经内在地包含了这种激进批评的可能性。

40年代批评界对赵树理文学的命名始终包含着两个面向,用《向赵树理方向迈进》中的说法,一是"政治性"强,表现在反映"地主阶级和农民的基本矛盾"(这在社会主义现实主义理论中被理解为"社会主义"的面向),一是创造了"民族新形式",表现在"选择群众的活的语言""着重写故事""不作与现实斗争无关的叙述和描写"(这被理解为其"现实主义"的面向)。但是,这两个面向在不同的评论者那里并不是完全统一的。强调赵树理小说是"毛泽东文艺思想在创作上实践的一个胜利",突出的是前一面向;强调赵树理小说创造了一种新颖的文学形式,突出的则是后一面向。更复杂的问题在于,"社会主义现实主义"这一理论原则的两面性,其实呼应的正是"当代文学"得以诞生的基本历史语境内在的矛盾性。可以认为,1942年毛泽东在延安的《讲话》和1939—1941年由左翼文坛扩展至国统区的关于"民族形式"的论争,构成了塑造"当代文学"的两个主要话语事件。而值得深入分析的是,在《讲话》所侧重的"工农兵文艺"这一阶级维度与"民族形式"所侧重的文艺大众化这一民族维度之间,始终存在着并不明朗的紧张关系。如果"以先验理想和政治乌托邦来改写现实,使文学作品'比普通的实际生活更高,更强烈,更有集中性,更典型,更理想,因此就更带普遍性'的'浪漫主义',可以说是毛泽东文学观中的主导的方面;50年代'革命现实主义和革命浪漫主义相结合'口号的提出,是合乎逻辑的展开和延伸"[①],那么,竹可羽、武养式的激进批评(或批判)正是在这一脉

---

① 洪子诚:《中国当代文学史》,北京大学出版社,1999年版,第12—13页。

络上的深入，他们特别强调的是一种政治观念与理想的"历史本质性"。而关于"民族形式"的讨论，则突出的是塑造一种包含普遍性的"国民文艺"构想的诉求。"工农兵"与"国民"之间的裂隙，并不能很快弥合。关键就在于，那些赵树理所最擅长书写的"落后的""旧式"农民，到底应该在作为政治概念的"农民"／"阶级"意义上批评其不够先进，还是在作为历史概念的"中国"／"农民"的意义上赞扬其在文学中得以出场？这一分歧，不仅是"浪漫主义"（或"社会主义"）与"现实主义"、延安文艺传统与苏联式社会主义现实主义的内在分歧，它同时还表明的是中国当代文学在将自身由"半殖民地半封建社会"的新民主主义文学纳入"社会主义阵营"这一现代世界的文学时，所必须完成的"质"的跳跃。

就赵树理文学的评价而言，如果这两种不同的评价尺度都能在赵树理文学中找到它们需要的东西，又同时感到不满足，那么就存在一种"似是而非"的可能性。即赵树理文学可能是一种既不能由"浪漫主义"也不能由"现实主义"加以描绘的文学形态，它可能根本就处在"浪漫主义""现实主义"得以出现并寄身其中的现代文学体制的"外面"。

无论中国"当代文学"与"现代文学"之间存在着怎样的断裂和转型，它们作为一种现代性的文学体制的创制，却是一脉相承的。一方面，构造一种具有普遍涵盖性的国民文艺（文艺大众化），是现代文学的起点和最终诉求，另一方面，中国当代文学试图在明确的政治实践层面上创造出"工农兵"这一能动的阶级主体，是对"国民"文艺的超越和更高意义上的实践，背后关涉的始终是现代国家、民族认同、国民、阶级、政党与现代文学体制的互相塑造。赵树理之"野性"，不仅因为他不在"文坛"（赵树理用以描述现代文学机制的语汇）之内，更在于他存在着一种自觉不自觉地游离出"现代"的视野和文学实践。这也就是说，在"社会主义"的现代理念与"现实主义"的历史经验之外或之中，赵树理或许塑造了一种新的历史想象方式。这也使得人们需要正面讨论，所谓"社会主义"到底该如何理解？赵树理的"社会主义"想象是否可能与当时的文坛主流、与毛泽东等发动的农业合作化运动，特别是后来在"文革"中被妖魔化的"革命"之间，存在着别样的关系？如果说"现实主义"本身就是现代文学体制的一种内在的创作原则，它乃是一种诞生于18—19世纪西方的现代认识论装置（借用福柯和柄谷行人的表述），那么赵树理的经验再现和现实书写与此会有所不同吗？或者说，赵树理是否创制了一种"别样"的而又是"现代"的文学？

——如果带着这样的问题视野来重读赵树理，或许可以在"是"或"不是"之间、"肯定"或"否定"之外，寻求另一种思考视野。

3."现代""个体"及其外

与40—70年代评价的暧昧性相比，有趣的是，1980年代基于"反思"乃至"告别"40—70年代主流文学这一基本诉求而展开的"新时期文学"实践，给予赵树理的倒是相当明确的判断。不过，这种判断的明确性，与其说是对赵树理文学性质的准确概括，不如说更直接地凸显了"新时期"话语本身的意识形态限定。

在70—80年代之交完成的几本当代文学史①中，赵树理是被作为"17年文学"少有的几个经典作家而享有单章书写殊荣的。但是，随着80年代中期的话语转换，一种在传统／现代的二元框架中理解20世纪中国革命史的新启蒙话语，则将赵树理视为整个毛泽东时代的代表作家而

---

① 主要包括郭志刚、董健等编写的《中国当代文学史初稿》（上下册），人民文学出版社，1980年版；二十二院校编写组编写的《中国当代文学史》（1—2册），福建人民出版社，1982年版；华中师范学院《中国当代文学》编写组编写的《中国当代文学》（1—2册），上海文艺出版社，1984年版。

予以否弃。其典型论述,则是李泽厚所说的"文艺界古典之风空前吹起""以中国下层农民传统战胜和压倒了西来文化"[①]。赵树理文学,成为"农民文化""革命文化""前现代文化""封建文化"之间对等号的代表性呈现。在这种批评话语中,赵树理文学是"革命"的,但却是"封建"的。在正统马克思主义的封建主义、资本主义与社会主义的历史阶段论框架之中,填充的是中国农民文化、西方文化(知识分子启蒙文化),而所谓中国的"社会主义"文化,根本就是由于中国没有充分地发展资本主义启蒙文化,而导致的封建主义文化的复辟。这种思维模式,构成了整个80年代以来"告别革命"的内在逻辑。

有意味的是,正是这种传统与现代的二元论,格外明确地指认出了赵树理文学与"封建文化"(农民文化、前现代文化、传统文化)之间的紧密关系。后者其实也是《讲话》所强调的"工农兵文艺",与"民族形式"论争所关注的"旧形式""民间形式",要在国际共产主义地缘政治格局中赋予中国革命以"中国性"的要素。在"新时期"的启蒙现代性视野中,中国的现代性本身似乎是不需要任何地缘性因素和"地方性知识"来确认其合法性的。但奇怪的是,在同一时期一篇更重要的近乎宣言性文章中,李泽厚在批判革命救亡导致西方文化启蒙在中国的不彻底并造成了封建主义复辟的同时,却又提出了"创造性转换"儒家文化传统的解决方案,似乎新儒家的传统文化与他所批判的"封建主义"完全是两码事[②]。将赵树理文学与"革命""封建""前现代"一同打包,扔进历史垃圾堆,不过是一个现代化意识形态高涨时代的政治策略。但无法忽略的是,正是在这个时期,赵树理文学遭遇到了更为彻底的"遗

---

① 李泽厚:《二十世纪中国文艺一瞥》,见《中国现代思想史论》,东方出版社,1987年版,第245—246页。
② 李泽厚:《启蒙与救亡的双重变奏》,见《中国现代思想史论》,第7—49页。关于这篇文章内在矛盾的分析,参见贺桂梅的《"新启蒙"知识档案——80年代中国文化研究》,北京大学出版社,2010年版,第259—265页。

忘"①：不只是赵树理的作品丧失了被人们阅读的兴趣，而且这些作品所书写的中国乡村社会也以史无前例的速度变得面目全非。

无论新时期文学出于何种意识形态需要而否定赵树理文学的意义，但不能否认的是，如何言说赵树理的"现代性"确实是一个需要面对的重要问题。这其实也是伴随着1940年代赵树理成名以来就一直存在着的问题。

可以说，批评赵树理"善于表现落后的一面，不善于表现前进的一面"，其实就是用左翼的革命语言批评他缺乏革命的现代性。在1940年代访问过赵树理的一位美国记者那里，这一问题的表述则直接得多。1948年亲身进入中国解放区的美国记者杰克·贝尔登，在他的《中国震撼世界》一书中，一面说赵树理是"解放区除毛泽东、朱德之外最著名的人"，同时也直言不讳地表达了他的不满：赵树理小说"对于故事情节只是进行白描，人物常常是贴上标签的苍白模型，不具特色，性格得不到充分的展开"，"最大的缺点是，作品中所描写的都是些事件的梗概，而不是实在的感受。我亲身看到，整个中国农村为激情所震撼，而赵树理的作品却没有反映出来"②——人物扁平化，缺乏心理描写和内在激情，也就是在说赵树理作品中不存在作为"现代"最终标志的个体／主体。显然，这与李泽厚得出的结论是一样的。

值得注意的是，在1950年代的日本中国学界，关于赵树理文学是否具备现代性这一问题的争论，以罕见的理论深度展开。这就是两位日本学者近乎迥然不同的评价：洲之内彻认为赵树理的文学不具备"现代"的资格，而在竹内好那里，赵树理文学却是"超越了现代"的新颖文学③。不论是"不现代"还是"超越了现代"，总之赵树理文学都不

---

① 参见贺桂梅：《转折的时代——40-50年代作家研究》，山东教育出版社，2003年版，第377页。
② ［美］杰克·贝尔登：《中国震撼世界》，邱应觉等译，北京出版社，1980年版，第117页。
③ 相关问题的具体分析参见贺桂梅：《赵树理文学的现代性问题》，见《再解读——大众文艺与意识形态》（增订版），唐小兵主编，北京大学出版社，2007年版。

是一般的现代文学，不存在一般现代文学的主体形象、心理描写与内在情感逻辑。这正是所有争议的根源。1980年代的李泽厚称赵树理文学乃是所谓"古典之风"，其实并不是格外的偏见。这种否认赵树理作品的文学性与现代性的观点，始终是如何评价他的一个焦点，而在那些贬低性的评论中则更是随处可见。不过，真正的问题，正如竹内好所提出的，不在于赵树理文学是否是"现代"的，而是评论者所持的现代文学观。如果意识到人们关于"现代文学"的一些基本共识，可能是特定语境下历史建构的结果，"现代文学"的主流观念并非意味着那是文学现代性内涵的全部，而存在着"别样"的现代文学的可能性，那么，关于赵树理文学是否现代的争论，就不应该仅仅停留于"是"或"不是"的层面，而需要进一步追问：具有内在心理深度的个体是现代文学的必要前提吗？现代文学与"作为主体的个体"之间存在着怎样的历史关系？人们所理解的和所熟悉的现代文学，是否包含着一种西方中心主义的偏见，将某种产生于西方特定历史与文化语境中的现代创制物，视为普遍性的存在？如果说现代文学的"普遍"标准其实带有着这样的地方性印记和出身，那么该如何理解现代文学的"中国性"，以及基于中国本土历史经验而创制的别样的现代文学的可能性？

当"现代性"这一普遍评价标准本身成为问题时，关于赵树理文学是否"现代"的争议，或许真正显示出的是这一作家的丰富性与复杂性。其作品中那些无法被普遍的现代文学框架所包容的"剩余物"，将迫使评论者反思自己所谓"现代文学"之"现代"的标准到底是什么。

4."民间""地域文化"及其外

进入90年代，赵树理及其文学作品开始逐渐地以另外的评价方式得到人们的重新关注。

在"重写文学史"这个脉络上,从 1994 年开始,上海学者陈思和陆续发表的一系列文章和著作①,提出了"民间"这一理论范畴,赵树理文学被作为"民间"文化的典范。相对于新启蒙论述的中国／西方、传统／现代、农民／知识分子的二元论,陈思和构建出的是一种三元格局:"国家权力支持的政治意识形态,知识分子为主体的外来文化形态和保存在中国民间社会的民间文化形态"。赵树理具有无可替代的重要性,就在于"唯有他,才典型地表达了那一时期新文化传统以外的民间文化传统与主流意识形态的龃龉"。陈思和并从《"锻炼锻炼"》等小说中勾勒出了一条与主流意识形态(包括国家与知识分子)相抗衡的民间文学传统及其"隐形结构"②。

这种探讨赵树理文学的方式,显然极大地拓展了文学史关注的历史视野。"民间"这一范畴,启动的是五四新文学传统以及当代文学主流之外的历史因素,这被史学家表述为"大传统"与"小传统"之间的差别,也涉及包括民间文学、人类学与民俗学研究在内的人文学界所反复论及的"民间"与"正统"、"本土"与"现代"的分流,同时还使人回想起中国现代文学史上的"新民谣运动"、中国当代文学中的"民间文学正统论"这些曾经的主流论述。就当代文学的发生而言,最重要的是,"民间"无疑也曾是 1930–1940 年代"民族形式"论争中的一个关键词。但陈思和的"民间"概念,作为一个文学史范畴的涵义并不明晰,而更像一种价值观的表述。"民间"所代表的是一种"自由自在"的"审美风格",它比"国家权力"更为"真实地"表达出了"民间社会生活的面貌和下层人民的情绪世界",同时也比知识分子文化更接近

---

① 陈思和:《民间的浮沉:从抗战到文革文学史的一个解释》,《上海文学》,1994 年第 1 期;《民间的还原:文革后文学史某种走向的解释》,《文艺争鸣》,1994 年第 1 期;特别是《中国当代文学史教程》,陈思和主编,复旦大学出版社,1999 年版。
② 陈思和:《民间的浮沉:从抗战到文革文学史的一个解释》,《上海文学》,1994 年第 1 期。

于"人类原始的生命力"。这事实上也就是说，它的涵义和价值始终是在对抗国家、知识分子的过程中被赋予的。固然可以说"国家权力""知识分子文化"这些东西是"规范性"的、建构性的乃至暴力性的，但也不能因此认为"民间"的文化就是"自由活泼的"。这背后依据的"文明"（生命力受压抑）和"原始"（生活本身）的对立，不过是一种自我／他者的镜像二元论而已。而且，在国家、知识分子与民间文化这三者之间，并不能说民间文化始终是一个对抗性的存在，更准确的说法毋宁说这三者始终是变动不居而互相渗透的。具体到赵树理和他的文学创作就更是如此。

但是，陈思和的"民间"论所具有的启示意义在于，他使得人们需要去关注赵树理文学与"中国""文学"之间的关系。因为正是在陈思和所揭示的三元格局中，"中国"与民族－国家想象、"文学"与启蒙现代性建构之间的关系被有意无意间凸显出来，而赵树理的"民间"属性所开启的，则是当代文学之为"当代"的特殊性所在。尽管在陈思和的问题意识中，他所瞩目的完全是三者的对抗性而非同构性。在这样的理论视野中，赵树理所调用的乡村传统文化资源与"中国"的国族想象之间的关系，赵树理创制的当代文学与新中国政治运动及国家构建方式之间的互动，以及他在何种意义上反省了五四新文学传统的"缺陷"等，也开始成为"问题"。如果说赵树理文学并不是"农民主义"的传统文艺形态，那么，在国家、乡村、农民、民间、文艺传统与现代的"文学"等范畴之间，该如何解释赵树理的存在？

事实上，如果在一种后设的历史视野中，来看待陈思和于90年代提出"民间"这一范畴的针对性，关于赵树理的重新评价和关注也存在某种历史一致性，这就是在80年代式的"宏大叙事"内部去寻找差异性表述。如果说"农民"是一个太笼统的范畴，它总是要在与"知识分子"的并立中得到理解，那么"民间"则希望进一步在"国家""知识分子"之外划出一种话语表述的可能性。

与这种寻求差异性表述的诉求一致,"地域文化"也是 90 年代评论界重新阐释赵树理的另一路径。其中的代表性论著,是朱晓进的《"山药蛋派"与三晋文化》。这本书从地理环境、民风民性、地方民俗、作家的知识构成以及文学文本的表述方式等方面,详尽地阐释了赵树理及马烽、孙谦、胡正、束为等被称为"山药蛋派"的山西作家群,是在怎样的地域文化语境中被塑造出来,同时又如何最终受制于这一文化背景①。"山药蛋派"涉及的这些作家,在 1950 年代曾以山西省文学刊物《火花》为阵地发表作品,周扬等评论家也曾有意识地将其作为一个创作群体来加以倡导,用以推进当时文学创作的"个性、独创性"。但"山药蛋派"作为一个文学流派被命名,则是 80 年代初期的产物,同时被命名的还有以孙犁为核心的河北作家群"荷花淀派"②。这种追认 40—70 年代中国当代文学"流派"的做法,显然与"重写文学史"思潮着力寻求甚或发明"一体化"文学时期的内在差异性的历史诉求直接相关。事实上,朱晓进的著作本身就是一套大型丛书"20 世纪中国文学与区域文化丛书"中的一本,这套丛书由曾以研究现代文学史与文学流派而著称的严家炎主编,由王富仁、钱理群、凌宇等现代文学研究界的中坚力量组织并推动,写作者则是 80—90 年代现代文学研究界的新生力量。这套丛书将"区域文化"作为一种重要的文学史范畴独立地提出来,强调它对整个 20 世纪中国文学产生了"有时隐蔽、有时显著然而总体上却非常深刻的影响"③。

强调并关注中国历史和现实中特定"区域"的地理条件、文化传统、人文景观等的"小传统",也就是关注"中国"的内在差异性。但与"流

---

① 朱晓进:《"山药蛋派"与三晋文化》,湖南教育出版社,1995 年版。
② 洪子诚:《当代中国文学的艺术问题》,北京大学出版社,1986 年版,第 118—132 页。
③ 严家炎:《20 世纪中国文学与区域文化丛书》"总序",湖南教育出版社,1995 年版。

派""民间"等范畴不同的是，在这里，地理空间的差异得到了特别强调，它使人们去关注在笼统而整一的"中国"国家内部，由于地理环境、行政区划与自然条件构成的独立地域里面存在的差异性文化传统。关注这种以"地域"显现出来的文化差异性，事实上也并非文学研究界偶一为之的举动，可以说，在90年代，当代文学创作界、历史学界与思想界，特别是大众文化市场，"区域"（或"地域"）文化都已成为一个引人注目的关键词。

在史学界和思想界，"区域"（地域）成为突破传统的国家研究的一个关键词。其中产生影响的重要著作，有杨念群的《儒学地域化的近代形态》[①]、程美宝的《地域文化与国家认同：晚清以来"广东文化"观的形成》[②]等。这种研究特色曾被汪晖概括为"区域作为方法"[③]。这一脉络的历史研究，可以概括为近30年来中国社会的变迁、海外中国学界的影响、思想界寻求一种能够突破国家主义视野的研究框架的努力等不同因素结合的后果。而在文学创作界，90年代初期以陈忠实的《白鹿原》、贾平凹的《废都》为代表，人们发明了"陕军东征"这一说法，以强调在当代文坛的整体格局中特定地域（省）文学的突出影响。而以王安忆的《长恨歌》等为代表的"上海热"，以何申、谈歌、关仁山等三位作家为代表的"河北三驾马车"，以及各省文联、作协等文化机构全力推动各种关于本省（区域）文化特色的宣传策略与文学创作，表明"区域文化"几乎可以说是一个重组当下中国文坛格局的关键语汇。这种文学创作上的导向性，也构成了"重写文学史"的另一侧面。这个侧

---

① 杨念群：《儒学地域化的近代形态——三大知识群体互动的比较研究》，北京三联书店，1997年版。
② 程美宝：《地域文化与国家认同：晚清以来"广东文化"观的形成》，北京三联书店，2006年版。
③ 汪晖：《亚洲视野：中国历史的叙述》，第6章"跨体系社会与区域作为方法"，香港牛津大学出版社，2010年版。

面并不止是文学史著作或教材的重写,而是通过一系列的政治、经济与文化的宣传举动(诸如"文化搭台,经济唱戏"),重新将本省领域曾在历史上出现的作家作为地域文学的"传统"而发明出来。赵树理在这种情境下也是一个重要典范。2006年,赵树理诞辰100周年的纪念活动似乎显得格外隆重。这一年,中央电视台拍摄了20集电视连续剧《赵树理》,歌剧《小二黑结婚》也被重排演出。与此同时,山西省设立"赵树理文学奖"、修建赵树理文学纪念馆,赵树理的家乡及其写作过的地方,则被开发为旅游重点区域。显然,这种突然兴起的"赵树理热"也是不同力量介入的后果:既有新世纪"三农"讨论引起的对农村问题的广泛关注,也有"红色经典"怀旧的消费动力,更有在新的文化市场和旅游业促动下对地域文化的消费与发明。

正是在这些纵横交错的文化脉络与建构力量的耦合之下,赵树理又一次被人们热烈关注。在"农民""乡村""民间""传统"等关键词之上叠加的"地域"(或"区域")这一维度,似乎将赵树理研究引向了更为"在地化"的文化实践场域,但同时也或许在塑造另一种"似是而非"的赵树理形象。赵树理固然是植根于山西、三晋这一文化区域的,但他从来就不仅仅是一个"地方作家"。更重要的是,正如程美宝所指出的,所谓"地域文化"必须被视为一种"现代建构"的结果。如何叙述"地域文化",本身是中国从晚清帝国的"天下"转换到现代"民族－国家"的一个环节,它由中国"读书人"所建构,并且"国家观念和地域文化观的论述之间,始终保持着一种辩证关系"。问题真正的关键之处是,并不存在着"地域文化"这样的历史实体,诸种被称为地域文化的形态其实一直是其被建构出来的过程中,"各种势力讨价还价的结果"①。在新世纪的"地域文化"热中浮现的赵树理,同样需要这样历

---

① 程美宝:《地域文化与国家认同:晚清以来"广东文化"观的形成》,北京三联书店,2006年版,第43、31页。

史地看待。

5. "现代性"视野的"内"与"外"

1990年代以来关于赵树理文学的这些重新评价,促使人们需要再度面对与之相关的这样一些问题:在毛泽东时代特别是1950—1960年代,赵树理无疑表现出了更多"民间"的"非主流"色彩,那么这种"民间性"由什么构成,其具体涵义该如何表述,其与所谓"主流"(包括国家与知识分子)文化之间的具体交互关系到底是怎样的?而从侧重"地域性"的层面,赵树理文学的语言、叙述方式和文化资源无疑与山西"本土"的文化空间构成了直接的对话关系,但却不是对这种地域文化的镜子般的"反映",而包含着赵树理关于乡村、地域、中国、现代等不同层级的问题的思考。事实上他的文学创作过程,也正是赵树理与乡村的文化惯习、地域的生存空间与普遍的生活愿望、国家的现代化进程、社会主义历史实践、现代文学的体制运作等一系列"势"与"力""讨价还价"的结果。

该如何描述这种在直接回应在地的、也是普遍的文化问题的基础上进行的文学创作/创制,显然需要超越基于单一话语框架和历史视野的"一孔之见"。赵树理文学史地位的暧昧性,正因为从1940年代开启的赵树理评价史,始终是在特定的现代性想象中展开的。这其中固然存在着"现代文学"与"当代文学"、"现实主义"与"浪漫主义"、"革命"与"新启蒙"、"乡村"与"城市"、"一体化"与"差异性"、"地域差异"与"国族统合"等等的对抗与矛盾,不过,在一个重要的起点上,这些批评话语却分享着共同的历史前提,那就是它们始终是在"现代"的"文学"与"中国"想象这一话语体制的内部视野来评价赵树理的。如果不能将"文学"的现代性与"中国"的现代性作为一种历史性的话语建制来加以看待,不能意识到一种超越这一现代建制的历史视野的可能性,赵树理文学可能就始终是"似是而非"的。赵树理所携带的那种当时以及今日的人们感到不适的、难以指认的剩余物,正因为他在"文学"与"中国"之为"现代"的一些前提性条件上,保持着与这一话语体制的张力。

因此,需要在重新追问"现代"的"中国"、"文学"如何被历史地构造这一基本理论前提下,来重读赵树理文学。如此探讨赵树理的历史意义,不是要在"是"或"不是"、"支持"或"反对"现代文学的意义上扭转甚至颠倒既有的赵树理评价,将其塑造为另一意义上的"伟大作家"。而是重新进入赵树理文学文本实践自身,探讨不同的文学力量如何在具体的文本实践中发挥作用。这意味着既要重新面对赵树理在文学书写中如何与不同的力量"讨价还价",也要把这种"讨价还价"的方式本身作为问题,从而重新进入具体的文化、知识、权力关系格局中承受的历史压力及其蕴含的理论性思考。

我们仍旧置身于赵树理所面对的"现代世界"。但与赵树理及其同时与后代的人们不同的是,今天这个世界的"彻底现代化"(也可称"全球化""后冷战""消费社会""后现代社会"等等),赋予了我们历史地思考现代性的契机与诉求。如果不能历史地理解"现代世界"如何被建制出来,如果不能触摸到这个世界的"边界"与它的内在运转机制,"反思"现代性不过是一句空话。赵树理的暧昧性,他的"似是而非",他与曾经"顺之者昌,逆之者亡"的现代化潮流之间的"龃龉"和种种不适,为我们提供的是某些反思性的历史张力点。借助这些张力点,我们得以进入历史的"裂缝"、触摸不够光滑的历史接榫点,并理解因"不合时宜"而显露的"时"之建构性。赵树理并不是一个有着历史的先见之明的反现代英雄,毋宁说,深刻地浸淫于中国乡村世界的内在文化、惯习、情感的肌理,以及在现代世界的"失败"经验所促成的反省与自觉，还有特定情势造就的历史动力与曾经"作为英雄"的自信，使他相信自己熟悉、能够理解并用文学加以塑造的世界，可以构造另一种历史的可能性。这也正是赵树理文学在今天仍具有重读价值的关节点。

（原载《解放军艺术学院学报》2013年第4期）

1940—1960年代革命通俗小说的叙事分析

在50—70年代的"当代文学"中，革命历史题材小说，与农村题材小说一起被视为创作数量最多、并且"达到的艺术水平"也最高的两类作品之一①。由于其在当代文学建构中占据的重要位置，因此50年代迄今，相关的研究成果极为丰富。有两个关键问题得到反复讨论，一是"革命历史"叙述与当代中国合法性建构的关系，另一即是这类小说大都采取的"通俗化"叙事形态，作为一种"有意味的形式"的历史内涵。

对于后一问题，许多研究或许过分关注其"意识形态"意味，而对"形式"本身的历史性构成分析不够。因此，常常笼统地将"革命历史小说"视为一个内在差异不大的整体性存在，较少勾勒其形成、变异与转化的历史轨迹。对"通俗化"形式本身，也缺乏足够的细致辨析，它常常是"民间""乡村伦理""传统"或"隐形结构""无意识"等的化身，而这一形式的内在差异，比如英雄传奇与历史演义，比如英雄说部与武侠小说的分别等，及其如何被革命文学接纳，则较少展开历史分析。即便关于"革命历史"的具体指涉内涵，相关的理解也较为粗糙。

---

① 洪子诚：《中国当代文学史》，北京大学出版社，1999年版，第84页。

比如很少有研究注意到，这类小说所讲述的"革命历史"，固然包含了中国共产党革命历史的不同时段，不过主要集中于抗日战争和国共内战。尤有意味的是，除少数例外，那些被视为具有"传奇色彩""通俗化形式"的小说，基本上都是抗日战争题材的作品；而那些"史诗性"的作品，则经常与国共内战的历史直接相关。

类似的问题经常被统摄于传统／现代的分析模式中加以讨论，其关键在如何理解革命中国及其文学的性质，它是否"现代"，其内涵如何界定，特别是与古典中国／文学的关系到底怎样？1980年代的"新启蒙"思潮将其指认为"古典文艺"或"封建文艺"，强调其前现代性[①]；1990年代后的"再解读"研究提出"反现代的现代性"，凸显其现代内涵[②]，背后都涉及这一问题。本文将以革命通俗小说为媒介，力图更深入具体地重新探讨相关问题。

一、"革命历史""通俗化"叙述与"民族风格"

论及革命历史题材小说的"通俗化"问题时，评论家与研究者大致涉及如下作品：柯蓝的《洋铁桶的故事》（1944）、马烽、西戎的《吕梁英雄传》（1945）、孔厥、袁静的《新儿女英雄传》（1949）、知侠的《铁道游击队》（1954）、曲波的《林海雪原》（1957）、刘流的《烈火金钢》（1958）、冯志的《敌后武工队》（1958）、李英儒的《野火春风斗古城》（1959）等。

将这些小说视为一种"类型"而展开的讨论，始于1957年《林海雪原》的出版。这部小说由作家出版社出版后，很快便在《文学研究》《文艺

---

① 李泽厚：《中国现代思想史论》，东方出版社，1987年版。
② 唐小兵主编：《再解读——大众文艺与意识形态》（增订版），北京大学出版社，2007年版。

报》《人民文学》《解放军文艺》等刊物上出现了多篇评论文章①。侯金镜提出，新中国文坛出现了两种类型的"描写新英雄人物"的作品，一种是"在思想内容和艺术创造上都获得了一定成就的作品"，如《万水千山》《保卫延安》等；另一种则是"虽然思想性的深刻程度尚不足、人物的性格有些单薄、不成熟，但是因为它们具有民族风格的某些特点，故事性强并且有吸引力，语言通俗、群众化，极少知识分子或翻译作品式的洋腔调，又能生动准确地描绘出人民斗争生活的面貌（如'铁道游击队''新儿女英雄传'等等）"。《林海雪原》就属于这后一类作品②。何其芳也特别强调这部小说借鉴了中国古典小说的艺术特点，表现革命斗争的"传奇色彩的情节"和这种"民族形式结合得好"，因此拥有"广泛的读者"③。王燎荧则判断《林海雪原》"比普通的英雄传奇故事要有更多的现实性，直接来源于现实的革命斗争"，同时又"比一般的反映革命斗争的小说更富于传奇性"，他认为这是"一种特殊类型的小说"，称之为"革命英雄传奇"④。

这些评论关注《林海雪原》的三个要点：一是小说借鉴了中国古典小说的传统和资源，特别是如作者曲波提及的"三国""水浒""说岳全传"⑤等。由此导致其文本叙事上的特点，是故事性强、情节完整、人物特点突出、语言通俗易懂。这些特点往往被描述为"民族形式""民族风格"。二是这种叙事特点，也造就了小说的缺点，即"思想性不深刻"，人物性格"单薄""不成熟"。所以，相对于"思想性"与"艺术性"更强的作品，它们无疑处在"次一等"的位置上。当时的评论文章，一边为这部小说大声叫好，但同时也总会指出它人物描写（如少剑

---

① 作家出版社编辑部1958年7月将论文结集为《〈林海雪原〉评介》出版。
② 侯金镜：《一部引人入胜的长篇小说——读"林海雪原"》，《文艺报》，1958年第3期。
③ 何其芳：《谈"林海雪原"》，《文学研究》，1958年第2期。
④ 王燎荧：《我的印象和感想》，《文学研究》，1958年第2期。
⑤ 曲波：《关于"林海雪原"》，《北京日报》，1957年11月9日。

波的个人主义)、情节构成(如少剑波与白茹的爱情描写)以及在表现"人民"方面的不足。三是这种小说的最大优点,在于拥有广泛的读者群,具有很强的普及性。它"可以替代某些曾经很流行然而思想内容并不好的旧小说"①,"深入到许多文学作品不能深入到的读者层去"②。

《林海雪原》之后,1958年出版了好几部类似的作品,如中国青年出版社的《烈火金钢》(9月)、解放军文艺出版社的《敌后武工队》(11月)、作家出版社的《野火春风斗古城》(12月)等。这些小说在讲述革命历史时,均借鉴了中国古典小说的叙事传统,注重故事性和人物的传奇色彩。特别是《烈火金钢》出版后,引起了新一轮关于小说"民族形式"的颇为热烈的讨论。与《林海雪原》的"传奇色彩"比起来,《烈火金钢》的"民族风格"更直接地与一种独特的叙事文体即新评书体联系在一起,这也使相关讨论能更深入到小说结构、叙述章法等层面去。这些评论文章大多发表在《人民文学》《文艺报》《文学知识》等重要刊物上,因此可以将之视为与当时文学界有意识地发起关于《林海雪原》的讨论一样,是对文学普及问题与民族形式建构问题的进一步推进。

著名评论家侯金镜以"依而"为笔名发表的评论文章③,首先从一份读者调查报告说起。如同曲波在创作谈中将文学作品分为两类并且褒贬鲜明④,调查报告也提及读者更容易被"《水浒传》《三里湾》《林海雪原》"这类小说吸引,而对"《死魂灵》《子夜》《山乡巨变》《百炼成钢》"等则印象不深;进而概括出长篇小说创作的几条要求,诸如

---

① 何其芳:《谈"林海雪原"》,《文学研究》,1958年第2期。
② 侯金镜:《一部引人入胜的长篇小说——读"林海雪原"》,《文艺报》,1958年第3期。
③ 依而:《小说的民族形式、评书和〈烈火金钢〉》,《人民文学》,1958年第12期。
④ 曲波在《关于"林海雪原"》一文中,把读过的作品分为两类:一类是"钢铁是怎样炼成的""日日夜夜""恐惧与无畏""远离莫斯科的地方",另一类是"三国""水浒""说岳全传"。前者是不能"讲"的,而后者则"像评词一样的讲出来,甚至最好的章节我可以背诵"。

故事有头有尾、情节曲折、用行动来描写人物、语言通俗明快、叙述人的介入等等,其典范则是中国古典小说中的"英雄的说部",如"《水浒》《三国》以及《说岳全传》"。侯金镜认为这份调查表提出的是一个重要问题,即"文学和人民群众的关系问题,普及与提高在创作实践当中的一个文学形式的问题"。与这一理论性问题相关的社会文化现象则是,"我们从五四以来虽然产生了许多好小说,但是在茶肆、曲艺厅、农村、厂矿里,讲述中国古典小说的评书仍然始终不衰,甚至占有相当优势"。某种程度上,《烈火金钢》的成功也印证了这种现象的存在。小说出版后不久,著名评书艺人袁阔成[①]播讲的同名评书即在广播电台播出。有回忆文章这样写道:"1958年……不论大街小巷,或是穷乡僻壤,凡有收音机或大喇叭的地方,平头百姓都尖着耳朵听'肖飞买药'"[②]。

在这样的评论视野中,有意味的问题不仅在小说的"民族形式"与五四式的新(西方)文艺传统之间的某种对立,更在一个特殊社会／文化群体的凸显,即中国古典小说传统滋养的读者群,和他们在当代文学中所处的暧昧位置。一方面,他们代表着"人民群众","不积极地从民族风格方面去努力,就不能使新小说在劳动人民中大量普及并且生根";但另一方面,他们所习惯的文化传统与文学趣味又具有某种暧昧性,而使得在"普及"的同时也需要"提高",既要"适合他们的欣赏口味"又"能够教育他们"。"民族形式""民族风格"问题,紧密地关联着这个暧昧的"人民群众"／"读者"群体。

蔡翔在论及这一问题时曾提出,正因为"'群众'这个概念被有力地'嵌入'到当代文学的结构之中",才导致了"当代文学的通俗化倾向"。

---

① 袁阔成(1929–2015)在1950–1960年代播讲的十大评书分别为:《水浒外传》《东周列国－商鞅变法》《薛刚反唐》《林海雪原》《三国演义》《烈火金钢》《西楚霸王》《敌后武工队》《吕梁英雄传》《封神演义》。

② 参见王立道:《烛照篇——黄伊和当代作家》,青海人民出版社,1995年版。

但是，"群众"这一政治性概念和"读者"这一文学性概念之间的关系是颇为复杂的，"'读者'既来自政治的合法性支持，同时，也有着自身的某种传统"。蔡翔在这里引入了本尼迪克特·安德森的民族主义理论："某些传统文艺形式——这一形式包括古典文学、民间说书、曲艺、甚至口头故事，等等——的传播过程，已经构成了中国下层社会（乡村和城市）庞大的'读者'群落，这一群落或许可以被称为某种'想象的文化共同体'"，安德森的理论正是指认出了这个"文化共同体"与现代民族－国家的紧密关系①。不过，安德森虽然指出了现代民族认同与传统王朝国家、宗教共同体的瓦解及印刷资本主义之间的密切关系，但他并没有具体讨论，在现代的"想象的共同体"构造的过程中，传统的"共同体"记忆如何发挥作用②。论及这一点，其实涉及的是中国民族认同的独特性。区别于一般民族主义理论所依据的西欧式民族国家，中国作为一个"在20世纪以前是农耕帝国后来却将它的政治凝聚性保持到了20世纪末的国家"③，现代中国民族认同的建构有其独特的历史经验。特别是帝国时代的共同体经验与记忆，和现代国家认同之间，有着既连续又变异的复杂关系。很大程度上应该说，当代文学"民族形式""民族风格"问题的暧昧处境，作为"读者"的文学趣味与作为"人民群众"的政治身份之间的落差，都与这一问题密切相关。因为"读者"的欣赏趣味关联着帝国时代的文学传统和阅读经验，而"人民群众"无疑是一种现代构造。

中国古典小说资源及其塑造的文本叙事方式，经由无数已经内化并

---

① 蔡翔：《革命／叙述：中国社会主义文学－文化想象（1949—1966）》，北京大学出版社，2010年版，第194—196页。
② [美] 本尼迪克特·安德森：《想象的共同体——民族主义的起源与散布》，上海人民出版社，2003年版。
③ [美] 王国斌：《两种类型的民族，什么类型的政体？》，见[加] 卜正民、施恩德编选的《民族的构成——亚洲精英及其民族身份认同》，陈城等译，吉林出版社集团有限责任公司，2007年版，第129页。

习惯这种文化趣味的"读者"/"人民群众"而延伸至当代中国的现实中。产生问题的原因是,这种传统美学形式和趣味固然可以被称为"民族形式""民族风格",不过仅仅有这样的形式与风格却不足以使文学成为"中国的"(特别不是"革命的"),因为这里所谓"中国"固然与古典中国文化记忆相关,但更是一项"现代的发明"。因此需要追问的是,古典中国的文化共同体记忆(文学形态及审美惯习、欣赏趣味),与革命中国的关系到底是怎样的?

事实上,关于中国传统/古典文学资源的位置,当代文学的主流建构者并非没有规划。1954年中国作家协会讨论并公布了一份"文艺工作者学习政治理论和古典文学的参考书目"①,其中的三大构成部分,一是马恩列斯等"理论著作",一是19世纪西欧与俄罗斯文学及苏联作品,另一就是中国古典文学名著。这也可以看作是当代作家需要吸纳的三种资源。与曲波及刘流等明确地倾向于"三国、水浒、说岳全传"等中国古典文学以求能接近"民族风格"不同,被认为在"思想性与艺术性上更高"的《红旗谱》的作者梁斌,则这样写道:"开始长篇创作的时候,我熟读了毛主席的《在延安文艺座谈会上的讲话》,仔细研究了几部中国古典文学,重新读了十月革命后的苏联革命文学"②。显然,如若要关注同样是叙述革命历史,为何《红旗谱》表现出比《林海雪原》等更高的"现代性",或许关键便在文学资源的借鉴上,前者更多地吸纳西欧现代文学传统的缘故。从这样的角度来看,围绕通俗化、民族风格与民族形式问题,而对中国古典文学传统的肯定与倚重,事实上并不是一个简单的作家"素养"问题,而涉及当代文学创作应当吸纳怎样的文学资源,才能创造出更好的"人民文学"这样的根本性理论问题了。

强调应当更多地借鉴中国古典文学传统而凸显"民族风格"的小说

---

① 《文艺工作者学习政治理论和古典文学的参考书目》,《文艺学习》,1954年第5期。
② 梁斌:《我怎样创作了〈红旗谱〉》,《文艺月报》,1958年第5期。

观念，显然并不是《林海雪原》《烈火金钢》等出现的1950年代后期才有的。当时，对这类小说的讨论，关联着特定历史语境下对当代文学"民族化"问题的理解，特别是与"大跃进"前后提出的新一轮文艺大众化路线有密切的关系。不过值得注意的是，正是在这次讨论中，这种小说形态才得到了理论性的命名，并且以此为契机，这类小说在当代的历史流脉，也得到了明确指认。侯金镜、王燎荧在评论《林海雪原》时，已将之作为某种"类型"来看待；在评论《烈火金钢》时，侯金镜进一步认为相关的"有成效的努力"，已经构成了当代文学的一个创作脉络。他提及的作品，赵树理之外，还有《吕梁英雄传》《林海雪原》《铁道游击队》《新儿女英雄传》。当这些于不同时间出现的作品被视为同一种"类型"时，"革命通俗小说"的命名事实上已经呼之欲出了。

在这一作品序列中，《铁道游击队》占有特殊的位置。这部作品出版的1954年，评论文章在肯定其"强烈的故事性""朴质的作风"[①]，"生活内容的'新鲜别致'"与"惊险的战斗"[②]的同时，主要关注它所表现的革命斗争的真实性与历史意义，并对人物性格刻画的"简单化"和敌人描写的"漫画化"提出批评。可以看出，这一时期批评话语关注的重心是现实主义问题，民族形式问题似乎并不那么重要。这也使小说出版后的"畅销"与它在批评界的"冷淡"形成某种对比。

从文学史的视野来看，《铁道游击队》在当代文学"民族形式"的讨论话题中，具有承前启后的性质，既是"滞后"的作品，也是"超前"的作品。说其"滞后"，是相对于1940年代出现的具有同类文本特征的作品，如《洋铁桶的故事》《吕梁英雄传》《新儿女英雄传》；说其"超前"，则是相对于1950年代后期出现的《林海雪原》《烈火金钢》《敌后武工队》等。文本形态上，《铁道游击队》更接近于1950年代后期的

---

① 招明：《评〈铁道游击队〉》，《文艺月报》，1954年5月。
② 吕哲：《读〈铁道游击队〉》，《文艺月报》，1954年第16号。

作品：讲述对象为一支小型非正规的武装力量，情节富于传奇色彩，人物性格鲜明，更具有"英雄传奇"的文体特点；而从创作过程来看，更接近1940年代的三部新章回体小说：为现实生活中真实存在的战斗英雄立传，相对更注重英雄人物的对敌斗争故事的全过程及其斗争经验。这两个时期的两种文本特色，被蔡翔概括为从"英雄"到"传奇"、从"真实"到"浪漫"、从"凡"到"奇"的变化[①]。事实上，1940年代三部以"英雄"为名的新章回体小说，与1950年代以"……队"为主体的传奇小说，还存在着许多差别，比如前者主要是从以"事件"为主体的英雄报道转化而来，并都曾在报刊上连载，因此其"章回体"形式与报刊传媒紧密相连；后者主要是以英雄群体人物为主、带有"回忆"和自传性质的写作，并且缺少报刊连载这一环节而直接以书的形式出版。这些因素在影响作品的"真实"与"浪漫"、"凡"与"奇"的具体想象方式上，都产生了直接影响。

不过，尽管存在着这样时间上的变异过程，但两者仍旧有着更大的共同点，即借鉴古典文学资源以构造通俗形式和"民族风格"。如果说在当代文学建构过程中，存在着从1940年代的《吕梁英雄传》等到1950年代后期的《烈火金钢》等这样一个"革命通俗小说"的创作脉络，那么革命叙述与古典通俗小说因何、如何发生勾连的具体历史情境，就格外值得关注。正是在具体的历史情境中"散布"着的诸种话语要素的耦合，导致了"当代文学"的出现，而并非仅仅是毛泽东的一篇《讲话》便决定了当代文学的方向，毋宁说，《讲话》恰恰是诸要素耦合而成的"新话语"出现的标志。历史研究的深入不是去追溯这一话语的"起源"，而是去探究"一切已经过去的事件"如何"保持在它们特有的散布状态上"[②]。这也就意味着，需要去考察在何种历史情境中，古典小说传统

[①] 蔡翔：《革命／叙述：中国社会主义文学－文化想象（1949–1966）》，第168页。
[②] [法]米歇尔·福柯：《尼采·谱系学·历史学》，见《尼采的幽灵——西方后现代语境中的尼采》，汪民安、陈永国编，社会科学文献出版社，2001年版，第121页。

与革命话语以何种方式发生了关联，耦合的诸要素发生了怎样具体的意义交涉。

二、"旧形式"与"民族形式"、"老中国"与"新中国"

在探讨革命通俗小说时，人们常常会有意无意地忽略，这里所谓的"通俗小说"并非现代的"通俗文学"，而是真正意义上的"旧小说"，即近代之前的产物。这也就意味着，作为革命中国"当代文学"构成部分的"革命历史小说"，其所借鉴的通俗小说传统并不是现代文学中的通俗文学，而是前现代中国的小说传统。因此首先要问的问题是，在怎样的历史情境下，革命历史的书写需要"调用"古典文学传统，或者说，古典传统如何进入到"当代文学"建构者的视野中？

洪子诚曾注意到，"言情、侠义、侦探等的通俗小说，是近代都市的文化产物。它们主要以城市中具有初步阅读能力的市民阶层为对象，在阅读上具有消遣、娱乐的'消费性'"，但这种新型的通俗小说往往被五四新文学作家看作是"封建性和买办性文化的体现而受到排斥"。因此，他将"革命通俗小说"的出现，视为左翼文学大众化实践的一种"替代"性的产物[①]。李杨也提到，从晚清开始的中国文学现代性的建构中，通俗文学一直作为新文学的"他者"而存在[②]，特别是五四新文化运动对古典文言文学与晚清通俗小说的激进批判。不过，在五四时期，尽管存在如李杨提到的周作人对《西游记》《水浒传》《封神传》等作为"迷信的鬼神书类"的批判，但新文化运动倡导者对中国古典文学传统的态度事实上并不统一。"白话文运动"的倡导中，一直存在着对传统文学"文白雅俗"的辨析，因而通俗的古典白话文学与现代的新文学之间形

---

① 洪子诚：《中国当代文学史》，北京大学出版社，2007年版，第125、128页。
② 李杨：《50—70年代中国文学经典再解读》，山东教育出版社，2003年版，第2—3页。

成了独特的紧密关系，新文学的倡导者正是通过《白话文学史》（胡适，1928年）与《中国新文学的源流》（周作人，1932年）这样的学术著作，而力图从传统中国历史中为新文学寻求合法性。这也就意味着，即便是以"激进地反传统"而著称的新文学，其对中国文学传统的态度也并非一致。毋宁说，在打倒"野蛮的传统"与"再造文明"之间，始终存在着内在的紧张。事实上，比起现代性的晚清通俗文学，新文学与古典白话通俗文学的关系似更亲密，只是在"反封建"和吸取"民族文化精华"之间的分寸不好把握而已。比如，与周作人对《水浒传》等的激进否定态度不同，胡适在《白话文学史》及古典文学研究中，事实上对其多有肯定。

自命为新文学运动继承人的左翼文学界，一方面如同新文学倡导者一样对现代通俗文学采取严厉的批判和否定态度，另一方面对古典白话文学的态度则较为含糊。而值得探讨的是，直到抗日战争背景下的"民族形式"大讨论中，左翼文坛对中国古典文学传统的正面论述及基本评价方式才得以确立。

1939—1941年间发生于延安、重庆、香港、成都、桂林等地左翼知识界的"民族形式"论争，在塑造和构建当代革命中国与当代文学的过程中产生了重要影响。如汪晖所说，这场讨论中涉及的所有问题，都"围绕着'抗战建国'和如何'抗战建国'的'民族'目标。文学及其形式在讨论中成为形成'民族'认同和进行'民族'动员的重要方式"[①]。其中，有五个关键概念成为讨论的焦点：其一是"民族形式"，讨论者都承认这是尚待创制的新形式，也是这次讨论的目标；而另四个则是藉以创制新形式的资源，分别为"旧形式""民间形式""地方形式"和"五四新文艺"。主要的争论发生在"民族形式"的创制应当是以"民间形式"

---

① 汪晖：《地方形式、方言土语与抗日战争时期"民族形式"的论争》，见《亚洲视野：中国历史叙述》，香港牛津大学出版社，2010年版，第239页。

为中心源泉（向林冰等），还是应建立在"五四新文艺"的基础上或以"五四新文艺"为中心（胡风等）。最终的压倒性意见，则是陈伯达、周扬、茅盾、郭沫若、光未然等人提出的，在新文艺基础上吸收和利用"旧形式"而创制更高的民族形式。

在讨论过程中，"民间形式"与"旧形式""地方形式"的内涵与关系常常是含混不清的。所谓"旧形式"，常被认为是古典中国或正统或通俗的普遍性文艺形式。一方面与新文学之"新"相对，一方面与地方形式之"地方"相对；所谓"民间形式"则常指留存于民间的"活泼的"、为老百姓所"习闻乐见"的旧形式，与"正统""庙堂"相对。如茅盾认为，"民间形式"往往是指那些尚存活于民间社会的"旧形式"，因此，可以被包容到"旧形式"的范围内[①]。就其指涉的资源和对象而言，"地方形式"的涵义是相对清楚的，它指的是尚存活于某一特殊地域范围中的地方性文艺形态，与"全国性"相对，往往与"方言土语"、地方戏曲、地方通俗文化等直接关联。汪晖的文章《地方形式、方言土语与抗日战争时期"民族形式"的论争》，正是从方言、语音中心主义与现代民族-国家建构这一理论角度着手，探讨了论争过程中地方性的文艺与语言实践，如何仅仅是民族形式建构的一部分，而不是如同西欧国家的方言民族主义那样，对普遍性的中国认同构成了挑战。但是，涉及"旧形式""民间形式"，问题就相对复杂，它们并不仅仅只在语言差异、地域差异、空间差异的维度上与现代民族-国家建构发生关联。"创造文化同一性"特别是"创造超越并包容地方性和汉族之外的其他民族的文化同一性"[②]，往往被视为民族国家建构中的核心问题，因为正是在将差异性"创造"为同一性的过程中，现代的民族认同才得以形

---

① 茅盾：《旧形式、民间形式与民族形式》，《中国文化》第二卷第一期，1940年9月25日。
② 汪晖：《地方形式、方言土语与抗日战争时期"民族形式"的论争》，见《亚洲视野：中国历史叙述》，第243页。

成。但是，当"旧形式"与"民族形式"关联在一起时，涉及到的并不是"差异性"与"同一性"的问题，毋宁说乃是"旧的文化同一性"与"新的文化同一性"，或"旧的全国性形式"与"新的全国性形式"的关系问题。这是远比"地方形式"更深地涉及中国历史独特性的问题。

在本尼迪克特·安德森、厄内斯特·盖尔纳等人的民族主义理论中，现代民族国家作为"想象的共同体"乃是一种彻底的"现代的发明"，它主要通过语音中心主义的方言运动而运作。在这种理论视野中，不存在文化意义上的"民族"与政治意义上的"国家"同构的前现代共同体，而只存在文化与政治不一致的"帝国／王朝"或"宗教共同体"。但是，正如已有的许多理论研究指出的，这种民族国家理论乃是以西欧国家形成的历史为模型的，它无法解释那些拥有漫长的"国家"历史和民族记忆的政治共同体，特别是有着完全不同于西欧式国家历史传统的中国①。因此，一种关于20世纪现代中国民族认同更恰当的论述是："20世纪中国的民族主义既是一段历史悠久的文化建构过程，远早于欧洲民族国家的形成，也是19世纪和20世纪时与西方势力交锋后的特殊产物"②。事实上，早在1987年的一次演讲中，社会人类学家费孝通就将中华民族表述为"多元一体格局"，是"自在"与"自觉"的产物③。这也就意味着，考察20世纪现代中国认同，总是需要同时在两个面向上展开，一是与王朝国家的文化共同体记忆的关系维度，一是与现代西方特别是帝国主义侵略与压迫的关系维度。探究这两者的交互作用如何影响到民族建构的历史方式，才是理解现代中国认同的关键。

---

① 参见[美]王国斌：《转变的中国——历史变迁与欧洲经验的局限》，李伯重、连玲玲译，江苏人民出版社，1998年版；汪晖：《现代中国思想的兴起》，北京三联书店，2008年版；韩毓海：《天下——江山走笔》，中国海关出版社，2006年版。
② [美]王国斌：《两种类型的民族，什么类型的政体？》，见《民族的构建——亚洲精英及其民族身份认同》，第130页。
③ 费孝通：《中华民族多元一体格局》，见《论人类学与文化自觉》，华夏出版社，2004年版。

具体到关于"民族形式"论争，需要意识到的是，正是在这次论争中，"旧形式"才得以作为"合法"的文化资源进入左翼知识界的视野，并确立了一套延续至50—70年代的话语体系。重新解读"民族形式"论争，需要意识到旧形式、民间形式、地方形式并非笼统的概念（如论争中大多数论者所认为的那样），而是呈现出了不同的历史和理论向度，需要做具体的辨析。其中，特别是"旧形式"与"民族形式"建构的关系值得做更深入的讨论。这涉及中国共产党在反抗日本帝国主义侵略过程中建构民族认同，和在国际共产主义运动地缘政治中寻求主体性时，如何与既有的帝国文化共同体记忆（特别是其现实性的负载者：广大内陆乡村社会和农民）建立协商关系，从而将自己确立为"历史的中国"的真正继承人①。这是比克服地域差异而构造新的共同体想象更重要的问题。因为抗战时期对中国共产党的民族认同构成真正挑战的，并不是地方分裂主义或区域自治主义，而是如何与"历史的中国"建立真正的文化与政治关联。

关于"民族形式"论争的起源，都会提到毛泽东1938年发表的《中国共产党在民族战争中的地位》提出的"中国作风和中国气派"。这种理论建构是朝向两个面向展开的。其一是向内，面向与同样自诩为"历史的中国""继承人"的国民党，后者从1935年即开始展开"新生活运动"，以求诉诸"儒教中国"的民族传统来确立自己的正统性；其二是向外，面向主导国际共产主义运动的社会主义国家苏联和中国共产党内的亲苏教条主义者，他们仅仅将中国视为这一国际运动的区域性存在，而非民族－国家主体。特别需要提到的是，这种竞争性的政治主体关系，

---

① 毛泽东：《中国共产党在民族战争中的地位》，见《毛泽东选集》第三卷，人民出版社，1968年版，第499页。其中说道："今天的中国是历史的中国的一个发展；我们是马克思主义的历史主义者，我们不应当隔断历史。从孔夫子到孙中山，我们应当给以总结，继承这一份珍贵的遗产"。

是在日本帝国主义侵略中国的战争背景下展开的。正如有越来越多的研究者指出的，在现代中国民族主义的构筑与成型，特别是民国以后中国人的民族认同方面，日本对华的侵略战争扮演了极其重要的角色。美国学者柯博文（Parks M.Coble）认为，如何应对日本"巨大而无休止的压力"，对南京时代（1931—1937）的中国政治产生了"巨大而又复杂的影响"，"促成了更加伟大的民族团结"。到 1937 年，统一的民族国家意识与民族主义已经成为了最具"吸引力"的社会力量①。事实上，对于在抗日这一历史过程中获得政治合法性，并最终战胜国民党而取得中国政权的共产党来说，民族主义是其内在的构成部分。毛泽东所说的"爱国主义就是国际主义在民族解放战争中的实施"，表达的正是这样的意思。

从这样的历史格局再来看"民族形式"论争，需要探讨的问题是，抗日战争中的民族主义、国际共产主义中的地缘政治、两种中国现代政治主体的角逐，以及人民战争的革命动员，是如何与文艺界关于民族文化认同的论争建立起关联的呢？

毛泽东关于"中国作风"与"中国气派"的讲话发表后不久，延安文艺界就试图将其转化成文艺问题的讨论。这在一开始被作为"理论与实践统一"的方式②，或将其视为"旧形式"利用的基本原则③，也有将其视为斯大林的"社会主义的内容，民族的形式"的中国式转换④。后来成为中国革命"理论大师"的陈伯达，则以明确的方式对不同话题的关系做了统一的表述："近来文艺上的所谓'旧形式'问题，实质上，确切地说是民族形式问题，也就是'新鲜活泼，为中国老百姓所喜见乐

---

① [美] 安博文：《走向"最后关头"——中国民族国家建构中的日本因素（1931—1937）》，马俊亚译，社会科学文献出版社，2004 年版，第 401—403 页。
② 柯仲平：《谈"中国气派"》，《新中华报》（延安），1939 年 2 月 7 日。
③ 艾思奇：《旧形式运用的基本原则》，《文艺战线》第 3 期，1939 年 4 月 16 日。
④ 萧三：《论诗歌的民族形式》，《文艺突击》新 1 卷第 2 期，1939 年 6 月 25 日。

闻的中国作风与中国气派'"①。在这里,"旧形式""民族形式"与"中国作风中国气派"虽然做了"无缝对接",但事实上,真正关键的变化在于,这三种原本并非处于同一层次、场域的话语形态被置于"民族"构建这个共同话题之下。其中,改变最大的,莫过于"旧形式"话题。

"旧形式"的利用,是自抗战开始进行民众动员时就被广泛讨论的问题,不过这种讨论一直停留在较为实用主义的层面。所谓"旧瓶装新酒",其中"旧瓶"的涵义是不清晰的,它假定旧形式如同"瓶子"一样是一种"空"而"固定"的形式,而忽视"瓶"与"酒"之间的一体性;同时也忽略了所谓"新酒"特别是抵抗的民族主义自身的构造性,而将其视为自然而然的产物。但"旧形式"作为问题的提出,又是如此重要,它是战争背景下现代中国社会结构性鸿沟的具体呈现。这种"结构性鸿沟"指的是都市与乡村、沿海区域与内陆农村、知识分子与农民、新文化与旧文化的巨大分裂。而导致这一分裂的关键原因在于,中国的现代化进程是在西方列强侵略下被迫展开的,主要沿东南沿海(江)的现代城市展开,而广大的内陆乡村则基本上仍旧延续着古老的帝国生存形态。这种分裂被王国斌描述为"两种类型的民族"的分裂:"一个属于崛起中的、受西方影响的城市精英文化,与属于仍然存在的大量农业人口的帝国文化的差距,正在日益扩大"②。日本全面侵华战争导致的结果,便是将中国大部分知识分子从沿海城市驱赶至西北、华北、西南的内陆地区和乡村。当年周扬如此描述:"抗战给新文艺换了一个环境,新文艺的老巢随大都市的失去而失去了,广大的农村与无数小市镇几乎成了新文艺的现在唯一的环境"③。因此,才有了新文艺工作者"认识

---

① 陈伯达:《关于文艺的民族形式问题杂记》,《文艺战线》第3期,1939年4月16日。
② [美] 王国斌:《两种类型的民族,什么类型的政体?》,见《民族的构建——亚洲精英及其民族身份认同》,第139页。
③ 周扬:《对旧形式利用在文学上的一个看法》,《中国文化》第一卷第一期,1940年2月15日。

老中国"、利用旧形式的诉求。

但是,将"旧形式"问题与"民族形式"直接挂钩,意味着讨论性质的飞跃,即,使有关"旧形式"的讨论,从实用主义的思路中摆脱出来,而纳入更高现代性的民族国家规划中。"民族形式"这一理论问题源自一种自上而下、由外而内的视角,其立足点侧重于世界性、现代性的一面。问题不是从中国内部向外追求现代性(这是"启蒙"的视角),而是从现代世界格局向内来追求革命中国的民族性,即有了马克思主义、社会主义与现代世界文学,但却不能与广大的中国农村社会结合,于是生发出"民族形式"问题。因此,"两种类型的民族"的碰撞在这里导致的,就是如何融汇两种民族认同和文化共同体想象而创造更高的"民族形式"。

从"民族形式"论争到1942年《讲话》的提出,两者看似没有直接关系。但是,如果说"民族形式"论争关注的是新国家的文化形式问题的话,那么《讲话》则提出了新国家的主体问题。"工农兵文艺"这一说法强调文艺的重心不再是城市／新文艺／知识分子,真正需要表现的对象是农村／旧形式或民间形式或地方形式／农民,而这种新的民族形式／文艺的创制者,则是"脱胎换骨"后的新文艺作家们。如果说《讲话》解决的是实践主体和表现对象的问题,那么"民族形式"解决的是民族文化认同方向问题,而新的国家政治构想方案,实际上在1940年的《新民主主义论》中已经完成。从这样的历史关系来看,将"旧形式"讨论提升至"民族形式"这一理论层次,或在"民族形式"论争中引入"旧形式"问题,远远不仅是"形式"问题,而是在一种新的政治诉求和政治主体意识的推动下,包容并改造尚未从传统的帝国社会与生活秩序、古典文化共同体记忆中摆脱出来的乡土中国的过程。

三、"旧形式"与"当代文学"建构

"民族形式"论争一方面将"旧形式"明确地引入了左翼知识界的新中国文化政治构想中,同时也给定了它的话语等级地位。由于利用旧形式的目标必须是"新文艺运动的新发展",因此它的位置始终是次等的、普及性的。在这场讨论之后,"人民性""阶级性"以及民族文化"精华"与"糟粕"的两分法等批评话语,开始从苏联批评界引入,从而为确立中国古典文学的经典序列和评价尺度提供了标准。这种重新评价传统文学的工作主要在两方面展开。一是在古典文学批评与研究领域,如何用新的马克思主义批评话语取代自五四时期开始,在"白话文运动""整理国故"、文学研究专业化过程中确立的"资本主义"学术话语[①]。到1950年代,一方面,《水浒传》《三国演义》《西游记》《红楼梦》等已成经典而列入文学工作者的必读书目,另一方面,1953—1955年发动的对俞平伯《红楼梦》研究和对胡适思想的批判运动,便是这种"重写"文学史的主要实践活动。另一则是在文学创作领域,如何借鉴古典文学经典(作为有效资源之一)而形成当代文学的"民族风格"。

在如何利用"旧形式"以创造当代文学方面,存在着不同的实践路径。同样书写革命历史,梁斌追求的是"比西洋小说的写法略粗一些,但比中国的一般小说要细一些"[②],也就是试图同时完成中西两面的融合与超越。不过,"革命通俗小说"代表的是另一种路向:它们试图更多地倚重中国古典通俗小说的书写传统,在一种更为民族化的文化视野中来书写"革命"。这种实践的最早形态,便是《洋铁桶的故事》和《吕梁英雄传》。

---

① 参见罗志田:《裂变中的传承——20世纪前期的中国文化与学术》,中华书局,2009年版。
② 梁斌:《漫谈〈红旗谱〉的创作》,《人民文学》,1959年第6期。

《洋铁桶的故事》的作者柯蓝写道:"我写这本书的时候,正是我刚刚开始向民间文艺、向我们古典文学学习的时候,也正是我在毛主席的《在延安文艺座谈会上的讲话》发表之后,在党的文艺方针指导下,培养下,初入陕北农村,学习写作通俗文学作品的时候"。这就直接点明了小说创作的历史语境和文化诉求。在具体的叙述形态上,小说主要借鉴了传统章回体小说的形式和讲故事的方法,力求学习"农民群众是怎样讲故事,是怎样有头有尾来讲述一件事情,又是怎样交错地来讲述同时发生的许多事情的"①。茅盾读到《洋铁桶的故事》后,曾将其与后来的《吕梁英雄传》《李家庄的变迁》并称,认为是新文学运用"旧形式"的"极有价值的'实验'"②。值得一提的是,这部新章回体作品最初事实上并不被称为"小说",而有一种特定的称呼即"通俗故事"。与小说所强调的"虚构性"不同,这种"通俗故事"更重视故事的纪实性和形式的通俗性。作品以 1942—1945 年间发生于山西的"沁源围困战"为原型,讲述外号"洋铁桶"的民兵吴贵,组织当地农民武装、协同八路军将日军赶出沁源县城的故事。虽然以"英雄"为书名,但是主人公的形象并不鲜明,人们除了记住他因"性情暴躁,说话声音粗重"而获得外号"洋铁桶"之外,几乎不能对其留下多少印象。作品的主要内容是介绍事件的展开过程,人物成为事件中的一个个功能性符号,缺乏生动细致的刻画。但是此后章回体革命通俗小说的基本叙事特征,在这部最初的尝试之作中都已具备。比如抗击日军的过程成为组织小说叙事的内在动力,英雄人物主要是作为这个叙事过程的行动者而非性格鲜明的人物形象,以人物行动带动情节发展叙述等;又比如抗日背景下小型武装力量的人物关系模式(包括作为主人公的英雄、八路军指导员、英雄同伴、日本鬼子、伪军、汉奸、地主、村民),和基本事件模式(如鬼

---

① 柯蓝:《洋铁桶的故事》"重版后记",人民文学出版社,1960 年版。
② 茅盾:《再谈"方言文学"》,《大众文艺丛刊》(香港)第一辑,1948 年 3 月 1 日。

子烧村、民兵袭击、除汉奸、收买伪军、威慑地主、组织新政权、拔除鬼子炮楼据点等）；又比如口语化和通俗化的叙述语言。

到一年后发表的《吕梁英雄传》中，同样是讲述一个村庄组织民兵武装的抗日故事，叙事规模和人物刻画两方面都有了很大进展，而且更多地注意到了故事所在地的自然风景、风俗习惯、方言土语与当地民情。马烽、西戎在介绍写作经验时，强调了与通俗化报刊编辑工作关联在一起的民间文艺形态："除了编报和下乡之外，陆续写了不少快板、故事、小秧歌等，同时还搜集整理一些民间故事。写这些东西完全是为了报纸的需要，为了配合一定的政治任务。《吕梁英雄传》就是在这种情况下写成的"①。甚至《吕梁英雄传》的最初写作，就是想把民兵英雄的斗争事迹编成"连载故事"："当时并没有计划要写成一本书，也没有预先拟出通盘的提纲，只是想把这许多生动的斗争故事，用几个人物连起来，并且是登一段写一段，不是一气呵成……"②。显然，在这样的写作过程中，章回体的形式起到了十分便利的作用。茅盾读到这部小说后，赞美它"对白的纯用方言"，却批评了它"人物描写粗疏……未能恰如其分地刻画人物的音声笑貌"。同时也提及并评价了小说所采取的章回体形式："在近三十年来，运用'章回体'而能善为扬弃……应当首推张恨水先生"，与之相比，《吕梁英雄传》"在功力上自然比张先生略逊一筹"③。

虽然从当时批评界的评价上看，这两部小说都被认为存在缺陷，但是它们出版后所引起的热烈反响，却表明这种写作形式在解放区农村乃至解放后的城市仍有着巨大的读者市场。《洋铁桶的故事》印成单行本

---

① 马烽：《坚持为工农兵的方向》，《文艺报》，1952年第10期。
② 马烽、西戎：《〈吕梁英雄传〉的写作经过》，《晋阳学刊》，1980年创刊号。
③ 茅盾：《关于〈吕梁英雄传〉》，《中华论坛》第二卷第一期，1946年9月。

出版后，1940年代在各解放区就有9个之多的版本流行①。关于《吕梁英雄传》，袁珂描述道："它曾风行各地，翻印了若干版，畅销了若干部。去年单在天津一地，就印行了二万五千部，等于过去文人出了十四五版的集子（以二千部为一版计）"，因此如此评价这类作品："也许在思想性、艺术性的成就上不能算是最好的一种，但在故事性和民族形式的通用上，却收获到了很大的成功，更为人民大众所喜见乐闻"②。

从延安文艺的整体格局可以看出，如何融汇新的政治诉求、五四新文艺和中国古典文学传统这三者，而创制出新的"工农兵文艺"或"人民文艺"，存在着不同的实践路径，而且彼此之间并非不冲突。姑且不谈戏剧、美术、音乐等领域，仅在叙事文学，就有赵树理对于民族形式的灵活制作，有丁玲、周立波、柳青等在西化新文艺形态中创制的"方言土语"，也有李季诗歌采取的"信天游"等地方形式。而《洋铁桶的故事》《吕梁英雄传》的特点，则在明确借用了"旧形式"，即传统通俗小说的章回体形式，而且是其中的特殊类型：历史演义与英雄传奇的混杂。值得分析的是，正是在最后这一类小说中，"思想性、艺术性"与"故事性和民族形式"发生了分裂。

茅盾在评价赵树理的《李有才板话》时，也提及《吕梁英雄传》："《李有才板话》是一部新形式的小说（这和章回体的《吕梁英雄传》不同），然而这是大众化的作品"③。也就是，《李有才板话》是"新形式"的，而《吕梁英雄传》则仍旧是"旧形式"的。1946年晋察冀边区文联将赵树理树立为解放区文坛的"方向"作家时，如此解释他的"新形式"："他的创作很明显的批判的接受了中国民间小说的优秀传统，然而他以今天群众的活的语言描绘了当前的斗争现实，经过自己的

---

① 柯蓝：《洋铁桶的故事》"重版后记"，人民文学出版社，1960年版。
② 袁珂：《读〈吕梁英雄传〉》，《川西日报》，1950年7月3日。
③ 茅盾：《关于〈李有才板话〉》，《解放日报》，1946年11月2日。

提炼，他创造了一种新形式"①。有意味的是，同样接受了"中国民间小说的优秀传统"，所谓"批判的"和"不批判的"界限到底是怎么区分的呢？赵树理的形式之"新"就在于，他的小说虽然保留了旧形式的一些要素，但通过重新组合和制作，它已经不再是旧形式而成为"新形式"了。而《洋铁桶的故事》《吕梁英雄传》之所以仍旧是"旧形式"，不仅因为它们保留了章回体的外在结构形式，而且保留了一定的"英雄的说部"的类型元素／叙事程式。也许可以说，正是"类型"要素的存在，使这些章回小说的内容无论如何"新"，其总体却还是"旧"的。

事实上，在保留一定的类型化要素这一点上，不仅是延安时期的《洋铁桶的故事》和《吕梁英雄传》，也不仅是40-50年代之交的《新儿女英雄传》和《铁道游击队》，包括50年代后期的《林海雪原》《烈火金钢》和《敌后武工队》，都是同样的。如果不仅关注其所借鉴的通俗文体，而且也关注其所借鉴的具体叙事类型与叙述内容，就会注意到，这类书写革命历史的现代通俗小说，其实一直未能摆脱延安时期开辟的叙述模式。这包括三个方面：一，借鉴的是旧章回小说的一个特定类型，即"英雄的说部"（英雄传奇）。虽然茅盾将《吕梁英雄传》的章回体与张恨水同提并论，不过张恨水是对章回体中的"世情小说"这一类型的发展和转化，而《吕梁英雄传》与其他革命通俗小说延续的则是英雄传奇类型。因此，值得去问的不仅是为何是"章回体"，更重要的还有为何是"英雄传奇"？第二个特点是其叙述内容都是革命战争题材。洪子诚曾提到："这些长篇小说与《新儿女英雄传》一样，都是表现战争生活的。用'通俗小说'的形式来表现现实生活，又是个未被试验的难题"②。而且，特别的是，所表现的战争，又大都是抗日战争。在所列出的革命通俗小说中，除了《林海雪原》，几乎都是书写抗日战争题材。

---

① 陈荒煤：《向赵树理方向迈进》，《人民日报》，1947年8月10日。
② 洪子诚：《中国当代文学史》，北京大学出版社，1999年版，第128页。

这与表现国共内战（解放战争）题材的革命历史小说均更注重"史诗性"这一特点，形成了某种参照。第三个特点是在叙述方法上都注重"说书人"这一叙述视角，注重故事性与语言的口头性。这使其"讲故事"的意味远大于"写小说"的意味。这三者的结合，毋宁说乃是革命通俗小说的最大特征。

这种文体形式并非毫无意义的，相反应该说充满了"意识形态"意味。这关系到的乃是革命中国与古典中国在文学形式上的具体交涉和选择，关系到"旧"的类型要素如何可以延续至现代革命的叙述中，又因为什么而最终不能被彻底转化为现代／革命的。

四、类型化的"知识"：历史演义与英雄传奇

革命通俗小说的"英雄传奇"类型和主要表现战争特别是抗日战争的叙述内容，这两个特点是特别值得深究的。它们背后共同关联着这一小说形态借以从"旧形式"转换到现代的"民族形式"的意识形态内涵表现在何处。

"英雄传奇"并非现代意义上的"武侠小说"。如果说武侠小说的主题是"恩仇"的话，那么英雄传奇的主题则可说是"家国"。其中的关键差别在于，英雄传奇中的"英雄"并不是现代武侠小说中"不轨于正义"、游离于社会秩序之外的作为主体的个人，而更接近于古典通俗小说中家／国、神／人伦理阶序结构中的个体。

"英雄传奇"是中国古典长篇章回小说一种叙事类型的描述，这种描述出于"小说史家的概括"[①]。正如许多古典小说研究者都提到的，长篇通俗小说这一文体自其从元末明初成型开始，在题材上和文本形态

---

① 刘勇强：《中国古代小说史叙论》，北京大学出版社，2007年版，第241页。

上就表现出了鲜明的"类型化"特征①。一般将其描述为神魔、世情、历史演义与英雄传奇四种基本类型。不过，这种描述方法也有一个历史的发展过程。这种分类描述的最早源头，被追溯到南宋时期的"说话"分类以及明代学者胡应麟等的研究②。晚清时期倡导"新小说"时，曾有人将章回小说概括为"英雄、儿女、鬼神"三大派③。当鲁迅开始"自觉建立中国古代小说类型理论体系"时，他提出的分类法是三种，即"历史演义"（"讲史"）、"神异小说"（"神魔小说"）与"人情小说"④，其中"英雄传奇"并未作为一种独立的类型看待。"英雄传奇"的说法最早见于胡适的《〈水浒传〉考证》，并在郑振铎的研究中明确为一种小说类型概念，其最早被指认的典范作品是《水浒传》。到20世纪中期，将章回小说的类型描述为四种，即历史演义、英雄传奇、世情小说、神魔小说，成为一种普遍的观点⑤。英雄传奇与历史演义的差别，被孙楷第概括为：前者"以一人一家事为主而近于外传、别传及家人传者"，后者则"演一代史事而近于断代史者"或"通演古今事与通史同者"⑥。其（英雄传奇）代表性作品，除《水浒传》外，常提及的有《水浒传》续书（如陈忱的《水浒后传》、青莲室主人的《后水浒传》及俞万春的《荡寇志》）《杨家府演义》（及《说呼全传》《万花楼演义》《五虎平西前传》《五虎平南后传》等）、《说岳全传》与《飞龙全传》等。

可以看出，在基本的四分法中，"英雄传奇"是最晚近得到命名的一种类型。此前它主要隶属于"历史演义"，因此与历史叙述关系密切。

---

① 参见鲁迅的《中国小说史略》（上海古籍出版社，1998年版）、齐裕焜主编的《中国古代小说演变史》（敦煌文艺出版社，1990年版）、刘勇强的《中国古代小说史叙论》（北京大学出版社，2007年版）、陈大康的《明代小说史》（人民文学出版社，2007年版）等中的叙述。
② 参见鲁迅的《中国小说史略》第一篇"史家对于小说之著录及论述"。
③ 侠人：《小说小话》，《新小说》第十三号，1905年。
④ 陈平原：《论鲁迅的小说类型研究》，《鲁迅研究月刊》，1991年第9期。
⑤ 参见刘晓军：《章回小说文体研究》，华东师范大学出版社，2011年版，第213—219页。
⑥ 孙楷第：《中国通俗小说书目·分类说明》，人民文学出版社，1982年版。

将"英雄"从"历史"中独立出来加以命名,一方面表明它与《醉翁谈录》(罗烨)、《都城纪胜》(耐得翁)等中提及的"小说"分类,如公案、朴刀、杆棒、说铁骑儿等,在渊源关系上的内在发展,不过更重要的是,这提示的是一种新的主体与历史的关系。这种新的关系直到现代时期才得到命名,某种程度上表明"英雄"与相关的其他称谓,比如"侠""豪强"乃至"帝王将相"等,均有所不同。也就是说,在明初即已实存的类型化文本与近代的命名之间,存在着某种既连续又断裂的关系,表明"英雄传奇"这一叙事类型的独特性,可以说介乎现代与传统之间。这种暧昧的品性,正是英雄传奇这一小说类型在当代中国得以延续的内在原因。

事实上,关于这种小说形态的命名,当代批评家的说法并不一致。《吕梁英雄传》曾被称为"英雄的史诗",因为它写了革命斗争的历史过程和英雄的"成长"[①];依而在评论相关文学时,称之为"英雄的说部";王燎荧在评价《林海雪原》时,则从"现实性"与"传奇性"两个维度,将其称为"革命英雄传奇"[②]。这也成为人们后来使用"英雄传奇"来称呼这类小说的源头。这说明如何命名这类小说,是在与对中国古典小说传统的理解中确立的,"英雄传奇"(或英雄说部)的说法并不简单是"英雄"与"传奇"("说部")的组合,而是在指称一种具有悠久历史传统的小说类型。

考虑到问题的这一层面,就是需要重新审视中国古典通俗小说在叙事文体上的类型化、模式化特征。正是这一特征,才培育出了欣赏口味、审美惯习相近的传统中国广大的读者群,并作为一种共同的文化记忆延伸至现代中国。也正是这一特征,使得当代的革命文学创作者们,在组织其复杂的历史经验时,几乎是下意识地参照古代中国经典小说文本的

---

① 杜庸:《读〈吕梁英雄传〉》,《新华日报》(重庆),1947年1月30日。
② 王燎荧:《我的印象和感想》,《文学研究》,1958年第2期。

类型模式而展开叙事。这也是人们考察"通俗"文学时经常会关注的内容。但是，常常被人忽略的一点是，与现代通俗文学基于现代性的文化传播机制不同，古典中国的通俗文学固然有其市场化诉求（印刷、传播、阅读等），但并不存在现代意义上的"文学"观念体制，也就是那种仅仅把文学视为"消费""娱乐""休闲"等的观念，而是处在文学－生活－伦理－世界观等混溶的前现代状态。这也就意味着，文学的分类体制并非仅仅是"文学的"，而同时涉及藉以如此分类的生活、伦理与世界观。

张炼红在研究50-60年代中国戏曲改造运动时，曾提出传统戏曲分类与"民众生活世界"的紧密关系，认为戏曲中"人情戏、鬼魂戏和神话戏"的分类也是支撑起"传统文化基本脉络的人、鬼、神三界"[①]。这是相当有启发性的洞见。事实上，在文艺并未从社会体制中"独立"出来的古典时期，不只是戏曲如此，可以说所有的文艺样态都包含了与"生活世界"的同一性，特别是后来被名之为"通俗"种类的文艺就更是如此。这也是赵树理在指出传统民间文艺的"自在性"时指涉的内涵[②]。因此，小说（也包括文艺）的分类知识，事实上也是指导社会伦理、生活秩序、世界想象的同一套知识。这就使我们在考察神魔、世情、历史、英雄等小说类型时，可以具有别样的思想与文化视野，探询连接文艺与社会的关联通道。

在这方面，美国学者浦安迪（Andrew H. Plaks）关于明代四大小说的研究，特别值得一提。与一般侧重史料考证、文本与修辞分析的古典文学研究不同，浦安迪从思想史的角度，将明代四部小说的主题分别概括为"修齐治平"的反面实践，即《西游记》"不正其心不诚其意"、《金瓶梅》"不修其身不齐其家"、《水浒传》"不治其国"、《三国演义》

---

① 张炼红：《历炼精魂——新中国戏曲改造考论》，上海人民出版社，2013年版，第356页。
② 赵树理：《〈三里湾〉写作前后》，《文艺报》，1955年第19期。

"不平天下"①。这就颇有意味地将一般小说分类中的"神魔"、"世情"、"英雄传奇"、"历史演义",分别与儒家文化(宋明理学)差序格局中士大夫的"身"、"家"、"国"、"天下"联系起来了。不过,由于浦安迪将四大小说视为"文人小说"的创作形态,因此,他基本上把"神魔"视为文人修身养性的内心修炼形态,而可能忽略了,在古典中国的世界观中,"神魔"或"鬼神"所占据的独特位置。"鬼戏"在当代戏曲中占有重要位置。特别是1960年代初期,关于"鬼戏"的争议已成为"文革"发生的前奏之一。但在现代文学中,很少能找到"鬼"的身影。不过,古典文学的情形却并非如此,特别是"神魔"书写,构成了古典小说的四大类型之一。"神魔"一说源自鲁迅的概括,这一小说形态出现于明万历年间,盛于明清,其成因与儒释道三教合一的普遍社会潮流密切相关。而在神魔小说出现之前,书写"鬼"以及"精怪"的大量作品,则构成了"志怪"一类小说形态②。"神魔"的出现,很大程度地改写了"鬼""怪"的位置,将其置于更低阶序,同时,关于"人"的主体想象方式也发生了变化。展开相关的讨论,显然需要更丰富的论证过程,这里仅通过与更为大众化的传统戏曲的参照,关注古典文学如何理解"人"。应意识到明清古典文学中,除了士大夫式的"身""家""国""天下"的横向差序格局外,还有更普遍的"人""鬼""神"纵向的三界,共同构造出一种独特的主体／文艺形态。

从这样的视野来重新考察"革命历史小说"与通俗化的"英雄传奇"之间的关系,问题就会变得格外有趣。这使我们不仅关注类型化叙事文本的结构、模式和修辞形态,也同样关注文本叙事据以类型化的生活、伦理、世界观内涵,从而打通文学研究与思想史研究的通道,为探讨传

---

① [美]浦安迪:《中国叙事学》,北京大学出版社,1996年版。另见《明代小说四大奇书》,沈亨寿译,中国和平出版社,1993年版。浦安迪又译普安迪。
② 参见齐裕焜主编的《中国古代小说演变史》第五章"神魔小说",第270-277页。

统与现代的关联形式提供更开阔的分析场域。

当代文学中的"革命历史小说"一般可以区分为两种书写形态：一种以写"历史"为主，这指的是《红旗谱》《红日》《保卫延安》《青春之歌》等更主流的、被认为"思想性"和"艺术性"更高的作品，采取的是更为现代的"史诗"叙事形态；一种以写"英雄"为主，这就是本文所主要讨论的"通俗小说"，其采取的是相对更通俗化的"英雄传奇"这一叙事形态。这两种叙事形态基本上接近于古典时期长篇章回体通俗小说的两种类型，即历史演义与英雄传奇。孙楷第所说的"演一代史事而近于断代史者"的历史演义小说，多是编年体，其四个主要特点，一是讲述主体为某一朝代的王朝国家，一是事件与人物多据史实即"七实三虚"，一是其形态最早从宋代"说话"艺术中的"讲史"类发展而来，一是侧重正史、帝王将相与所谓重大题材。相应地，英雄传奇小说"以一人一家事为主而近于外传、别传及家人传者"，多是纪传体，其同样具有的四个相应特征，一是讲述主体为英雄或其家族，一是多据传说故事因此"虚多实少"，一是由"说话"艺术中的"小说"发展而来，一是更为野史与市井庶民化[①]。

事实上，类似的特点在许多方面也适应于"革命历史小说"与"革命英雄传奇"之间的分别。比如讲述主体，革命历史小说如《红旗谱》《红日》等，虽也重视塑造"英雄"人物，但是"史诗性"的追求使其更关注长河式的历史图景和真实历史事件的展示；相应地，革命通俗小说中"历史"的书写是弱化的，而英雄或英雄群体则占据了更重要的位置。由此需要思考的问题是，在古典时期改朝换代的"王朝国家"与现代的掌握了中国政权的共产党"革命中国"之间，所谓"历史"想象的分野表现在哪里？相应地，在这样的历史图景中，古典历史演义中的"帝

---

① 齐裕焜主编：《中国古代小说演变史》，第206—209页；另见《明清小说分类选讲》，谭帆主编，高等教育出版社，2007年版。

王将相"与英雄传奇中的"英雄"有何分别,而现代时期革命历史小说中的"革命领袖"与革命通俗小说中的"英雄"又有何分别,以及现代与古典两者的历史分别又在哪里?

又比如历史叙述的"虚"与"实"问题。虽然革命历史小说与革命通俗小说都强调其真实性与纪实性的特点,不过,两者的性质还是有所不同。革命历史小说一般讲述的是有史实依据的重大事件和重要人物。它固然允许一定的虚构性存在,不过如何叙述这样的史实,从来就不仅仅是"文学"的事情,而更是"政治"事件,必须高度吻合"党史"对相关事件和人物的描述。比如《红旗谱》对高蠡暴动的书写,以及它在"文革"期间被指认是为"王明路线"翻案,比如《红日》对山东战场上的涟水战役、孟良崮战役等的叙述,以及它因"第一次在小说中书写中共的高层领导人物"而在"文革"期间受到的批判等,都表明这种历史书写的高度规约性。相对来说,英雄传奇小说虽然都有一定的真实生活原型,但是从进入"故事"和"小说"的叙事形态开始,它们就不断地偏向"传奇性"的"虚构"叙事。如同知侠在回顾《铁道游击队》写作过程时明确表示的那样,"生活的真实和艺术的真实是两回事。艺术的真实更高,更集中"①。这就是《讲话》文艺观的直接表述了。特别有意味的是,几乎所有这些英雄传奇小说的写作,都可以说是"延安道路"具体运作的产物,其创作动因都与1943—1944年前后,各根据地和解放区树立"战斗英雄""劳动模范"等新政治运动相关。这些小说的作者都提到诸如1943年山东军区"战斗英雄、模范大会"(《铁道游击队》)、1943年"晋察冀边区第二届群英会"(《烈火金钢》)、1944年的"晋绥群英会"(《吕梁英雄传》),以及作为"敌后抗战中的模范典型"的沁源围困战(《洋铁桶的故事》)等。这也就是说,在小说叙事上,

---

① 知侠:《〈铁道游击队〉的创作经过》,《新文学史料》,1987年第1期。

英雄传奇固然是"七虚三实"即在真实经验的基础上纳入了许多虚构的成分，不过，更值得注意的是，它也并非讲述者个人的行为，而是社会主义中国运作体制的一个构成部分。即通过"英雄""模范"的示范作用来教育广大"群众"这一意识形态运作机制，其实是催生英雄传奇小说的同样重要的现实媒介。因此，在"虚"与"实"关系上，值得去问的问题是，一方面，革命历史小说的高度政治性其实一如古典时期的历史演义小说，它们很大程度上是成王败寇式的"胜利者的言说"，那么古典时期的"帝王将相"和改朝换代的"天下"之历史，与现代时期的"革命领袖"和创世纪式的"世界史"/"革命"之间，将个体经验提升为历史叙述的那一套背后的理论性知识，从古典到现代的延续性是如何构成的，最根本的分歧又是什么？相应地，如果说古典时期的"英雄"与当代时期的"英雄"实际上都保持着某种艺术与生活的"同构性"，那么两种"英雄"的异与同，以及造成这种异同的深层制约机制又是怎样的呢？

同样，在偏重"讲史"与偏重"小说"之间，在偏重"主流"与偏重"民间"之间，革命历史小说与革命英雄传奇的分别，也一如"历史演义"与"英雄传奇"。

总体而言，从讲述主体、虚实关系、叙事形态、主流与民间的分野这样四个共有的层面来看，讲述当代革命的革命小说，与讲述古典王朝国家的古典小说，都具有引人注目的内在同构性，同时又具有现代的变异性。如果不能解释这种"内在同构性"因何和如何产生，那么可能会忽略革命中国与古典中国的延续关系如何呈现，或者颠倒过来，将革命中国仅仅视为古典中国的复现，而无法在更具体的层面来讨论两者的连续与变异关系，以及它们的发生机制。

五、主体的装置：英雄／"国"，"新人"／世界史

讨论的切入点，乃是小说叙事文本的类型化得以成型、文艺／生活同构的那一套"知识"即生活－伦理－世界观。如前文提到，古典小说中的神魔、世情、历史演义、英雄传奇这四种分类，提示的是人、鬼、神的等级序列与身、家、国、天下的差序格局，其本质是古典特别是明清时期有关"人"的诸种知识。福柯曾称"人是一项现代的构思（更准确的翻译是'发明'）"[1]。这也就是说，人类中心主义的现代启蒙思想，事实上与古典时期一样是一种"知识"的结果，从古典到现代时期的变化，并非从无"人"的神的时代向有"人"的世俗时代的转变，毋宁说乃是"知识之基本排列发生变化的结果"。从这样的理论角度，可以使我们获得一种从长时段历史视野，将古典与当代置于同一考察平台之上，分析其小说叙事、文本类型与"人"的知识这三者的关联形态。

正如浦安迪相当有意味地将《三国演义》和《水浒传》叙述的世界，区分为"天下"与"国"，实际上可以说，历史演义小说所讲述的乃是普遍性的"天下"，而英雄传奇所叙述的则是特殊性的"国"。最有意味的是，这里所谓的"国"在唐宋转型期发生的历史性变化，使其超越了囿于华夷之辨的"天下"之诸侯的"国"，而具备了现代民族主义意义上的国家／民族认同的雏形。与历史演义小说涉及各个时期的朝代不同，英雄传奇小说的故事基本上集中于宋，成书年代则在明清之间，情节都涉及抗击异族、立边功的内容。固然，英雄传奇也有《飞龙全传》这样的帝王发迹史，不过这里书写的仍旧是一个"宋代"的皇帝。与历史演义小说所涉朝代的广泛性相比，英雄传奇小说集中于"宋代"与抗击异族这两点绝非偶然。很大程度上可以说，它们重新定义了历史

---

[1] [法]福柯：《词与物——人文科学考古学》，莫伟民译，上海三联书店，2001年版，第506页。

的想象方式、作为主体的英雄,及二者的关系。这种变化可以从两个侧面来加以描述:其一是英雄传奇小说的主体"英雄",乃是国家／民族意义上的家国英雄,而非个人性或普遍性的"侠"或"帝王将相"。这使英雄传奇区别于武侠、侠义、公案等小说类型。其二是"英雄"与"国"的密切关系。正是在保护国家、争立边功的过程中,曾经的"匪"或"侠"才得以成为"英雄"。这里的"国"固然是华夷之辨中的"国",因此有汉族的中国正统与异族的魑魅魍魉,但是这个"国"却是有清晰的边界的,超越这个国的界限(投敌)成为英雄绝不可能去做的事情。这就接近于现代意义上的民族与国家涵义,其基本特征是清晰的边界,而帝国(天下)内部诸侯之"国",其特征在于边境的模糊性和可变异性[①]。比如《三国演义》中,关羽对刘备的忠诚被解释为个人性的"义",而在杨家将故事、说岳故事与《水浒传》中,类似的拒绝降敌行为则被解释为对国家的"忠"和最高的"大义"。显然在"天下"的视野中,一朝一代之"国"是可以超越的,因此有"亡国"与"亡天下"之辨;但是,在英雄传奇中的"国",却更接近于现代意义上的民族／国家,它是英雄忠诚的最高对象。

"英雄"与"国"的同构性,特别是"国"的现代性,正是英雄传奇这一小说类型既古典又现代的暧昧品性的来源。葛兆光在他的新著中提出,近代意义上的"中国"意识凸显于宋代。由于宋代中国处在与辽、金对峙的紧张国家关系之中,汉民族主义和中国正统意识正是在这个时期才被发明出来。他因此认为,中国的近世民族主义,实际上并非仅仅形成于鸦片战争以来对西方侵略的反抗,以及民族救亡和文化启蒙一体两面的五四运动,而是宋代的"中国"意识本身就可以成为中国现代民族主义的"远源"。他认为这正是中国民族主义与西方式民族主义的不

[①] [英]安东尼·吉登斯:《民族－国家与暴力》,胡宗泽等译,北京三联书店,1998年版。

同之处①。这种观点固然有进一步商榷之处，不过考虑到历史学界特别是思想史界关于"唐宋转型"的论述②，宋在中国历史上的特殊位置，特别是国家形态及其认同方式发生的变化，却是一个需要认真对待的问题。从英雄传奇小说的叙事形态及其叙事内容的层面，这一变化也可以得到比较清晰的印证。甚至可以认为，英雄传奇这一小说类型，它所书写的家国英雄、所讲述的抗击异族的情节、所表现的"中国"正统意识，都可以视为近世民族主义雏形的征候。——如果这样的结论可以成立的话，古典的英雄传奇小说类型在当代中国有意无意地被重新调用，也可以得到某种历史性的解释。

"英雄"与"国"的同构性及其暧昧的现代性，在当代中国复活的重要契机，乃是抗日战争这一重要历史事件。如前文已提到，抗日战争的过程也是现代中国民族主义普遍成型的时期。这指的是两方面的涵义。一方面，现代的民族主义彻底地取代了传统中国的"天下主义"。"天下主义"的特点可以被称为"文化主义"，即只要皈依帝国的文明，野蛮的异族也可以"以文化之"，纳入我族③，因此，华夷之间、他我之间的边界是不固定的。而"民族主义"强调的则是国族之间的明确边界与不可跨越性。另一方面，就中国完成现代化的过程来说，也就是从天下主义的"帝国"转向民族主义的现代民族－国家的过程。可以说，晚清与五四时期的知识界变革是现代民族主义的开端，但其普遍化并最终完成，则是中国共产党领导的人民战争。在这一过程中，人民革命的民主主义与反抗帝国主义的民族主义合二为一，从而使现代民族与国家

---

① 葛兆光：《宅兹中国——重建有关"中国"的历史叙述》，中华书局，2011年版。
② 参见［美］包弼德：《斯文：唐宋思想的转型》（刘宁译，江苏人民出版社，2001年版）、［日］内藤湖南：《中国史通论》（夏应元等译，中国社会科学文献出版社，2004年版），傅乐成：《唐型文化与宋型文化》（《国立编译馆刊》第一卷第一期）等。
③ 程美宝：《地域文化与国家认同：晚清以来"广东文化"观的形成》，北京三联书店，2006年版，第21-26页。另参见［美］列文森：《儒教中国及其现代命运》，郑大华、任菁译，中国社会科学出版社，2000年版。

意识渗透到社会最底层。也正是在这一过程中，古典英雄传奇的汉民族主义，几乎是"自然地"被调用到现代中国的民族主义认同之中。以"战斗英雄""英模"为原型的当代英雄传奇小说，大都是以抗日战争作为叙事内容的，《洋铁桶的故事》《吕梁英雄传》《新儿女英雄传》《铁道游击队》《烈火金钢》都是如此。在被称为"英雄传奇"类型的小说中，只有《林海雪原》是其例外。这一点并非偶然。正是在反抗日本帝国主义战争的过程中，古典时期处于"家""国"之间的英雄，才能与现代的民族、民主主义诉求完成真正的"无缝对接"，"英雄"与"国"的同构性才能形成。其中，"英雄"因其报"国"的崇高性而得到认可，同时，"国"的合法性也因英雄的"正义性"而得到深化。

更有意味的是，英雄传奇小说在英雄与国的同构性上呈现出来的基本意义序列，也同样表现在古典与当代的小说中；同时，又在一个关键面向上发生了根本性转变，这也是古典与当代的分歧所在。

在古典的英雄传奇小说中，事实上存在着"鬼"—"人"—"神"三个纵向等级序列。人们不会忘记，《水浒传》中的108条好汉本是地洞里的鬼怪与妖魔，他们出世而为豪侠，但只有在立边功、报效朝廷之后才晋升为"神"。类似的由地下之"鬼"升格为"人"进而成"神"的上升序列，在《水浒传》续书中重复。"鬼"的身份，表明他们曾经为"匪"为"盗"的不光彩出身，必须经历报国的赎罪，才能升入"神"界。不同的是，在说岳、杨家将故事中，则呈现的是一个反向的序列：由"神"而"人"并复归为"神"。比如岳飞原本是天上神界的"大鹏鸟"，他作为民族英雄抗击金国的壮举，被解释为贬入凡间而与同由神界下凡为魔的金兀术斗法，并最终复归于神界。又如杨家将的故事序列中，也有名为《大宋杨家将文武曲星包公狄青演义演传》，表明杨家将如同包公、狄青一样，本是天上的神仙而下凡，与外在的异族（"魔"）和内在的奸臣（"鬼"）抗争而保护国家。——这种简单化的分析力图呈现的，乃是古典时期的知识排列和分类方式，正是在这样的知识－伦理－世界观中，"英雄"的合法性和正当性才得以呈现。而有意味的是，如果没有"国"这一最高"大义"及其边界的存在，"鬼"与"魔"的非正义性都无法体现，"英雄"的天赋异禀也无从说起。但悖谬的是，正是象征"天下"的"神"界的存在，又使得"国"的正义性显现为无。当英雄升天、归入神界之后，英雄传奇在叙事中累积起来的强烈情绪（抗击异族、反击奸臣），突然表现为某种虚无。这大约是导致现代读者在阅读说岳故事、水浒故事结尾部分时的异样感受的原因。

在这些方面，当代的英雄传奇小说一方面延续了古典时期的内在等级结构，一边又在"神"界这一序格上做了根本性的改写。当代革命英雄传奇小说普遍包含这样一个人物关系序列：日本鬼子（妖魔）—汉奸（鬼）—伪军、伪政权（非人非鬼、亦人亦鬼）—村民（凡人、"群众"）—英雄或英雄群体（半人半神，党员或以党员为核心）—共产党组织（神界）。与那些书写重大历史事件的革命历史小说不同，革命英雄传奇一般叙述视点主要集中于日本鬼子与共产党组织之间的部分，即铲除汉奸、争取伪政权、发动群众，最终拔除日军据点，然后英雄（群）回归到共产党大部队中去。对"日本鬼子"和"汉奸"的修辞，高度类同于古典英雄传奇对金辽等异族、奸臣等内鬼等的书写方式。而共产党组织的存在，则显示出一个类似于"神界"的更高世界的存在。一方面，从凡人中超拔出来的"英雄"通过加入共产党而得到最后的命名，另一方面，也正是单个共产党的带头作用而使对凡人／群众的动员成为可能。

不过，在类似的鬼－人－神的意义序列中，其内在的结构方式被一种极为"现代"的方式改变了，从而使古典的等级序列转换为现代的革命／动员过程。这大概也可以被称为福柯所谓的现代治理术实施的过程。福柯在勾勒西欧社会的现代变迁时，曾如此描述："基督教牧师或基督教教会发展了这种观念——我相信这是一种奇特的观念，与古代文化完全不同——即，每个个体，无论年龄和地位，从生到死，他的每一个行动，都必须受到某个人的支配,而且也必须让自己受支配，即是说，他必须在那个人的指引下走向拯救，他对那个人的服从是全面细致的"。由这种基督教神学发展出的现代社会治理术的三元结构,福柯称之为"与真理的三重关系"，即"被理解为教条的真理""对个体的特殊的、个别化的认知"和"反思的技巧"即"普遍规则、特殊知识、感知、检讨的方法、忏悔、交谈等等"①。从理论化的抽象层面而言，这种三元结构也正是柄谷行人在《日本现代文学的起源》中所阐释的、导致了现代民族－国家、"内在的人"与现代文学体制同构性的那种话语装置②。

在古典的英雄传奇小说中，"神界"的存在是一种意义的等级序列，可以简要地将其视为古典中国独特的社会理论"礼仪"的具体呈现。这种社会礼仪"反对将人当作基督教意义上的面对'绝对他者'的个体，而将人社会化为有特定等级身份的团体，再将之'嵌入'于一个作为整体的文明秩序中"③。从这样的人类学视野来看，鬼－人－神的三个等级序列实际上是区分人的社会身份的"礼仪"，它是一种关系性的存在而非绝对性存在。因此，在"人界"（凡间）的格序中成为"民族英雄"，一旦回复到"神界"，其"国"族身份的绝对性就消失了。比如说岳故事中的岳飞，一旦他死后归于神界，他就回复到"金翅鸟"的身份，宋金之间的民族冲突就成为凡人、人间的骚扰而远离了他。但是有意味的是，在"历史演义"小说中，并不存在英雄传奇小说中的"鬼"与"神"格序，而只有"人"的世界。比如《三国演义》，只讲"人力"不讲"鬼神"，而人力体现的乃是"天道"即所谓"历史"。但是，与现代意义上的"历史"不同的地方在于，古典时期的"天道"某种意义上也是一

---

① [法]福柯：《福柯读本》，汪民安编，北京大学出版社，2010年版，第136页。
② 参见[日]柄谷行人：《日本现代文学的起源》，赵京华译，北京三联书店，2003年版。
③ 王铭铭：《人类学讲义稿》，世界图书出版公司北京公司，2011年版，第446页。

种空间性的等级身份关系，它的主体乃是"天下"。在这种更高的格序中，"国"不仅是可以被超越的，而且正是不同的"国"构成了"天下"。因此可以说，历史演义基于"天下"视野的"天道"超越了英雄传奇中的"国"，从而使与"国"同构的"英雄"成为一种暂时性的身份。更重要的是，这种"天道"与现代的历史观最大的不同，乃在它是空间性的而非时间性的存在，因此超越"国"之"天下"的历史是循环的、借助于天启的神学式权威的，其呈现的历史景观便永远是"天下大势，分久必合，合久必分"。

与此相对，在福柯勾勒的现代治理术中，有一些根本的东西发生了改变。由于源自西方基督教神学的治理术被作为了现代社会的普遍结构法则，可以说，现代中国社会的基本构造方式与古典中国的区别正发生在这里。与古典中国基于"礼仪"的差序格局最大的不同在于，现代社会治理的中心转移到了"内在的个体"。现代的个体在"与真理的三重关系"中，确立起了作为"绝对他者"的代理人角色。民族国家正是通过将社会关系中的个体创造为"内在的人"（国民），而构造出自身的合法性与不可超越性。从现代民族主义的颠倒视野中，不是民族－国家创造了现代的国民，而是基于地缘与血缘共同体的国民创造了现代民族国家。原本存在于中国社会礼仪格序中的"天下"，在现代民族－国家的视野中消失了[①]。同样重要的是，由基督教神学发展出来的现代社会治理术，也将一神论的世界观作为了现代社会的内在构成，并使神学式的末世论时间转化成了现代社会的"历史"。国族的主体被置于进化论的"长河式"历史景观中，从而与"天下"那种共时性的同心圆式（"圈"）图景大不相同。

不过，当代的"革命中国"不同于"现代中国"的地方，就在于通

[①] 王铭铭：《人类学讲义稿》，世界图书出版公司北京公司，2011年版，第472-478页。

过阶级斗争、世界革命而构造出了一种新的超越了国族的"天下"视野，那就是无产阶级的国际主义与世界想象，其主体是"人民"（工农兵）。但不同于"天下"的共时性，这种世界想象是在进化论的历史序列中展开的，黄子平所谓"作者和读者都深深意识到自己置身于滚滚抢向前的历史洪流之中，浩浩汤汤，顺之者昌，逆之者亡"[①]的历史图景，正是与这一新的超越性视野联系在一起。在革命英雄传奇小说中，占据古典小说中"神界"位置的共产党组织，既是民族英雄的命名者，也是其超越者。一方面，它与英雄构成了现代治理的关系，即参照共产党组织／新中国这个"绝对他者"而将自己创造为"内在的个人"，使自己从"群众"中超拔出来而"成长"为有着无产阶级觉悟的新人。在这个面向上，成为民族的英雄和成为无产阶级的新人是同构的。但是，另一方面，"英雄"与"新人"又是有差别的。可以说他们分别代表着两种不同的"人"的知识形态："英雄"是一种等级性关系中的存在，他们是"非常人"，这就使其与古典的差序格局有着内在关联；而"新人"则是一种内在性的主体存在，他们是"平凡的儿女，集体的英雄"[②]，这就使其更是福柯意义上的现代治理术中的个体。两种人的知识装置同时交错地存在于革命通俗小说中，使其在叙事上存在着结构性的内在矛盾。革命英雄传奇一般将叙事的重心放在驱除异族和阶级敌人这一行为上，"凡人"（群众）正是在这个过程中，不断克服困难，最终胜利而成为"英雄"。其作为"英雄"的分量是与其敌对力量的强度成正比的。正是在与"非人"的鬼、魔的对抗中，"英雄"才成为"超人"，这也是其"传奇性"所在。但是，由于叙事的重心被局限在这种"超人"的诉求中，所谓"平凡儿女"的面向就无法显现出来。比如，不同于"史诗性"的革命历史小说侧重书写"历史"的面向，革命英雄传奇总是将叙事的重心放在"神"

[①] 黄子平：《"灰阑"中的叙述》，上海文艺出版社，2001年版，第26页。
[②] 郭沫若：《新儿女英雄传·序》，人民文学出版社，1956年版。

（共产党）、"魔"（日本鬼子）之间的部分，它们书写的是在"鬼"、"神"参照之下的"人"的世界，而无法如史诗小说那样直接书写"人"的历史本身。实际上，使得超常的英雄再度回复到"平凡的儿女"的，是一种新的历史视野，即无产阶级觉悟和世界革命的"世界史"视野。在那样的视野中，"英雄"将超越其国族而获得新的历史命名，即"新人"。那是一种"新"的"人"的世界，一个普遍的世界史的现代世界。

简要地说，英雄传奇类型小说中的"英雄"，在故事的宋代、书写的明清、被命名的现代和被挪用的当代之间，连续性的是对"国"的认知，一种类似于现代民族主义的形态。但是，实际上，古典中国差序格局下的社会礼仪、现代中国的民族主义与当代中国的社会主义革命，这三者之间存在着结构上的相似性与话语装置上的不一致性。这使得英雄传奇因其相似性而作为一种叙事类型被调用，同时又因其话语装置上的不一致性而无法超越古典，从而必然被置于次一等的位置上。

结语：现代、当代、古典与"当代文学"

革命通俗小说别具意味的地方，就在于它以一种独特方式串联起了古典、现代与当代的文学形态之间错综复杂的关系，从而为讨论古典、现代与革命"中国"的连续与断裂关系，提供了一个具体的场域。在分析了这种小说形态的历史命名、发生的历史语境、类型化的知识形态、主体的书写装置等之后，一种历史地理学向度的阐释仍需在最后提及。这就是小说写作、阅读和传播的具体历史－地理空间场域。

革命英雄传奇小说无论就其故事发生的场域，还是写作与传播的场域，都与中国西北、华北等的内陆乡村关系极其密切。不关注这一地理空间的存在，就无法理解作为革命中国表征的"当代文学"的发生。洪子诚的研究提及，当代文学作家的地域构成与其活动区域，相对于现代文学发生了很大变化，变化之一是"文学思潮、文学创作从重视学识、才情、文化传统、城市，向着重政治意识、现实政治和乡村的倾斜"，一是"文学创作中心（作家地域构成、题材地域性质、文学风格）的这种由东南沿海向西北的转移的情况，并不因为新中国成立后，许多作家又重新向北京、上海等大城市集结而发生变化"①。显然，在"学识、才情、文化"与"政治"的对立描述中，包含着洪子诚对这种变化的某种价值判断，但是，当代文学（特别是40-70年代）与中国内陆乡村区域的关系，却正在这里的描述中清晰地显现出来。这种地理／人文空间的转移并不是无足轻重的，相反，应当成为理解"当代文学"的入口。这意味着文学实践借以发生的场域、人群、文化环境、传播机制、接受视野与内在知识构成等，都发生了一些根本性的变化。王国斌所谓"两种类型的民族"正是要揭示出这背后关于现代中国的结构性鸿沟的存在。造成这种结构性鸿沟的原因是多层次的，一是中国被迫展开现代化的发生方式，一是日本的全面侵华战争切断了沿海与内陆的连接，一是冷战加固了这种内陆与沿海的区域分割等。革命中国正是在被迫深入到中国内陆乡村进而与之建立起复杂关系这一基本情境下发生的。这一地理空间的转移，也是导致现代文学向当代文学转移的更为根本的原因之一。

革命通俗小说的出现与写作实践，必须置于这样的历史－地理空间关系中加以考察。一方面，它是"革命的"又非主流的文学；另一方面，它也不是都市市民主体的"现代文学"意义上的通俗文学；更重要的是，它透过内陆乡村民众的阅读记忆与文化惯习，以及与之伴生的生活－伦理－世界观，而与古典中国小说／社会传统建立起了直接的关系。在讨论这一文学形态涉及的问题时，有一些前提性的观念需要反省：其

---

① 洪子诚：《当代文学概说》，广西教育出版社，2000年版，第96-97页。

一是"文学"与"政治"的二元对立，它通过将毛泽东时代的文化实践斥为暴力性或强制性的"政治"行为，而贬低其文学意义和被研究的意义；其一是"传统"与"现代"的二元对立，它通过将一种启蒙主义的"现代"观绝对化，而拒绝在更丰富与灵活的意义上去理解传统的变异方式，特别是古典中国的复杂存在。本文对革命历史通俗小说的探讨，一方面希望将"政治"的力量、"文学"的实践，还包括非现代文学意义上的传统文化实践，置于同一讨论的平台上，观察它们遭遇时的互动与意义交涉。另一方面，将古典、现代和当代中国／文化都视为某种特殊性的、也对等的形态，来考察文化与意义的变迁。这意味着在理解现代中国与革命中国发生的内在逻辑的同时，也将古典中国社会与文化视为一种有着内在完整性的形态，它如何遭遇"现代"，特别是遭遇作为现代之另类的"当代"，由此尝试这三者之间是否存在着"互为主体"的考察视角的可能性。

显然，探讨这样的问题，革命通俗小说仅仅是一个媒介，而且可能是一个力不胜任的媒介。不过，要相对深入地去理解革命中国及其"当代文学"在1940–1960年代出现与成型过程中错综复杂的关系格局，这却可能是一个有意义的媒介。

（原载《中国现代文学研究丛刊》2014年第8期）

丁玲的逻辑

一

在 20 世纪中国的经典作家中，丁玲可以说是唯一一个与"革命"相始终的历史人物。这不仅指作家活跃程度和创作时间之长，也指终其一生她都对革命保持了一种信念式的执着。从初登文坛的 1920 年代后期，到"流放者归来"的 1980 年代，丁玲一生三起三落，都与 20 世纪中国革命及其文艺体制的曲折历史过程关联在一起。革命成就了她，革命也残酷地磨砺了她。丁玲生命中的荣衰毁誉，与 20 世纪中国革命实践不分彼此、紧密纠缠。

在她青春犹在的革命辉煌时代，她是革命的迷人化身。孙犁写道："在 30 年代，丁玲的名望，她的影响，她的吸引力，对当时的文学青年来说，是能使万人空巷、举国若狂的。不只因为她写小说，还因为她献身革命"；在她的晚年，革命衰落的年代，她是革命漫画式刻板面孔的化身。王蒙评价，她一生至死未解"革命"情意结，是一个"并未成功地政治化了的，但确是在政治火焰中烧了自己也烧了别人的艺术家典型"。

丁玲的一生，可以说活生生地演示 20 世纪中国不同的革命形态。

1909年,中国末代皇帝溥仪登基的第二年,丁玲随湖湘"新女性"的母亲一同入读新式女校:31岁的母亲读预科,5岁的丁玲读幼稚班。那应是她革命生涯的开端。1984年,80岁高龄的丁玲雄心勃勃地创办了"新时期"第一份"民办公助"刊物《中国》。很多人对这一举动表示不解。李锐说:"总觉得像办刊物这样繁重的工作,绝不是一个八十老妪能够担当的了"。丁玲生命的最后两年,也耗尽在这份新式刊物上。其间的77年中,从五四新文化运动的反抗封建包办婚姻、无政府主义革命的"自己决定自己的生活"而走向革命政党的"螺丝钉",从延安边区的明星作家、新政权文艺机构的核心组建者、新中国的文艺官员和多次政治批判运动中的受难者,到"新时期"不合时宜的"老左派"作家,丁玲不止用手中的笔,更用她的生命书写了20世纪中国革命的历史。

英国历史学家霍布斯鲍姆曾将20世纪称为"短促的""革命的"世纪。他的纪年法主要以欧洲为依据,这个世纪只有77年。事实上,中国革命的历史比霍布斯鲍姆所论述的,要更长、更广阔、更深刻,也更复杂和更酷烈,以至费正清说,历史上所有的革命形态,在现代中国都发生了。而丁玲,是(这些)革命的一个活的化身:她是革命的肉身形态。

二

如何评价丁玲这样一个作家在20世纪中国的存在,不仅是文学史的核心问题,无疑也是思想史乃至政治史的难题。

一般研究著作,主要关注丁玲作为"文学家"的一面。人们记住的,是那个在20-30年代上海文坛"挂头牌"的先锋女作家丁玲。在"民国范儿"风靡一时的今天,《良友》杂志上排在"十大新女性"之首的年轻丁玲,成为那个被美化的时髦时代的象征。人们又或者愿意记住的,是那个延安时期的"明星作家"丁玲,一身戎装的西北战地服务团主任,由"昨日文小姐"而为"今日武将军",满足了无数人的传奇想象。而丁玲最辉煌的时期,是她50年代初担当新中国文艺机构首席官员的时候。亲历者这样描述见到丁玲的场面:"先从大门口传来一串朗朗笑声,丁玲来了!只见一大群人簇拥着她,那情境,我毫不夸张,就像迎接一位女王……"(丁宁)。

但是,仅仅从文学家的角度去理解丁玲,便会忽略她生命中许多更重要的时刻。

1933至1936年,被国民党秘密囚禁的三年,是丁玲一生最幽暗的时段。一个风头正健的革命女作家的人间蒸发,曾使鲁迅慨叹"可怜无女耀高丘",更是此后丁玲革命生涯最重要的历史"污点",最要说清又难以说清的暧昧岁月。晚年丁玲曾以"魍魉世界"为题,记录这段历史。鬼魅一般的影子生存,对于一生以"飞蛾扑火"般的热情和决绝投身革命之光的丁玲,是多么不堪的记忆,恐怕很少有人能够体会吧。

1943年,是丁玲一生中"最难捱的一年"。她因批判性杂文《"三八节"有感》和小说《在医院中》,在1942年"整风运动"中被点名批评,因主动检讨和毛泽东的保护,未受大碍。但南京被捕的历史,却使她成为"抢救运动"中的重点审查对象。亲历者描述,"丁玲当时精神负担很重"。那"可怕的两个月"对她是"恶梦似的日子","我已经向党承认我是复兴的特务了"(丁玲日记)。虽然不久"特务"问题得到澄清,但这个"历史的污点"此后伴随丁玲一生。"新时期"平反的作家中,丁玲是最晚的一个,仅次于胡风,关键原因就在这"污点"无法在一些革命同志那里过关。1984年拿到"恢复名誉"通知的丁玲感慨:"40年的沉冤终于大白了,这下我可以死了!"

另一重要时期是1958年后,丁玲从辉煌的顶点跌落至另一幽谷,她珍惜的一切都被剥夺:政治名誉、文坛位置,特别是共产党员的党籍。她被从革命队伍中开除出去了:"以后,没有人叫你'同志'了。你该怎么想？"54岁的丁玲，追随丈夫陈明去往北大荒，像一个传统妇女那样，靠丈夫的工资，在冰天雪地的世界生活了12年。在脸上刻着"右派"金印的岁月里，丁玲记住的仍旧是许多温馨情义和充满着劳动欢愉的时刻。她后来的北大荒回忆，题名"风雪人间"。虽有"风雪"，却还是"人间"的生活。但是，那些文字中留下的被"文革"造反派审讯、暴打和批斗的时刻，一脸血污的"老不死"，无疑也构成了革命历史中最难堪的记忆之一。

真正的难题，其实不在丁玲那里，而在人们无法理解处于"新时期"的"丁玲的逻辑"。

1979年，丁玲回到离开了21年的北京。这是王蒙慨叹"故国八千里，风云三十年"的时期，是张贤亮从"灵"到"肉"地书写"唯物论者的启示录"的时期，是曾经的"右派"书写"伤痕""反思"历史的时期。但是，丁玲却说，她真正要写的作品，并不是记录伤痕的《"牛棚"小品》，而是歌颂共产党员模范的《杜晚香》。她对"新时期"引领风潮的年青作家发出批评之声，她猛烈抨击30年代的故交、不革命的沈从文，她与重掌文坛的周扬在许多场合针锋相对，她在"清除精神污染"运动中强调作家是"政治化了的人"，特别是她出访美国，当那些同情她的西方文人们希望听到她讲述自己的受难经历时，丁玲却很有兴味地说起北大荒的养鸡生活……所有的这些"不合时宜"，使得曾经的"右派"丁玲，在"反思革命"的"新时期"，又变成了人人避之唯恐不及的"左派"。

20世纪的中国历史，无疑也是一部知识分子与革命爱恨（怨）交织的心态史和精神史。亲历者的故事，常常有两种讲法。一种是"受难史"，在压迫／反抗的关系模式中，将革命体制的挤压、改造、批判和伤害，视为一部具有独立人格的思想者受难的历史；另一种讲法是"醒悟史"，在革命已不为人们所欲的年代，忘记了曾经的革命热情，而将自己的革命经历描述为一部充满怨恨的屈辱史。"往事并不如烟",可是留下来的,都是"思痛录",是受伤害被侮辱的记忆。但丁玲是例外,她的故事无法纳入其中。

2014年热映电影《黄金时代》的编剧李樯,在访谈中称丁玲是"浓缩了百年中国意识形态的活化石"。在这部萧红传记电影中,丁玲也是怀旧目光中光彩照人的民国文人群中的一个。但那是革命的"风暴"未来之前的"黄金时代"。萧红和丁玲,同为左翼文坛最重要的女作家,在30年代战火中,她们对延安政权一去一留的不同选择,实在意味深长。《黄金时代》的宣传纪录片取名"她认出了风暴",似乎萧红有历史的先见之明:她预先认出了"风暴"而选择避开,在南方战乱中的小岛寂寞地留下了传世之作。而丁玲则始终"飞蛾扑火",在"风暴"的最中心燃烧自己,然后历经炼狱而成"活化石"。这是故事的第三种讲法了,是丧失了独立思考能力的"异化史"。

丁玲与革命不弃不离的这种紧密关系,也有深思者尝试别样的故事讲法。李陀在1993年的一篇文章中,力图说明丁玲的"不简单"。他质疑那种"受难史"叙述,认为知识分子接受革命话语并非"仅仅靠政治压力"就可能,而是因为革命话语本身是"一种和西方现代性话语有着密切关系,却被深刻地中国化了的中国现代性话语"。正因为这一话语解答现代中国问题的有效性,才使得像丁玲这样的无数知识分子被感召,"心甘情愿"地进入"毛话语体制",并参与具体实践。因此,革命话语与知识分子之间,并非分离乃至对立的关系,而是一种"共生"的历史关系:"如果说毛文体的形成、发展是一个历史过程的话,正是千万知识分子的智慧和努力使这一过程成为可能"。

经历"新时期"的话语转型之后,指认毛话语的历史失误和压迫性,成为一种新常识。这是"受难史""醒悟史"以及"认出风暴"的叙述成为可能的历史前提。但是,如果遗忘了知识分子与革命曾经的共生关系，遗忘了"知识分子都有过浪漫的、充满理想的'参加革命'的经历……"，那就遗忘了历史的真实。特别是，"即使在他们一生最困难的日子里，在出卖和被出卖、迫害和被迫害、批判和被批判等尴尬困惑的时刻，许许多多的人仍然坚持毛文体的生产，并且把检讨、批判、迫害都变成毛文体再生产的特定形式"，这些记忆事实上构成了理解20世纪中国知识分子与革命的焦点问题。它们不应该被忘记，但也不应该在压迫／反抗的后见之明中轻易地遗弃。关键是，如果把知识分子与革命视为两个彼此分离的事物，那就失去了进入复杂纠缠的历史深处的契机，实则是一种后革命时代的金蝉脱壳之术。

在这样的意义上，丁玲确实是"不简单"的。与其说她是一个"活化石"，莫如说她是革命的肉身形态：她用自己活生生的生命，展示了20世纪中国革命的全部复杂性。

三

为丁玲作传，因此也是困难的。她的一生在荣辱毁誉之间的巨大落差，特别是她在后革命时代的"不合时宜"，使得要讲述她的故事，总是难免捉襟见肘、顾此而失彼。

同情和热爱她的人，容易把故事讲成"辩诬史"。丁玲是复杂的，因此围绕着她的种种误解和传说，常使熟悉和理解她的人不平。特别是，作为革命体制内最有才华的作家之一，丁玲的后半生，其实大部分时间都不是在写文学作品，而是在写"申辩书"。要告诉人们一个"真实的丁玲"，总是要与复杂的历史人事关系相关的各种谣言、传说、误解和歪曲做斗争，总是难掩难抑辩护之情。但是，如果将丁玲的一生，固执在说明她之"不是"，反而使人无法看清她之所"是"。更重要的是，辩护式写法其实也使写作者停留在丁玲置身的历史关系结构中，而无法超越出来尽量"客观"地描述这个"结构"本身，由此重新理解丁玲的所作所为、所思所想。20世纪已然远去，曾经与丁玲爱恨纠葛的当事人和利益格局，今天也大都已成历史。在这样的情境下，客观地描述丁玲的一生，不止具备可能，也是新的历史条件下重新认知丁玲和20世纪革命的必要步骤。

讲一个完整的丁玲故事，或许最好的办法，是回到"丁玲的逻辑"。1941年在延安的时候，丁玲写了后来引起无数争议的著名小说《在医院中》。关于小说的主人公陆萍，丁玲说，这是一个"在我的逻辑里生长出来的人物"。这固然是在谈小说创作，其实也是丁玲的现身说法。

丁玲是一个个性和主体性极强的历史人物，对她喜者恶者大都因为此。喜欢者谓之"光彩照人""个性十足"，不喜欢者谓之"艺术气质浓厚""不成熟""明星意识"，批判者谓之"自由主义和骄傲自满""个人主义"……所谓"丁玲的逻辑"，就是她始终以强烈的主体意识面对、认知外在世界，并在行动和实践过程中重新构造自他、主客关系，以形成新的自我。她有强烈的自我意识，但并不自恋；她有突出的主观诉求，但并不主观主义；她有丰富的内心世界，但并不封闭；她人情练达，但并不世故；她的生命历程是开放的，但不失性格的统一性……尽管一生大起大落，经历极其复杂，晚年丁玲对自己的评价却是"依然故我"。

如何理解这种"丁玲的逻辑"，实则构成理解丁玲生命史的关键。

四

在尝试以"丁玲的逻辑"完整地描述丁玲生命史的传记作品中，新近由中国大百科全书出版社出版的《丁玲传》，做出了特别值得称道的努力。

这本传记的两位作者李向东和王增如，多年从事丁玲研究，而且成果斐然。他们具备其他研究者所没有的一大优势：王增如是丁玲生前最后一任秘书,在她身边工作4年,耳濡目染丁玲的风采,并参与采集、整理了许多丁玲的第一手史料。这些史料,有的是对丁玲的录音采访,有的是丁玲的书信、日记与文件,还有一些以前未曾披露或未受到关注的创作手稿。与此同时,他们也细致阅读了丁玲的全部作品、既有丁玲研究的多种史料和学术成果,以及与丁玲相关的文学与历史事件的研究著作。在写作这部传记之前,关于"丁玲最后的日子"、"丁陈反党集团"及丁玲办《中国》的过程,他们都有专著出版。特别是2006年出版的60万字的《丁玲年谱长编》,综合各种史料,对丁玲的一生做了详细梳理,是目前丁玲研究的集大成之作。

在充分的文献和研究准备基础上,他们写作了这部传记,力图探索丁玲"曲折复杂的心路历程"。应当说,《丁玲传》颇为完满地达成了这一诉求。这是目前已有的多部丁玲传记中,史料最详实、丰富,生平经历梳理清晰、准确,叙述语言生动、流畅且具可读性,评价方式也中肯而平实的一部。可以说,它写出了一个"活生生"而又"完整"的丁玲。

传记掌握了丰富的文献史料,因而对许多此前丁玲生平中模糊不清的人生经历、人际关系和历史事件过程,都做了清晰明确的描述。更重要的是,它体认丁玲的角度,是颇为"平民化"的。书中记录和描述丁玲一生经历的详细过程,既包括人际关系和重要事件,也包括日常生活的饮食起居行止,以及主要活动场所的历史氛围,从而颇为生动地还原出了某种历史现场感。丁玲当年住什么地方、居所的格局、吃些什么用些什么等等,都在传记中做了细致的呈现。缺乏对丁玲当年生活的详细勘察,缺少对历史现场中的人物的深入体认,这些日常生活细节恐怕也很难"还原"。这就把丁玲从历史的"抽象"中,拉回到作为一个普通"人"的生活状态中。

这部尝试写丁玲"心路历程"的传记,在丁玲所作所为的基础上,更关心她之所以如此作为的"所思所想"与"思想和情感"。对于后者,传记作者很少做介入式评价,而主要借助丁玲自己的作品、回忆录、书信和文件等,描述这些行为背后的心理动机和思想活动。事实上,像丁玲这样的极善书写自己内心活动的作家,这样的史料并不难得到,真正需要的,是仔细阅读作品和深入体察丁玲的内心世界。例一是1924年初到北京的丁玲。不体认此时丁玲对已故好友王剑虹的思念,就难以理解她之写出《梦珂》和《莎菲女士的日记》的内在情绪底蕴。传记将此时丁玲人际交往的基调,落实在与王剑虹的情感关系上:"'你像剑虹!'这是她择友的最高评价"。这种描述,实则相当准确地把握到了丁玲的内心世界。例二是1931年胡也频就义之后,丁玲不久即主编左联的机关刊物《北斗》,并加入共产党,担任左联的党团书记。这一丁玲急剧"左倾"的过程,一般解释为她受胡也频牺牲的激励。固然有很大这方面的因素,但传记也用一小节"我是被恋爱苦着",写丁玲与冯雪峰的恋情及其对丁玲革命行为的影响。事实上,当年在《不算情书》中,丁玲就毫不隐讳地写到了她与冯雪峰的情感关系。传记结合相关的书信史料,展示这一时期丁玲颇为复杂的心理过程,仍需要一定的勇气。

基于对丁玲作品和相关史料的详细解读,从丁玲自身的逻辑出发,对她生命中丰富的情感世界和人际关系做出准确把握,这样的例子在这本传记中很多。这包括丁玲南京时期与冯达的关系,延安时期与萧军、毛泽东、彭德怀等人的交往,包括她与陈明的恋情,也包括她与周扬的矛盾,以及50年代初期与萧也牧的关系等。值得称道的,是叙述者的态度。显然,作为现代文学史上"绯闻"不下于萧红,曾风传与毛泽东恋爱、要和彭德怀结婚的明星女作家,丁玲的"传奇"故事并不少。但是,《丁玲传》采取的基本态度,是不回避也不猎奇,而是据可靠的史料陈述历史过程,道出丁玲的真实心态。

解志熙称道这部传记的一大优点,是"叙述事迹的平实道来和分析问题的平情而论"。所谓"平实",是以史料说话;所谓"平情",是力求实事求是的客观分析。这也使本书摆脱了"辩诬史"的态度。重要一例，涉及1940年代后期，周扬阻挠《太阳照在桑干河上》的出版。这是丁玲与周扬结怨的关键。不同于一般研究者只站在丁玲的立场上看问题，《丁玲传》也尝试从周扬的心理和动机出发，解释他之所以如此的缘由。另外一例，涉及50年代初期丁玲主持文坛期间对萧也牧小说《我们夫妇之间》的批判。与那种简单地评判丁玲用一篇文章（《作为一种倾向来看》）"消灭了萧也牧"不同，传记分析了萧也牧小说的内容、丁萧的私人交往、新中国建立初期解放区干部及解放区文学在京津沪等大城市面临的处境，和作为文艺界领导与解放区干部代表的丁玲的态度，从而较为丰满地呈现了这一事件的不同侧面。这使传记表现出了颇高的历史研究的"客观性"。所谓"客观"，并不是一定能够有确凿的史料坐实历史人物的行为逻辑，而是超越"私怨说"，不仅站在传主的立场，也体认相关其他历史人物的心理和处境，尽量对事件作出相对合理和公正的解释。这就是"平情而论"的真实涵义了。

　　与叙述角度、叙述态度相关，《丁玲传》的叙述结构也颇值得一说。它以十章、101小节和生动准确的"小标题"，讲述丁玲的生命历程。这十章分别以丁玲生活过的地方为对象，叙写她在生命的不同时段，在不同地点和历史氛围中的作为和思想。这就好像一幅"生命地图"，形象而明晰地勾画了丁玲一生的行止，格外具有可读性，也避免了一般传记研究的学术腔和八股气。丁玲一生在中国许多地方生活过，这些地方往往是某一历史时期的文化、政治中心，而同时丁玲也卷入这些"中心"之核心。丁玲的生命历程、特定地域的社会文化氛围、时代的地理学之间，因此建立了有意味的历史关联。在中国现当代文学史上，丁玲并不是一个特别有地域性标记的作家。与之构成对比的，仍然是萧红。萧红一生行迹是"从异乡到异乡"，而精神的世界却一直停留在故乡呼兰。但丁玲的一生，却真如"游子"一般，是以"四海"为家。湖湘是她生命的起点，上海、陕北和北京是她生命的高潮段落，而南京、北大荒则是她生命的低潮期。丁玲的生命遭际与地域场所的这种关联性，在《丁玲传》中做了极好的呈现。这既方便于组织传记的叙述结构，也恰如其分地揭示出了丁玲生命的历史广度、流动性和开放性。那同样是革命的20世纪在丁玲生命中的投影，也是丁玲以自己独特的生存态度和生存逻辑对革命做出的回应与呼应方式。

五

可以说，《丁玲传》以尽可能完美的方式、用"丁玲的逻辑"书写了丁玲完整而丰富的生命史。它同时涉及了所需的三个层面：外在性或客观性的丁玲一生行止，内在性或主观性的丁玲心路历程，分析性或阐释性的在历史关系格局中评价丁玲。在这部传记的"后记"中，作者道出写作意图，即"贴近丁玲复杂丰富的内心世界"来写丁玲的一生，以"让传主眉目清晰"。尽管是一部如此丰富而复杂的生命史，但作者指出，丁玲仍有她之为"丁玲"的独特性所在，那就是其"性格"的三大鲜明特点："孤独、骄傲、反抗"。

这一概括方式可以说并非传记书写本身所需，而是写作者对丁玲人格的一种体认方式。这也是"难题"所在。尽管从个人性格而言，确可说丁玲有这样的气质，但是仅有这样的气质，并不能使丁玲成为革命者，并与中国革命历史相始终。贯穿丁玲一生的，与其说是一种"性格"，莫如说是一种生存态度和独特的生命哲学。那就是"丁玲的逻辑"。

最能显示这种"丁玲的逻辑"的，是她用小说塑造的女性人物。从上海时期的梦珂和莎菲，到延安时期的贞贞和陆萍、桑干河畔的黑妮，再到晚年的杜晚香，人们普遍能辨识出这个女性形象序列的巨大变化，但也很快能意识到她们的某种一致性。这种巨大变化和内在一致性，共同构成

"丁玲的逻辑",正如她丰富广阔、多变多舛的生命经历。"性格"可以解释丁玲的"一致性",但无法解释她如此强大的生命可塑性和承受能力。

理解"丁玲的逻辑"离不开"革命"。可以说,"丁玲的逻辑"就是"革命的逻辑"。瞿秋白曾评价丁玲是"飞蛾扑火,非死不止"。对"火"的向往,包含着对"在黑暗中"的现实的反抗,和对"光明"的未来的追逐。这是革命者的内在精神气质。晚年的丁玲仍如是说:"革命是什么?革命就是走在时代最前面的一股力量,是代表时代的东西"。这种理想主义的气质,固然可以说是20世纪进化论史观的投影,不过,没有这种气质就不可能有任何革命的行动。这是历史赋予丁玲而被她内在化的一种精神气质。

在丁玲的意识中,"革命"有其具体所指,那就是共产党和社会主义革命。丁玲早在她少女时代的湖湘,就已通过母亲的好友向警予而知道了革命,更在上海平民女校和上海大学与瞿秋白、王剑虹等交往的时期,直接进入革命文人圈,但是,直到1932年才加入共产党。而一旦加入,终其一生她都对革命保持着"爱情"般的忠诚。特别是"新时期"仍旧如此。许多研究把"新时期"丁玲对革命信念的表白,视为受周扬等宗派挤压而被迫做出的"表演"。这可以解释丁玲在某些场合与周扬针锋相对的行为和言辞,但无法解释她"新时期"之后写作的200多篇文章。在这些作品中,丁玲仍旧是那个"革命的丁玲"。考察一下丁玲如何言说她理解的"党"是有意思的,因为其中很少理论性的阶级分析,而是情感性的表白和信念式的执着。她说:"共产党员对党只能一往情深,不能和党算账,更不能讲等价交换",表达的正是一种"忘我""无我"的投入状态,而且是一种情感结构式的精神状态。在这里,革命体制的酷烈和挤压,可以与革命信念剥离开来,"受难史"也可以转化为"考验"和"磨砺"。由此衍生出一种独特的反抗性革命哲学,就像她在1940年代给予陆萍的赠言:"人是在艰苦中生长"。

1931年之前，丁玲就是向往"革命"的，但那是无政府主义式的革命，是"自己安排自己在世界上的生活"。这使丁玲甫一出现在文坛，就是最激进最摩登的个人主义姿态。如福柯理论所言，这种现代个人主义实则深刻地内在于西方基督教文化传统。它所塑造的现代个人，是一种"内在的人"，一种实际上与外在的现实相隔离、丧失行动能力的人。莎菲时代的丁玲也是如此。加入革命政党而自愿做"螺丝钉"，对于丁玲是一次巨大的跳跃，但非彻底的"断裂"，而是以革命的方式改造了这种自我的结构：它赋予这一结构一种不断地朝向外部、通过实践而更新自我的能力。无产阶级政党革命召唤的固然是"献身"是"无我"，也是"更大的自我"的获得。那意味着在革命的斗争实践中，在与"艰苦"展开搏斗的生活经历中，不断地磨砺自身，不断地认知外在世界，并通过实践转化成自我的构成部分，以塑造新我。莎菲式向内的个人主义是脆弱的，但陆萍式"在艰苦中生长"的主体却是坚韧的。这种主体哲学的终点形态，就是那个卑微而强大的杜晚香：她像是一枝被人遗忘但生命力顽强的"红杏"，在不断地吸纳世界的美好愿望中塑造自己的新品质，最终用她的生命感动了世界。

《杜晚香》实则是丁玲最有意味的作品。那是丁玲在历经磨难的晚年，终于完成的革命者形象。据王增如对丁玲创作手稿的考证，还在写《在医院中》时，丁玲就说其实她并不想写陆萍这样"脆弱"、"感伤"的小资产阶级知识分子，而是想写一个"共产党员"。只是苦于无法在生活中找到模型，不得已写成了那个"未完成"的陆萍。杜晚香是其完成形态。她身上包含着两个关键要素：其一是主人公孤独地生长，其二是外在的革命之光全部转化为个人的内在修炼。至此，革命者终于可以超越革命体制而独立存在了：她不是革命体制的附属品，而是革命信念的化身。丁玲就是以这样的方式，超越了受难史的逻辑。

显然，要理解丁玲的生命史，需要理解这样的属于丁玲的"革命的逻辑"。她以理想主义的气质、以对革命信念爱情式的投入、以在艰苦中生长的生存态度，独自承担了革命和革命的全部后果。"新时期"的丁玲对革命史的反思，显然并没有达到应有的深度。但有意味的是，她只批判革命中的"封建"（宗派主义），从不否定革命信念和革命体制。真正使得丁玲显得不合时宜的，其实是"新时期"的历史情势。具体到文艺体制的重构方面，很难说80年代的丁玲就一定是落伍的。"新时期"是以破竹之势展开的，共同的历史情绪使人们将那次断裂看作是"历史的必然"。但正是丁玲的存在，显示出了"新时期"的"时"之建构性。80年代已成历史，在"新时期"的社会变革产生了如此复杂的历史后果的今天，更为心平气和地理解丁玲的"逆时"之举，或许并非不可能。这并不是要在"左"与"右"之间重新肯定丁玲，而是去思考革命体制自身的断裂与延续，是否可能以更深厚的方式展开。在"新时期"的主流逻辑中，革命已成漫画式的刻板面孔，是人人不欲甚或厌弃的对象，但人们常常忘记，新的历史其实就是从那样的革命史中生长出来的。

丁玲是一个历史人物，"她的一生凝聚了太多中国现、当代文学史乃至思想史的内涵"（张永泉）。深入丁玲的逻辑中去理解她的生命史，才能把握丁玲"不简单"在何处，更是超越丁玲的时代性、更深刻地反思其革命经历的前提。而且，这种理解，显然不止关乎丁玲个人，同时也是进入20世纪革命者"丰富复杂的内在世界"，深入到革命史的肌理层面以把握历史的复杂性，从而更为自觉地承担20世纪中国革命作为"遗产"与"债务"的双重品性的契机。没有这样的理解，20世纪的历史将始终缺少必要的现实重量：它或将被迅速地遗忘，或将换一种方式重复归来。

（原载《读书》2015年第5期）

图书在版编目（CIP）数据

打开文学的视野/贺桂梅著．
—济南：山东文艺出版社，2017.4
（身份共同体·70后作家大系/孟繁华，张清华主编）
ISBN 978-7-5329-5359-2

Ⅰ．①打… Ⅱ．①贺… Ⅲ．①中国文学—文学评论—文集 Ⅳ．①I206-53

中国版本图书馆CIP数据核字(2016)第316260号

打开文学的视野

贺桂梅 作品

主管部门	山东出版传媒股份有限公司
出版发行	山东文艺出版社
社　　址	山东省济南市英雄山路189号
邮　　编	250002
网　　址	www.sdwypress.com

读者服务	0531-82098776（总编室）
	0531-82098775（市场营销部）
电子邮箱	sdwy@sdpress.com.cn

印　　刷	山东临沂新华印刷物流集团有限责任公司
开　　本	700毫米×1000毫米 1/16
印　　张	16.75 插页/2
字　　数	210千
版　　次	2017年4月第1版
印　　次	2019年5月第2次印刷
书　　号	ISBN 978-7-5329-5359-2
定　　价	35.00元

版权专有，侵权必究。如有图书质量问题，请与出版社联系调换。